Veröffentlicht von
DREAMSPINNER PRESS

5032 Capital Circle SW, Suite 2, PMB# 279, Tallahassee, FL 32305-7886 USA
www.dreamspinnerpress.com

Dies ist eine erfundene Geschichte. Namen, Figuren, Plätze, und Vorfälle entstammen entweder der Fantasie des Autors oder werden fiktiv verwendet. Ähnlichkeiten mit lebenden oder verstorbenen Personen, Firmen, Ereignissen oder Schauplätzen sind vollkommen zufällig.

Wandel des Herzens
Urheberrecht der deutschen Ausgabe © 2012 Dreamspinner Press.
Originaltitel: Change of Heart
Urheberrecht © 2009 Mary Calmes.
Original Erstausgabe. November 2009
Übersetzt von Nicoletta.

Umschlagillustration
© 2015 Paul Richmond.
http://www.paulrichmondstudio.com
Die Illustrationen auf dem Einband bzw. Titelseite werden nur für darstellerische Zwecke genutzt. Jede abgebildete Person ist ein Model.

Deutsche ISBN. 978-1-63476-504-6
Deutsche Buchausgabe. September 2017
Deutsche eBook Ausgabe. 978-1-61372-807-9
Deutsche eBook Erstausgabe. Februar 2012
v 1.1

Gedruckt in den Vereinigten Staaten von Amerika.

WANDEL DES HERZENS
Mary Calmes

Für meine Schwester Melissa, die immer daran geglaubt hat,

für meine Familie für ihre Geduld
beim Umgang mit einem Zombie,

für meine Freunde für ihre Großzügigkeit,

und für die großartigen Menschen bei Dreamspinner Press,
die mir eine Chance gegeben haben.

Ich kann allen nicht genug danken.

1

ICH ACHTETE normalerweise nicht auf Mädchen, daher war es nicht verwunderlich, dass Crane sie zuerst bemerkte. Nachdem er mich auf sie aufmerksam gemacht und ich die Männer gesehen hatte, die sie verfolgten, stimmte ich ihm zu, dass sie zu dieser späten Stunde nicht mehr allein unterwegs sein sollte. Unsere Entscheidung war schnell getroffen. Wir folgten der Frau und den vier Männern durch die menschenleere, windige Straße. Das Mädchen sah sich immer wieder verstohlen um, als wäre sie sich ihrer Verfolger bewusst. Verborgen zwischen den dunklen Häuserschluchten beobachteten wir, wie sie von einem Ende des Häuserblocks zum anderen erst normal ging, dann schneller lief und schließlich rannte. Aber vielleicht war ja doch alles in Ordnung. Vielleicht hatte sie den schwarzen Gürtel in Taekwondo oder kannte die Typen, die ihr nachliefen. Vielleicht war es nur ein kleines Spielchen, das mein Freund und ich nicht durchschauten. Tatsache war, dass sie anscheinend allein unterwegs war. Um zwei Uhr nachts und in einem sehr zwielichtigen Stadtviertel.

„Kann ich nicht einfach alleine gehen?", fragte ich, obwohl ich die Antwort bereits kannte. „Ich bin viel schneller."

Crane schüttelte den Kopf und beschleunigte seinen Schritt. Wir kannten uns schon seit Kindertagen, darum versuchte ich erst gar nicht, ihm mit Logik zu kommen. Er würde an einer Frau, die seine Hilfe benötigte, nie einfach so vorbeigehen, deshalb würde er mich auch keinesfalls allein lassen. Mir blieb nichts anderes übrig, als an seiner Seite zu bleiben und mein Tempo dem seinen anzupassen.

„Was treibt sie nur hier draußen?", fragte Crane und lief schneller.

Sie war auf jeden Fall verrückt. Um zwei Uhr nachts allein in dieser miesen Gegend? Das Mädchen hatte anscheinend einen Todeswunsch. Ich konnte nur hoffen, dass dieser nicht auf uns abfärben würde. Jedenfalls gab es kein Zurück mehr. Ab dem Moment, in dem wir erkannt hatten, in welcher Gefahr sie sich befand, konnten wir uns einfach nicht mehr raushalten.

Wir machten einen kurzen Abstecher in eine Seitenstraße, zogen uns aus und ließen Jacken, Pullover, Jeans, Schuhe und Socken auf einem Haufen in einem Hauseingang liegen. Wir mussten unsere Kleidung ablegen, damit wir uns verwandeln und die Kerle erschrecken konnten. In unserer menschlichen Gestalt würden wir nämlich niemandem Angst einjagen. Ich war knapp einen Meter achtzig groß und nicht sonderlich kräftig gebaut, eher wie ein Schwimmer – schlank und mit sehnigen Muskeln. Mein Freund Crane Adams war mit seinen

einen Meter achtundachtzig und muskelbepackten neunzig Kilo Gewicht sicherlich beeindruckender als ich, doch so richtig Furcht erregend wirkte auch er nicht.

Aber das alles änderte sich, sobald wir uns verwandelten. Als Panther waren wir der Stoff, aus dem Albträume gemacht sind, und ich ließ dieses „kleiner und schwächer als mein Freund" innerhalb von Sekunden hinter mir. In meiner Pantherform war ich entschieden Furcht einflößender als jeder andere, den ich bisher getroffen hatte.

Ich hörte einen Schrei und lauschte kurz, um sicher zu sein, dass ich in der richtigen Richtung unterwegs war, bevor ich losrannte. Wie eine Pistolenkugel schoss ich los, noch ehe meine Augen sich ganz an die veränderte Sicht angepasst hatten und ich wieder richtig sehen konnte. Innerhalb eines Herzschlags wechselte mein Sehvermögen von halb blind in der Dunkelheit zu perfekter Nachtsicht. Meine Verwandlung verlief immer so schnell. Es würde etwas dauern, bis Crane zu mir aufschloss. Seine Verwandlung war eine Sache von Minuten, nicht von Sekunden wie bei mir. Man hatte mir schon des Öfteren gesagt, dass meine Verwandlung wie eine Welle aussieht, die beim Heranrollen zunächst den Mann umschließt, um dann beim Zurückweichen die Bestie freizugeben. Ich hatte über die Jahre viele Gestaltwandler gefragt, wie sich die Verwandlung für sie anfühlen würdeund ihre Antworten waren recht unterschiedlich ausgefallen. Einige sprachen von einer Kraft, die über ihre Haut streicht, andere von einer Hitze, die ihre Gliedmaßen durchströmt. Wieder andere bezeichneten das Ganze als einen Adrenalinrausch oder eine kurze Euphorie. Ich habe selbst noch nie ein solches Hochgefühl verspürt, denn mein Körper wechselt die Form so schnell, dass mein Gehirn es gar nicht registrieren kann. Im einen Augenblick bin ich noch Mann, im nächsten schon Panther. Die Verwandlung verläuft so nahtlos, dass man sie mit den Augen nicht verfolgen kann. Wahrscheinlich könnte ich damit in einer Zaubershow in Vegas auftreten.

Ich hetzte über die Straße in eine Seitengasse und sah gerade noch, wie die Frau über eine verlassene Baustelle lief, immer noch verfolgt von den vier Männern. Ich preschte hinterher, setzte problemlos über den fast zwei Meter hohen Maschendrahtzaun und landete auf der anderen Seite, ohne an Geschwindigkeit einzubüßen. Es war, als hätte ich eine Bühne betreten. Nun konnte die Show beginnen.

Ich erwartete Schreie, Schrecken, Panik und Angst. Ich bekam – nichts. Die Szene vor mir fror gewissermaßen ein. Sogar das Mädchen blieb reglos stehen und verstummte. Niemand bewegte sich, aber es fiel auch niemand in Ohnmacht. Seit wann war es denn nicht mehr gruselig, wenn mitten in Reno plötzlich ein schwarzer Panther aus dem Nichts auftauchte?

„Was zum Teufel soll das?", fragte einer der Männer und zeigte auf mich. „Ich dachte, du bist allein."

Keiner fürchtete sich und – was noch viel schlimmer war – sie wussten, was ich war und hielten mich demnach nicht für ein Tier. Diese Erkenntnis lag mir wie ein Stein im Magen. Wenn man sich unerlaubt in einem fremden Territorium aufhielt, empfahl es sich, nicht entdeckt zu werden. Ich senkte meinen Kopf für den bevorstehenden Kampf.

„Glaubst du wirklich, ich wäre zu dieser nachtschlafenden Zeit ohne Beschützer unterwegs?", fragte das Mädchen ihren Verfolger herausfordernd. Sie ging rückwärts, weg von den Männern und auf mich zu. „Ihr seht besser zu, dass ihr Land gewinnt. Das ist nur einer von meinen Bodyguards."

Für einen kurzen Moment schauten sie zögerlich drein. Nichts beunruhigte sie mehr, als der Gedanke, dass ich nur die Vorhut sein könnte. Sie zogen sich zurück und warfen hektische Blicke in alle Richtungen, bevor sie sich plötzlich umdrehten und davonliefen. Ich war einen Augenblick hocherfreut, aber nur, bis ich die lauten Schreie und das Brüllen hörte, mit dem sie ihre Verwandlung zu erkennen gaben. „Oh, Gott", wimmerte das Mädchen und trat einen Schritt zurück. Sie griff in meinen Pelz, nur um gleich wieder loszulassen, an ihrer Kleidung zu zerren und sich so schnell wie möglich auszuziehen. Ihre Augen waren weit aufgerissen und sie sah panisch zwischen mir und der Baustelle hin und her, als hätte sie Angst, dass ich sie angreifen würde. Liebend gern hätte ich mich zurückverwandelt und ihr gesagt, dass sie nichts zu befürchten hatte – ich war schwul, und mein einziges Interesse an ihr bestand darin, sie zu beschützen. Aber sie musste sich darauf konzentrieren, sich so schnell wie möglich zu verwandeln, daher wollte ich sie nicht ablenken.

Wie ich vermutet hatte, dauerte ihre Verwandlung mehrere Minuten. Muskeln und Knochen verformten sich sich um, während ihr Körper zuckte und sich wand. Ich sah ihr an, dass ihr das Schmerzen bereitete. Vermutlich hasste sie es, sich zu verwandeln. Das ging mir zwar genauso, aber aus ganz anderen Gründen.

Ich hörte das Geräusch von Pfoten im Schnee und war froh, Crane auf mich zurennenzu sehen. Das Mädchen schmiegte sich ängstlich an mich, aber sie beruhigte sich schnell wieder, als ich sie mit der Nase anstupste. Als Crane wie angewurzelt vor mir stehen blieb, schaute sie vorsichtig hinter mir hervor.

Crane durchlief ein Schauer, und wenn ich in diesem Moment in Menschengestalt gewesen wäre, hätte ich sie beide angeschrien. Irgendetwas passierte zwischen ihnen, und das ausgerechnet jetzt, wo wir für so etwas wirklich keine Zeit hatten. Wir mussten hier weg. Aber es war ohnehin schon zu spät. Ihre langsame Verwandlung und Cranes verspätete Ankunft hatten uns um die Gelegenheit zur Flucht gebracht, denn in diesem Moment sprangen jede Menge Katzen über den Maschendrahtzaun, um uns anzugreifen. Wir mussten also kämpfen, statt uns in Sicherheit bringen zu können. Ich fühlte einen Stups an der Schulter und drehte mich zu Crane um, der mich ansah und darauf wartete, was ich tun würde. Das Pantherweibchen blickte mich ebenfalls an. Ihr Wunsch nach Schutz war größer als ihr Fluchtinstinkt. Sie hatten beide Angst, und als ich loslief, blieben sie dicht hinter mir.

Riesige, rasiermesserscharfe Klauen kamen in mein Gesichtsfeld, aber ich wich ihnen problemlos aus. Jede andere Katze, die ich bisher getroffen hatte, bewegte sich im Vergleich zu mir wie in Zeitlupe, sodass ich mich wegducken konnte, ohne überhaupt berührt zu werden. Den Körper, der auf mich zusprang, stieß ich mit dem Kopf weg – eher wie ein Bulle als ein Panther. Ich sah Reißzähne aufblitzen, schlug die Schnauze zur Seite und rannte über die gefallene Katze hinweg. Ich pflügte durch das Rudel mit dem Ziel, meine Schützlinge aus diesem Chaos herauszubringen. Sie waren vielleicht zu sechst oder zu siebt, alles riesige männliche Panther, die unsere Flucht verhindern wollten. Aber sie gingen einzeln auf uns los, anstatt uns gemeinsam anzugreifen. Ich hatte eine Chance, wenn ich sie mir nacheinander vornehmen konnte, und meine Hoffnung wuchs noch, als Crane und das Pantherweibchen dicht hinter mir blieben. Sie wussten instinktiv, dass wir uns nicht trennen durften.

Ein weiterer Panther hechtete vorwärts. Ich sprang über ihn drüber trat ihm in den Rücken und stieß mich von ihm ab. Er brach unter mir zusammen. Die Kraft meines Absprungs hatte ihntaumeln lassen. Als ich mich umdrehte, um weiterzulaufen, wurde das Weibchen plötzlich gepackt und weggerissen. Ich fuhr herum, um ihren Angreifer zu stellen, der wie angewurzelt über ihr stand und mich anstarrte. Seine Zähne waren gebleckt, die Lefzen über langen, dolchartigen Reißzähnen und geschwärztem Zahnfleisch zurückgezogen. Er brauchte nur seinen Kopf zu senken, um sie zu verletzen. In der Hoffnung, ihn einzuschüchtern, richtete ich mich auf und reckte den Hals, holte dann tief Luft und ließ ein Grollen aus der Kehle aufsteigen. Ich wusste genau, dass ich in diesem Moment aussah wie ein Fragment der Nacht. Als schwarzer Panther war ich anders als die goldene Katze vor mir. Er hatte so etwas wie mich wahrscheinlich noch nie gesehen. Ich war eben eine echte Rarität. Erleichtert bemerkte ich, wie sich sein Geruch änderte. Ich konnte seine Furcht riechen.

Zu meiner Verwunderung blieb er stocksteif stehen und wurde so still, wie nur ein Tier es kann. Als ich den Kopf senkte, trat er einen kleinen Schritt zurück. Um meinen Vorteil auszunutzen, nahm ich den Kopf wieder hoch und knurrte laut. Er fing an zu zittern. Meine Demonstration von Kraft und Schnelligkeit hatte ihn so sehr geängstigt, dass er nun vorsichtig abwartete, was ich als nächstes tun würde. Er war besorgt. Als er einen weiteren Schritt rückwärts ging und damit die unmittelbare Gefahr für das Weibchen gebannt war, sprang ich vor und direkt über sie. Alle konnten mich sehen. Meine Haltung sagte ganz deutlich, dass sie mir gehörte, dass ich sie für mich beanspruchte. Falls der Anführer sie haben wollte, würde er mich herausfordern müssen, und dann gäbe es einen Kampf Mann gegen Mann. Ich wusste, dass ich unter diesen Umständen im Vorteil wäre.

Trotzdem überraschte es mich, dass der Anführer der Meute nichts unternahm. Sein Zögern ließ mich glauben, dass er gleich vor mir zu Boden sinken, sich auf den Rücken rollen und mir seine Kehle darbieten würde. Gemäß dem Kodex, nach dem wir alle lebten, musste er seine Unterlegenheit deutlich demonstrieren. Daher war ich vollkommen perplex, als er sich umdrehte und mit den anderen Katzen im Schlepptau davonlief.

Plötzlich allein mit dem Pantherweibchen und verwirrt über den unerwarteten Rückzug, erschreckte mich die Bewegung unter mir. Sie stand mühsam auf und schob ihren Kopf unter mein Kinn. Als ich mit meinem Maul sanft ihren Nacken umschloss, hörte ich ein lautes Schnurren der Zufriedenheit, bevor sie zu zittern begann.

Ich richtete mich langsam und vorsichtig auf, bis auch sie wieder auf den Beinen war, dann stützte ich sie mit meinem Körper. Der andere Panther hatte sie geschnappt und ziemlich grob zu Boden geworfen, daher lehnte sie sich schwer an mich, als wir losliefen. Crane stützte sie von der anderen Seite. Sekunden später hörte ich, dass wir Gesellschaft bekamen. Ich verstand jetzt den wahren Grund für den Rückzug der anderen. Ihr Anführer hatte gewusst, dass die Kavallerie unterwegs war. Er hatte sich für die Flucht entschieden, da er nicht wusste, wann sie eintreffen würde. Ich war also doch nicht so Furcht erregend, wie ich gedacht hatte.

Das Weibchen stieß einen kurzen Ruf aus, um ihrem Stamm mitzuteilen, wo sie war und dass es ihr gut ging. Ich spannte mich an und fühlte, wie ihre Zähne sich sanft in meine Schulter gruben, um mich festzuhalten. Ich drehte mich um, strich mit dem Kinn über ihren Kopf und stieß sie dann leicht an, um sie aus der Balance zu werfen und von mir weg zu bekommen. Ich sprang zur Seite, bevor sie mich wieder packen konnte. Sie machte einen Schritt auf mich zu, aber ich war bereits außerhalb ihrer Reichweite. Ihre Sippe war schon sehr nah und sie war in Sicherheit. Ich knurrte Crane an, der mir nach einem Moment der Unsicherheit folgte. Dann drehte ich mich um und lief den Weg zurück, den wir gekommen waren. Ich hörte sie rufen, immer wieder, kurz und laut, aber es waren keine Laute des Schmerzes mehr, sondern des Verlusts. Mit Crane an meiner Seite lief ich weiter. Wir sprangen das zweite Mal in dieser Nacht über den Zaun und überquerten blitzartig die Straße. Unsere Kleidung lag noch da, wo wir sie zurückgelassen hatten. Minuten später waren wir wieder verwandelt und hatten unsere inzwischen kalten und klammen Klamotten an.

„Warum laufen wir denn weg?", fragte Crane verwundert.

„Wie kannst du das fragen?", schnappte ich. „Wir haben keine Ahnung, in wessen Territorium wir sind und wir haben uns gerade mit jemandem geprügelt, den wir auch nicht kennen. Wir sehen besser zu, dass wir hier möglichst schnell verschwinden und nach Hause kommen."

„Aber wir haben doch das Mädchen gerettet."

„Ja, schon. Aber *wen* haben wir da gerettet?"

„Was meinst du damit?"

Er hatte keine Ahnung, warum ich mir Sorgen machte. Die Tatsache, dass wir gerade eine unfreundliche Begegnung mit einer Panthersippe gehabt hatten, die früher oder später nach uns suchen würde, verursachte Crane keine grauen

Haare. Es war richtig gewesen, das Mädchen zu retten, also würde sich der Rest schon finden. Aber ich war Realist. Ich war besorgt über das mögliche Nachspiel. Zum Beispiel fragte ich mich, wer demnächst an unsere Tür klopfen würde. Die dankbare Sippe des Pantherweibchens, das wir gerettet hatten? Oder eine sehr verärgerte Sippe, die wir vertrieben hatten? Es war in jedem Fall schlecht. Ich wollte da nicht hineingezogen werden. Und was noch wichtiger war – ich wollte nicht vor den Semel, den Anführer des Stammes, zitiert werden. Weder vor deren Semel, noch vor meinen.

„Was ist wirklich los?"

Er kannte mich und wusste, dass ich mir nicht grundlos Sorgen machte. Nur den Hintergrund verstand er nicht.

„Jin?"

Ich fuhr mir mit der Hand durch die Haare. „Lass uns einfach nach Hause gehen, okay?"

„Du bist mal wieder ziemlich seltsam", kommentierte er, aber er folgte mir, als ich mich in Richtung Innenstadt aufmachte.

Ich wollte noch etwas sagen, doch plötzlich wurden wir von Autoscheinwerfern geblendet. Wie sich herausstellte, konnten wir doch nicht so einfach in der Nacht verschwinden.

2

DER RIESIGE Lincoln Navigator kam vor uns zum Stehen und drei Männer stiegen aus. Das hieß, dass der Fahrer noch hinterm Steuer saß und auch auf dem Rücksitz konnte ich zwei weitere Personen erkennen. Das Mädchen war nicht mehr zu sehen und ich fragte mich, wo sie wohl war. Ich schob mich vor Crane und hielt ihn fest, als er sich bewegen wollte.

„Meine Güte, Jin, ich bin hier der Muskelmann, nicht du."

Ich ignorierte ihn, während die drei Männer auf uns zukamen.

„Habt ihr beiden gerade ein Mädchen gerettet?"

Der Mann war sich nicht sicher, ob wir Panther waren, was mir wieder etwas Hoffnung gab. Er war nur Fußvolk und hatte keine wichtige Position inne. Er war ein Khatyu, ein Kämpfer, nichts weiter.

„Ja, das waren wir", sagte ich und hob zur Begrüßung die Hand in einer Demutsgeste, mit der Handfläche nach oben.

Er nickte und schenkte mir ein knappes Lächeln. Eine Woge der Erleichterung durchlief die ganze Gruppe. Alle entspannten sich und ich erkannte den Respekt auf ihren Gesichtern.

„Sie ist die Schwester des Semel und wurde nach Hause in Sicherheit gebracht", sagte er und umfasste meine Hand mit beiden Händen. „Wir stehen in eurer Schuld."

„Dann ist uns verziehen, dass wir ohne Erlaubnis hier sind?"

„Natürlich", erwiderte er, als wäre es lächerlich, dass ich überhaupt gefragt hatte.

„Das habe ich doch gleich gesagt", murmelte Crane leise und stieß mich mit der Schulter an.

„Da gibt es nichts zu verzeihen", versicherte der Mann. „Und falls du in Zukunft wieder in unserem Territorium unterwegs sein solltest, kannst du sagen, du hättest meine ausdrückliche Erlaubnis. Ich bin Andrian Basargin."

„Vielen Dank." Ich lächelte breit und meinte es auch so. „Ich bin Jin Rayne, und das ist mein Freund Crane Adams."

„Nennt mir euren Stamm", verlangte er freundlich.

„Pakhet", sagte ich.

„Wirklich?" Seine Augen strahlten. „Das ist großartig. Ich dachte schon, ihr beiden seidvielleicht nur zu Besuch hier oder so."

„Nein, wir leben hier in Reno."

„Dann kommt ihr sicherlich auch zum Mating-Fest in drei Monaten?"

„Ich auf jeden Fall", versicherte Crane. „Aber Jin hat mit solchen Dingen nichts am Hut."

Ich hatte meine Gründe dafür.

„Ich kann es immer noch nicht glauben", sagte Andrian lächelnd. „Ein Bund zwischen unseren beiden Stämmen? Ist das nicht wunderbar? Ich meine – wir werden sozusagen ein einziger großer Stamm sein."

Andrian und seine Freunde gehörten zum Stamm Mafdet. Der Semel dieses Stammes war Logan Church. In zwei Wochen würde er offiziell Simone Danvers, die Schwester unseres Semel Christophe Danvers, zur Gefährtin nehmen. Dadurch, dass sie seine Gefährtin wurde – genauer gesagt, seine Yareah, wie die Frauen eines Semel genannt wurden –, würden Logan und Christophe die beiden Stämme in einem feierlichen Bund vereinen. Es würde eine richtig große Sache werden. So ziemlich jeder war zu der Feier eingeladen, die drei Tage dauern sollte. Geplant waren Jagden und aufwändige Gelage mit reichlich Essen und Trinken. Alles in allem eine gigantische Party, von der die Leute noch Jahre später reden würden. Mich würde keiner dorthin bekommen. Nur über meine Leiche.

„Ich freue mich schon riesig darauf, die Jagdgründe in den Bergen zu erkunden", sagte Crane zu Andrian. „Ich habe mit anderen Panthern von eurem Stamm gesprochen. Dort oben soll es wirklich schön sein."

„Das ist es." Andrian lächelte Crane an. „Bei der Feier werde ich es euch zeigen."

„Vielen Dank!"

„Dass euer Semel es schafft, zwei Stämme miteinander zu vereinen, ist wirklich eine tolle Sache", meinte ich aufrichtig.

„Absolut", sagte er. Ich sah ihm an, wie begeistert er war. „Der Mann ist brillant. Deshalb haben wir uns solche Sorgen gemacht."

„Was meinst du damit?", fragte Crane.

„Na ja, wir wollen, dass Logan einen Sohn bekommt. Wir wollen sicher sein, dass die Blutlinie unseres Semel fortgeführt wird. Deshalb haben wir alle darauf gewartet, dass er sich endlich eine Gefährtin nimmt. Aber er hat es nicht getan, und mehr und mehr Zeit ist vergangen. Inzwischen ist er zweiunddreißig und hat immer noch keine Nachkommen."

„Zweiunddreißig ist doch kein Alter", wandte Crane ein.

„Ja, schon. Aber die meisten von uns haben bereits mit zwanzig Jahren ihre Gefährtin gefunden."

Crane zuckte mit den Schultern. „Stimmt auch wieder."

„Tja, nachdem wir nun alle ein bisschen besorgt waren, verkündete er auf der letzten Versammlung plötzlich wie aus heiterem Himmel, dass er eine Gefährtin gefunden hätte und dass es Christophes Schwester sei. Und damit bekommen wir auf einen Schlag nicht nur einen Erben, sondern auch noch eine Stammesvereinigung. Das ist wie ein Sechser im Lotto!"

Mein Freund lachte leise. „Wollt ihr mit uns Essen gehen? Das hatten wir nämlich ursprünglich vor, als das Ganze losging."

Für die Idee, noch mehr Zeit mit Andrian und seinen Freunden zu verbringen, hätte ich ihn liebend gern umgebracht. Allerdings vermisste Crane die Gesellschaft anderer Panther, daher hatte er wohl diesen Vorschlag gemacht, ohne vorher sein Hirn einzuschalten. Aufgeregt, wie er war, bemerkte er noch nicht einmal meinen eisigen Blick. Als er dann auch noch ein Restaurant mit sehr guten Hamburgern und langen Öffnungszeiten vorschlug, waren alle begeistert dabei.

Nachdem auch der Fahrer aus dem Wagen ausgestiegen war, gab es eine allgemeine Vorstellungsrunde. Wir entschieden, die beiden Häuserblocks bis zum Restaurant zu Fuß zu gehen. Es wurde schnell deutlich, dass die anderen von meinem ungewöhnlichen Wesen überhaupt nichts bemerkten. Schließlich fühlte ich mich sicher genug, um mich zu entspannen, was wiederum wie so häufig dazu führte, dass alle sich in meiner Gegenwart wohlfühlten und sich geradezu darum stritten, wer neben mir gehen durfte. Dieses Phänomen kannte ich schon mein ganzes Leben. Vielleicht ging es ja anderen Reahs auch so, aber ich hatte leider noch nie eine getroffen, die ich hätte fragen können. Als ich Crane ansah, verdrehte der nur die Augen.

„Also", sagte Andrian, legte einen Arm um meine Schulter und zog mich näher an sich. Ich bezweifelte, dass er sich bewusst war, was er tat. Es war einfach nur die Anziehungskraft einer Reah auf eine normale Katze. „Wie lange seid ihr beiden schon bei Christophes Stamm?"

„Sechs oder sieben Monate." Ich holte tief Luft.

„Christophe war weg." Er zwinkerte mir zu und holte ebenfalls Luft. „Hat er dich und Crane selbst aufgenommen? Oder war es sein Sylvan?"

„Sein Sylvan und sein Sheseru waren zu beschäftigt, um uns zu empfangen." Ich lächelte. „Wir wurden von Christophes Yareah aufgenommen, von Theresa."

Ihm klappte die Kinnlade runter. „Du machst Witze, oder?"

„Keineswegs", schmunzelte Crane, als auch die anderen lächelten. „Wir haben den Mann noch nie getroffen. Wir würden ihn nicht einmal auf der Straße erkennen."

„Das ist echt der Hammer", sagte einer von Andrians Freunden. „Unser Semel … er kennt jeden Mann und jede Frau in seinem Stamm, darauf kannst du Gift nehmen."

„Und deshalb findet ihr ihn so toll", stellte ich fest. „Ein Anführer, der sich wirklich um seine Leute kümmert, ist etwas Besonderes."

„Da stimme ich dir zu", meinte Andrian und nahm seinen Arm von meinen Schultern, als wir das Restaurant betraten.

Crane winkte die Bedienung heran und lächelnd ließ diese ihn wissen, dass sein Stammplatz frei war. Auch mir schenkte sie ein Lächeln. Als wir am Tisch ankamen, setzte Crane sich neben mich, bevor die anderen reagieren konnten. Andrian nahm gegenüber Platz.

9

„Also noch mal, damit ich es richtig verstehe …" Andrian lächelte mich an. „Angenommen, Logan würde Christophe bitten, zwei Mitglieder seines Stammes offiziell zu ehren, weil sie seine Schwester gerettet haben. Und auch angenommen, er gäbe ihm eure Namen … Dann würde Christophe euch also gar nicht kennen?"

„So ist es", versicherte Crane und erklärte ihm dann, dass der Champignon-Burger und der scharfe Amarillo-Burger das Beste seien, was hier serviert wurde. Die Mehrheit beschloss, ihm zu vertrauen. Es wurde gar nicht mehr in die Karte geschaut, sondern alle bestellten entweder das eine oder das andere. Und außerdem natürlich etwas zu trinken.

„Wo wart ihr eigentlich davor?", fragte Andrian eine Weile später, während er seinen Burger verspeiste.

„Ich habe in Miami gelebt", log Crane, ohne zu zögern, weil er es schon oft so erzählt hatte. „Und Jin ist viel rumgereist. Wir arbeiten beide im Fusion, das ist ein Nachtclub auf dem Strip."

„Da war ich schon", sagte einer der Männer. „Ein netter Club. Er hat diese coole Bossa Nova Lounge im ersten Stock."

„Genau, das ist es", bestätigte Crane.

„Was macht ihr dort?"

„Jin arbeitet im Club an der Bar. Ich mixe die Drinks in der Lounge, die dir so gut gefällt."

„Ich wette, ihr kassiert jede Menge Trinkgeld, oder?" Andrian konnte nicht aufhören, mich anzulächeln.

„Ja, das stimmt."

Crane runzelte die Stirn. „Unser Boss hätte gern, dass Jin als Manager die Nachtschicht für das Restaurant in King's Beach übernimmt. Dann könnte er dort aufhören und seinen Club endlich wieder selbst führen. Ich könnte wohl auch dort arbeiten, und wir wären alle glücklich."

„Und was hält dich davon ab, den Job anzunehmen?", fragte mich Andrian.

Ich sah ihm lange in die Augen, bis der Groschen fiel.

„Oh, verdammt! King's Beach liegt in unserem Territorium. Du bräuchtest Logans Genehmigung, um dich dort aufzuhalten."

„Du hast es erfasst. Ich kann mich ohne Erlaubnis nicht in eurem Gebiet aufhalten."

„Verdammt, Jin, das kann ich doch für dich klären. Darauf kannst du dich verlassen. Ich meine, du und Crane, ihr beiden seid doch Helden. Und Logan wird es nicht stören. Ich frage am besten unseren Sheseru, aber ich glaube kaum, dass das ein Problem sein wird. Sag deinem Boss, dass ihr den Job annehmt."

Ich nickte. Das war doch mal ein netter Nebeneffekt des Abends. „Danke."

„Nein, *ich* danke euch. Wenn ihr nicht dazwischen gegangen wärt, hätte diese Nacht wirklich böse enden können. Falls wir uns dafür irgendwie revanchieren können, dann lasst uns das einfach wissen."

„Na ja, das war doch jetzt schon ziemlich gut." Crane lächelte ihn an.

„Also, dann." Andrian nickte aufrichtig erfreut, als unsere Blicke sich trafen.

Um vier Uhr morgens wurden wir direkt vor unserem Apartment abgesetzt. Ich war zutiefst erleichtert, als der Lincoln wieder wegfuhr. Ich hatte Andrian das Versprechen abgenommen, Delphine nichts von uns zu erzählen, falls sie ihn fragen würde. Er hatte gemeint, dass sie ganz sicher fragen würde, war aber trotzdem zu der kleinen Täuschung bereit. Als wir allein auf dem Gehweg standen, sah mich Crane mit hochgezogener Augenbraue an.

„Du verdammter Glückspilz", grummelte er, als er mir die drei Treppen hoch zu unserem Apartment folgte.

„Wieso?"

„Das weißt du ganz genau", schnaubte er. „Von wegen Katze. Selbst, wenn man dir die Pfoten auf dem Rücken zusammenbindet, fällst du doch noch auf die Füße."

„Wovon sprichst du?"

„Wovon ich spreche? Zum Beispiel von dem glücklichen Zufall, der Christophe Danvers' Yareah und ihre Freundinnen neulich Nacht in unseren Club geschickt hat. Damit du sie mal so eben dazu überreden konntest, uns in ihren Stamm aufzunehmen, ohne dass wir vor dem Semel erscheinen mussten."

Ich blieb auf der Treppe stehen und drehte mich zu ihm um. „Sie fand es schick. Sie wusste gar nicht, dass sie auch Mitglieder in den Stamm aufnehmen kann, bis ich es ihr gesagt habe."

„Ja, ich weiß", meinte er, schob sich an mir vorbei und ging den Rest des Weges voraus. „Und nachdem du sie für den Gedanken erwärmen konntest und ein bisschen mit ihr geflirtet hast, konnte sie gar nicht mehr anders. Mir war nicht bewusst, dass Frauen sich von schwulen Männern derartig um den Finger wickeln lassen."

„In erste Linie ist sie eine Pantherin, in zweiter Linie eine Frau, also …"

„Sie ist in erster Linie eine Frau, und du hast sie rumgekriegt."

„Vielleicht habe ich sie ja ein bisschen in die richtige Richtung geschubst."

Er stöhnte laut und brachte mich damit zum Grinsen. Wir waren vor unserer Tür angekommen. „Ich hoffe nur, dass dich diese Nummer nicht irgendwann wieder einholt."

„Und damit meinst du natürlich gar nicht mich, sondern vor allem dich", stellte ich klar, während ich die Tür aufschloss und das dunkle Apartment betrat.

„Stimmt!" Er gähnte und warf sich auf die Couch, während ich das Licht einschaltete. „Es geht immer nur um mich."

„Na ja, ich denke, wir sind jetzt erst mal fein raus", erwiderte ich und ging hinter der Couch entlang in mein Schlafzimmer. „Morgen sage ich Ray, dass ich den Job als Manager für das Restaurant übernehme. Dann können wir nach King's Beach umziehen und müssen Christophe Danvers überhaupt nicht begegnen."

„Und Logan Church wird uns in Ruhe lassen, wenn Andrian ihm sagt, dass wir zu Christophes Stamm gehören", rief Crane laut genug, dass ich es hören konnte.

Ich zog meine Jacke und den Pullover aus und ging, nur in Jeans, T-Shirt und Socken, zurück ins Wohnzimmer. „Und damit ist die Sache wasserdicht. Ich muss keine Semels treffen und du kannst mit anderen Panthern abhängen. Das willst du doch schon, seit ich aus dem Stamm geworfen wurde und du mit mir gegangen bist."

„Was hätte ich denn machen sollen? Meinen besten Freund ohne Nachsendeadresse einfach ziehen lassen?"

Ich seufzte. „Wenn du geblieben wärst, hättest du eines Tages Sheseru werden können."

„Scheiß drauf." Er gähnte laut. „Es ist viel lustiger, dich dabei zu erleben, wie du dich mit deiner Taktiererei in eine Krise nach der anderen manövrierst."

„Du bist ja so witzig. Ich gehe ins Bett."

„Warte." Seine Stimme hielt mich zurück, bevor ich die Tür ganz geschlossen hatte.

„Was?"

Er drehte sich auf der Couch zu mir um. „Vermisst du es wirklich nie?"

„Ich weiß nicht, was du damit meinst."

„Einen Stamm, du Arsch. Vermisst du es nie, Teil eines Stammes zu sein?"

„Nein", log ich schlicht. Und obwohl er mich schon so lange kannte, merkte er nicht, dass ich log. Natürlich wollte ich zu einem Stamm gehören. Ich wollte es genau so sehr wie er. Doch dazu mussten wir erst einmal einen Stamm finden, der mich so akzeptierte, wie ich war. Und da konnten wir lange suchen. Es war müßig, darauf zu hoffen.

Wir schwiegen eine Weile, dann räusperte sich Crane.

„Weißt du, irgendwie ist es eine Schande, dass Logan Church aufgibt und sich eine Yareah nimmt." Er lenkte das Gespräch auf ein neutrales Thema, so wie er es immer machte. „Wenn ich Semel wäre, würde ich das niemals tun. Wenn ich Semel wäre, würde ich auf meine Reah warten. Wer will schon eine falsche Gefährtin?"

„Jemand, den man sich aussucht, ist ja nicht von vornherein falsch", korrigierte ich ihn und lehnte mich gegen den Türrahmen. „Millionen von Menschen machen das jeden Tag."

„Stimmt schon. Aber ein Semel sollte nun mal eine Reah als Gefährtin nehmen. So ist es gedacht. Sich mit weniger zufrieden zu geben, ist irgendwie gegen die Natur des Semel."

„Aber wenn ein Semel nun keine Reah findet? Was soll er dann tun? Ohne Gefährtin leben? Ohne seine eigene Familie leben und sterben?"

„Ich sage ja nur, dass ich auf meine wahre Reah warten würde."

Ich nickte. „Klar, würdest du."

12

„Ich würde das wirklich tun!"

„Schon möglich", gab ich ihm recht.

„Warum bist du so ein Sturkopf?"

„Wer nicht selbst Semel ist, hat immer leicht reden", seufzte ich. „Und ich garantiere dir, jeder Semel hat das Gleiche gesagt, bis er dann die Führung übernommen hat."

„Du bist so zynisch."

„Ich bin einfach realistisch. Wenn man nur für sich selbst verantwortlich ist, ist es immer einfach zu sagen, was man tun und lassen würde. Aber wenn dein Stamm auf dich schaut und auf einen Erben wartet, so wie Andrian es vorhin über Logan Church sagte … Ich meine, wenn deine Nachfolge gesichert werden muss, dann ist das ein gewaltiger Druck. Dem kann wahrscheinlich kaum jemand auf Dauer standhalten."

Er sah mich an. „Du sagst also, dass kein Semel es sich leisten kann, auf seine Reah zu warten."

„Realistisch ist es nicht. Reahs sind zu selten. Die Chance, eine zu finden, steht ziemlich schlecht."

„Und trotzdem …", widersprach er theatralisch, „… bist du da."

Ich zeigte ihm den Mittelfinger.

„Ach komm schon, Jin. All das Gerede über Reahs … Und hier stehst du, der seltenste Panther aller Zeiten, eine männliche Reah."

„Ich zähle nicht."

„Natürlich zählst du, du Idiot. Du bist eine Reah!"

„Ich bin keine richtige Reah. Ich bin keine Frau."

„Wer sagt denn, dass eine Reah immer weiblich sein muss?"

„Oh, ich weiß auch nicht … Alle vielleicht?" So, wie ich es sagte, klang es selbst in meinen eigenen Ohren bitter.

„Na ja, dann haben eben alle unrecht. Du bist ein Kerl und du bist eine Reah. Eine echte Reah. Das steht hier überhaupt nicht zur Debatte. Du existierst, also bist du auch echt."

„Crane …"

„Wir führen jetzt keine existentielle Diskussion, okay? Ich weiß, dass du eine Reah bist. So, wie ich weiß, dass du die einzige männliche Reah bist. Punkt und Ende der Geschichte."

„Aber das weißt du eben nicht. Zumindest nicht sicher."

„Oh, ich weiß das nicht?", schnaubte er. „Ich denke schon, dass ich das weiß. Auf all unseren Reisen in den letzten zwei Jahren, seit wir das College verlassen haben, haben wir nie von einer Reah gehört, geschweige denn von einer männlichen. Ich meine, eine weibliche Reah gibt es nur einmal in einer Million, aber eine männliche Reah … Scheiße, Mann, vergiss es. Du bist einmalig."

„Meinetwegen."

„Ich sag ja nur … Willst du es nicht irgendwann mal jemand anderem erzählen als immer nur mir?"

„Mein Vater weiß es", erinnerte ich ihn. „Ebenso wie unser alter Stamm und unser alter Semel, der versucht hat, mich umzubringen. Ich finde, es wissen schon mehr als genug Leute."

Er drehte sich wieder um und rollte sich auf der Couch zusammen. Ich konnte sein Gesicht nicht mehr sehen.

„Du könntest nach Hause gehen, Crane. Dich würden sie wieder zurücknehmen."

„Leck mich doch. Geh ins Bett. Ich will nicht mehr darüber reden."

Ich respektierte seine Entscheidung, denn wir waren in einer Sackgasse gelandet und brauchten beide unseren Schlaf. Also schloss ich die Tür und fiel ins Bett. Ich war so erschöpft, dass ich sogar traumlos schlief.

3

NACH MEINER Einschätzung benutzen die Leute das Wort „kalt" viel zu häufig. Beispielsweise war ich schon in Kinos und Restaurants, sogar in überfüllten Supermärkten gewesen, in denen ich Leute sagen hörte, dass ihnen kalt sei ... eiskalt sogar. Tatsache ist, solange man noch nie den eisigen Windhauch gespürt hat, der Ende Januar über den Lake Tahoe streicht, hat man keine Ahnung was „kalt" tatsächlich bedeutet. Und deshalb konnte ich wirklich nicht verstehen, warum einige unserer Gäste unbedingt draußen auf der Terrasse sitzen wollten. Sie trugen zwar warme Mäntel, die Heizstrahler waren an und die Terrasse war überdacht, aber trotzdem war es immer noch sehr kalt. Als ich die Gruppe sah, die sich nach draußen aufmachte, schaute ich meinen Oberkellner an und zuckte mit den Schultern.

„Du hast doch nichts dagegen, oder?", erkundigte er sich.

„Wenn sie unbedingt erfrieren wollen, werde ich sie nicht davon abhalten."

„Danke, Boss."

„Bitte sag Owen Bescheid, dass er Linda aushelfen soll. Das sind eine Menge Leute und es ist scheißkalt da draußen."

„Wird gemacht." Er lächelte mir zu.

„Und sag ihnen, dass sie ihre Schneeanzüge anziehen sollen", fügte ich noch hinzu und wandte mich zum Gehen.

Ich wollte in der Küche nach dem Rechten sehen und hatte den Speiseraum schon halb durchquert, als sich eine schwere Hand auf meine Schulter legte. Ich drehte mich um und sah meinen Chef, Ray Torres, hinter mir stehen.

Ich sah ihn an. „Was tust du denn hier?"

„Aber ich schaue hier doch jede Woche nach dem Rechten. Läuft anscheinend gut, wie immer."

„Und was willst du außerdem? Normalerweise rufst du einfach an."

Sein Lächeln war ein bisschen schlitzohrig. „Ich hatte gehofft, dass du eine Antwort für mich hast."

„Willst du mich veralbern, Ray? Bisher hatte ich noch keine Sekunde Zeit, um ..."

„Ach, komm schon", sagte er schmunzelnd. Seine Hand wanderte weiter in Richtung meines Nackens und drückte mich kurz. „Es ist doch nur noch eine Nacht. Danach hast du drei Tage frei."

„Klingt ja fast so, als hätte ich mir das nicht verdient. Ich habe fünfzehn Tage am Stück gearbeitet, Ray. Ich lebe praktisch hier. Ich sollte mir einfach eine Pritsche in die Küche stellen."

15

„Du könntest das Zimmer oben benutzen."

„Scherzkeks."

Er lächelte mich an und beugte sich vor, um meine Haare zu zerzausen. „Du bist noch jung. Mit vierundzwanzig konnte ich tagelang durchhalten, ohne zu schlafen oder zu essen."

Ich wollte ihn stehen lassen, aber seine Hand legte sich auf meinen Oberarm und hielt mich zurück.

„Weißt du, Jin, in den zweieinhalb Monaten, in denen du das Restaurant hier führst, bist du absolut unersetzlich für mich geworden. Ich hoffe, du denkst über mein Angebot ernsthaft nach."

Er hatte ja keine Ahnung, wie intensiv ich über sein Angebot bereits nachgedacht hatte, seitdem er es mir letzte Woche aus heiterem Himmel unterbreitet hatte. Er wollte mich als Geschäftsführer für den Laden – eine Position, um die sich bereits zwei andere bewarben, darunter auch Crane.

Das Paragon war ein Lounge-Restaurant, das in King's Beach direkt am Strand lag. Im Sommer konnten die Gäste entweder mit ihren Booten Anker werfen und zum Steg schwimmen oder paddeln, oder sie konnten direkt vom Schiffsdeck auf die hintere Terrasse kommen. Während des Sommers war hier morgens, mittags und abends die Hölle los. Im Winter war es, dank der Lichter und der Heizstrahler auf der Terrasse, ein beliebter Zufluchtsort für die Wintertouristen aus Incline Village. Die Kundschaft bestand sowohl aus Einheimischen als auch aus Touristen und reichen Wochenendbesuchern, die hier Ferienhäuser besaßen.

„Jin", riss Ray mich aus meinen Gedanken.

„Ja."

Er stellte sich vor mich, so dass ich seinen Blick erwidern musste.

„Als du damals hier angefangen hast, dachte ich, du bist auch so ein Punk wie die meisten anderen. Aber du hast dich von Anfang an reingekniet und deine Qualitäten unter Beweis gestellt."

„Du hast mich für einen Punk gehalten?", neckte ich ihn.

„Jin", warnte er mich.

„Ray", sagte ich im gleichen Tonfall.

Er grummelte. „Hör zu. Alle mögen dich und alle hören auf dich. Das ist genau das, was ich brauche."

„Ray …"

„Seitdem du hier angefangen hast, schreibt der Laden endlich wieder schwarze Zahlen."

Ich sagte nichts.

„Deine Marketing-Ideen wie beispielsweise die Kooperation mit den Clubs in Reno und der Deal mit dem Lakehouse Inn für private Partys … Alle Beteiligten machen richtig Geld. Greg kam gestern vorbei und erzählte mir, dass es im Inn das erste Mal seit Jahren richtig gut läuft. Er hält dich für ein Geschenk des Himmels."

„Ach hör schon auf, Torres."

Sein Grinsen wurde breiter. „Er sagte, wenn ich dir nicht die Geschäftsführung hier anbiete, will er dich für das Inn. Ihm gefällt, was er sieht."

„Und ich weiß das zu schätzen. Aber ich weiß einfach noch nicht, was ich machen soll. Ich wollte eigentlich nicht lange hier bleiben."

„Ich weiß, dass du das vorhattest. Aber ich möchte, dass du bleibst. Wir alle wollen das."

„Ich weiß nicht … Ich bin nicht der einzige, der sich für den Job interessiert."

Er zuckte mit den Schultern. „Tatsache ist, wenn du hier bist, Jin, dann brauche ich nicht selbst zu kommen. Wenn ich weiß, dass du hier bist, mache ich mir keine Sorgen. Bei allen anderen, bin ich mir da nicht so sicher."

„Ich weiß das sehr zu schätzen. Aber gib mir bitte noch etwas Zeit zum Nachdenken, okay?"

„So viel du willst." Er lächelte und ging wieder.

Wenige Minuten später wurde ich in der Küche mit dem üblichen Schwall liebevoller Hänseleien begrüßt, bevor man mich drängte, eine neue Kreation aus Jalapenos, Grillkäse und Cranberry-Soße zu probieren, die noch dazu doppelt frittiert war. Es schmeckte fürchterlich und ich fragte Ramon, den Küchenchef, ob er mich damit umbringen oder einfach nur zum Kotzen bringen wollte.

„Wissen alle Mädchen hier, dass du schwul bist?"

Ich konnte zwar Vermutungen über seinen Gedankengang anstellen, aber wirklich richtig folgen konnte ich ihm nicht. „Was hat das mit meiner Frage zu tun?"

„Überhaupt nichts", versicherte er mir.

Wir sagten nichts und starrten uns an. Ich musste zuerst aufgeben und grinste.

„Okay. Worauf willst du hinaus?", fragte ich seufzend.

„Die Mädels", wiederholte er. „Wissen sie Bescheid?"

„Ich denke schon."

„Wie kommt es dann, dass sie die ganze Zeit nur von dir reden?"

„Weil Frauen und schwule Männer sich ergänzen wie Erdnussbutter und Marmelade", klärte ich ihn auf. „Wir sind einfach füreinander geschaffen."

„Nein." Er schüttelte den Kopf. „Sie reden, als wollten sie mit dir ins Bett springen."

Das wollten sie eigentlich nicht, doch diesen Unterschied kapierte er nicht.

Alle Frauen, die für mich arbeiteten, liebten mich. Nur das war der Grund für ihre Wertschätzung. Ob ich es wollte oder nicht, ob ich es darauf anlegte oder nicht, spielte keine Rolle. Ich liebte Frauen, aber ich schlief nicht mit ihnen. Das machte mich offenbar unwiderstehlich. Sie überschütteten mich mit Komplimenten über meine hellgrauen Augen, meine langen schwarzen Haare und meine dunklen Augenbrauen. Frauen achten auf Kleinigkeiten wie den perfekten Schwung deiner Brauen, die Länge deiner Wimpern, wie voll deine Lippen sind und wie deine Nase geformt ist. Ich hatte schon oft zu hören bekommen, dass ich mit meinem Schlafzimmerblick, meinem knackigen Körper und meiner tollen Haut jederzeit als Model arbeiten könnte. Es war irgendwie süß, genau wie die Umarmungen und Küsschen, die ich jedes Mal bekam, wenn ich im Restaurant auftauchte.

„Hallo!"

Ich hob den Kopf und sah Ramon an. „Keine will mit mir ins Bett. Sie wollen alle Crane."

„Keines der Mädels interessiert sich für deinen Zimmerkumpel. Sie wollen dich."

Das ergab keinen Sinn.

„Du bist nur zu blind, um es zu sehen."

Ich schenkte ihm einen nachsichtigen Blick und drehte mich um.

Bevor ich gehen konnte, fasste er mich am Arm.

„Was ist denn noch?" Ich sah ihn wieder an.

„Wir", er zeigte mit einer schwungvollen Geste auf die gesamte Küchenbrigade, „werden diesen Ben windelweich prügeln, falls er so dämlich ist, sein Gesicht hier noch einmal zu zeigen."

Ich grinste ihn an. Wenn er nur wüsste. Ben würde mir unter keinen Umständen noch ein einziges Mal zu nahe kommen. „Ich finde es toll, dass ihr auf mich aufpassen wollt, aber ich bin kein Mädchen. Ihr braucht den Typen nicht aufzumischen, nur weil er mir ein bisschen übel mitgespielt hat."

„Jin, die ganze Aktion war komplett unfair. Er ist mitten in der Nacht in deine Wohnung eingebrochen."

Das sagte eigentlich hauptsächlich etwas über unsere billigen Schlösser und darüber aus, wie tief ich in dieser Nacht geschlafen hatte. Crane war ein paar Mal mit einer Stripperin ausgegangen, die natürlich einen eifersüchtigen Ex-Freund hatte. Der hatte die beiden so lange verfolgt, bis er herausgefunden hatte, wo Crane wohnte. In der Nacht, in der er dann bei uns einbrach, war Crane gar nicht zu Hause. Ich schlief ganz allein auf der Couch, auf der ich nach einer sechzehn-Stunden-Schicht praktisch zusammengebrochen war.

„Das Arschloch hätte dich umbringen können."

„Was soll ich dazu sagen? Aus Fehlern wird man klug."

„Ja, aber es war nicht dein Fehler."

Damit hatte er auch wieder recht.

„Du weißt, dass du ziemlich übel ausgesehen hast, nachdem er dich zusammengeschlagen hatte?"

Das hatte ich allerdings. Aufgeplatzte Lippe, blaues Auge und diverse blaue Flecken am Hals, weil er mich gewürgt hatte. Ben Eller war vor einer Woche in unser Apartment eingebrochen, um seinem Rivalen ein bisschen Angst einzujagen, war dann aber im Adrenalinrausch offenbar schnell von Drohgebärden zu Mordgelüsten übergegangen. Er hatte versucht, mich zu erdrosseln.

Benommen hatte ich mich im Halbschlaf aus Ben Ellers tödlichem Griff befreit und mich mitten im Wohnzimmer verwandelt. Ich war ein Opfer der Umstände. Es gab keine Fluchtmöglichkeit, also blieb nur der Kampf. Instinktiv hatte ich zu meiner besten Waffe gegriffen. Er war schreiend aus dem Apartment geflohen. Ich machte mir keine Sorgen. Was sollte er der Polizei schon erzählen? *„Als ich versuchte, diesen Typen zu erwürgen, verwandelte er sich direkt neben dem Beistelltisch in eine Kreatur aus dem Discovery Channel."* Ich konnte damit rechnen, dass der Augenzeuge meiner Verwandlung durch seinen Mordversuch deutlich an Glaubwürdigkeit verlor.

„Jin?"

„Ich weiß, wie ich ausgesehen habe", sagte ich schnell. „Und ich danke dir, dass du dir Sorgen gemacht hast."

„Du hättest Anzeige erstatten sollen."

„Crane und ich haben eine einstweilige Verfügung erwirkt. Das sollte reichen."

Er zuckte mit den Schultern. „Ich hoffe wirklich, dass euer Stalker sich aus dem Staub macht."

„Und dabei ist er noch nicht mal mein Stalker", sagte ich grinsend. Die Ironie war mir durchaus bewusst.

„Ja, echt superwitzig", grummelte er und beugte sich zu mir. „Aber mal ganz was anderes … Ich habe gehört, dass Ray dir den Geschäftsführerposten angeboten hat."

„Ja, stimmt."

„Dann nimm ihn an. Wir stehen alle hinter dir."

„Vielen Dank."

Er lächelte mich an und wandte sich ab, um wieder an die Arbeit zu gehen. „Keine Ursache."

Ich kümmerte mich jeden Tag persönlich darum, dass Ramon alles hatte, was er in der Küche brauchte. Auf seine Art hatte er mich gerade wissen lassen, wie sehr er meine Fürsorge zu schätzen wusste.

Zurück im Restaurant wurde ich von Linda Rice, einer der Kellnerinnen, beinahe umgerannt.

„Da bist du ja", seufzte sie erleichtert. „Jin, die Truppe auf der Terrasse macht Randale. Einer der Typen ist ziemlich betrunken. Ich gehe da garantiert nicht wieder raus."

Ich nickte nur und wollte zur Terrasse gehen.

Linda fasste mich am Arm. „Ich hole einen von den Rausschmeißern aus der Lounge, damit er mit dir rausgeht, okay?"

Ich lächelte sie an. „Mach dir keine Sorgen um mich, Linda. Ich bin gerade in der richtigen Stimmung."

„Na, wunderbar. Einige von den Typen sehen wie russische Gangster aus."

„Waren wir uns nicht einig, dass du zu viel *Law & Order* siehst?"

„Du bist ja so witzig!" Sie zog eine Grimasse, als hätte sie in eine Zitrone gebissen. „Sei einfach vorsichtig. Du bist nicht so groß und Furcht einflößend, wie du vielleicht denkst."

„Nein?" Ich grinste sie an und sie kicherte, obwohl sie von der Auseinandersetzung draußen sichtlich mitgenommen war. Und es war irgendwie niedlich, dass sie mir noch einen Klaps auf den Hintern gab, bevor ich von ihr los kam.

Auf der Terrasse waren drei Tische zusammengeschoben worden. Die Gäste hatten schon recht viel getrunken. Es war wirklich sehr laut, selbst für eine Runde unter freiem Himmel. Mein zweiter Kellner, ein netter Junge aus Tulsa namens Owen, wurde gerade angebrüllt. Die Frauen verlangten Champagner, und als er sie fragte, welche Sorte sie gerne hätten, stand plötzlich ein großer, breitschultriger Mann auf und schubste ihn weg. Owen wäre beinahe gestürzt. Der Mann packte ihn am Pulli, schüttelte ihn und fragte ihn, ob er Englisch verstünde. Ich trat schnell vor und schob mich zwischen meinen Kellner und den Fremden.

„Das war es dann", sagte ich und deutete ohne Umschweife zur Tür. „Sie sind fertig hier."

„Ach, wir sind also fertig hier?", fragte der Mann und schlug hart gegen mein Schlüsselbein. „Ist das so?"

Als er mich anfasste, wusste ich Bescheid. Er war eine Katze. Er war kein Semel, kein Anführer, aber ziemlich hochrangig. Entweder ein Stellvertreter oder Vollstrecker, ein Sylvan oder Sheseru. Ich war mir nicht ganz sicher. Wie auch immer, er hatte Macht und war es gewohnt, dass die Leute sich ihm beugten. Ich hätte mich auch gebeugt, denn ich wollte mit einer Katze nichts zu tun haben. Doch da war Owen, und der stand unter meinem Schutz.

„Ja", sagte ich und sah ihm direkt in die Augen. „Sie sind fertig hier."

Er war betrunken, sonst hätte er mich wohl nicht angeknurrt und seine menschlichen Zähne gebleckt, um mich zu beeindrucken. Auf jeden anderen hätte er vermutlich nur ein bisschen verrückt gewirkt, aber ich wusste sofort, was mit ihm los war – er verlor die Beherrschung, weil er zu viel Alkohol intus hatte.

„Jin", sagte Owen mit zitternder Stimme und legte mir eine Hand auf die Schulter. „Ich glaube, du solltest besser nicht …"

„Geh rein", befahl ich ihm. „Bleib dort und schicke auch sonst niemanden raus. Es wird sich alles aufklären."

Er verschwand schnell, da er daran gewöhnt war, mir zu gehorchen.

Sobald sich die Tür hinter ihm geschlossen hatte, trat ich noch einen Schritt auf den großen Mann zu und lächelte ihn an. Ich zeigte ihm aber nicht meine normalen Zähne, sondern meine Reißzähne. Gleich darauf hätte ich es am liebsten ungeschehen gemacht. Wenn ich einen klaren Kopf gehabt hätte und nicht vollkommen übermüdet gewesen wäre, hätte ich mich sicher klüger verhalten. So aber hatte mein Instinkt die Oberhand über meinen Verstand gewonnen.

Mein Lächeln hatte dennoch den gewünschten Effekt. Sichtlich erschüttert trat der Mann einen Schritt zurück. Er war nicht wie ich, er war keine Reah. Er hatte nicht meine Kräfte. Er konnte Mann sein oder Biest, aber er konnte sich nicht nach Belieben nur teilweise verwandeln. Er konnte kein Werpanther sein. Diese Fähigkeit hatten nur ein Semel oder eine Reah.

„Ich … was …" Er verstummte, weil er sich nicht sicher war, was ich war. Ich war kein Semel, das konnte er sich denken. Die Macht eines Semel war unverkennbar. Ich hatte nicht diese Aura von roher Energie. Was ich ausstrahlte, war anders, war wärmer und sanfter. Es entsprach dem, was ich war. Reah und Semel sind wie Yin und Yang. Sie ergänzen einander und passen perfekt zusammen. Die Reah verleiht dem Semel Güte und Mitgefühl, der Semel gibt der Reah Stärke und Logik. Jeder Semel strahlt Macht und Dominanz aus, aber bei mir war das nicht der Fall. Daher wusste mein Gegenüber nicht, was er mit mir anfangen sollte.

„Wie kann das sein?"

Ich verstand seine Verwirrung. Soweit ich wusste, war ich die einzige männliche Reah auf der Welt. Vielleicht gab es irgendwo noch mehr von uns, aber ich hatte nie davon gehört, geschweige denn, eine solche Reah getroffen. Und obwohl ich gern mit Crane über diese Möglichkeit diskutierte, konnte er sehr gut recht haben und ich war die einzige männliche Reah.

„Reah", keuchte der Mann laut, weil er erkannte, was los war. Er starrte mich mit weit aufgerissenen Augen an.

Wo vor wenigen Augenblicken noch lautes Geschrei geherrscht hatte, hörte man jetzt nur noch den Wind, der vom See an Land wehte.

„Wie kannst du es wagen, deinen Stamm zu entehren, indem du deine Zähne gegen einen Fremden fletschst?", fragte ich mit eisiger Stimme und hoffte, ihn mit meinem zu Ärger vertreiben, bevor er auf die Idee kam, dumme Fragen zu stellen. „Hast du den Verstand verloren? Was wolltest du als nächstes tun? Wolltest du dich hier in diesem Restaurant verwandeln, vor den Augen aller Gäste?"

Er starrte mich immer noch an.

„Das schickt sich nicht. Es ist nicht *maat*. Du bist eine Schande."

„Verzeih mir", sagte er und kniete vor mir nieder. „Bitte, Reah."

Ich nickte.

„Bring mich zu deinem Semel, damit ich bei ihm um Entschuldigung bitten kann."

Es gab keinen Semel, zu dem ich ihn hätte bringen können. Ich hatte keinen festen Gefährten, aber das brauchte er nicht zu wissen. „Es ist schon in Ordnung", sagte ich kurz angebunden und trat einen Schritt zurück. „Sieh einfach zu, dass du von hier verschwindest."

Er kniff die Augen zusammen. „Was tust du hier?"

„Es steht dir nicht zu, mich zu befragen", fauchte ich ihn an. „Nimm deine Freunde und geh." Damit drehte ich ihm demonstrativ den Rücken zu, um ihm unmissverständlich deutlich zu machen, dass ich ihn nicht fürchtete und nichts mehr mit ihm zu tun haben wollte. Er schnappte vor Überraschung nach Luft.

„Reah!"

Als ich die Tür fast erreicht hatte, spürte ich eine Hand auf meiner Schulter. Ich drehte mich um und sah in zwei riesige, meergrüne Augen. Eine Frau stand vor mir.

„Hey", sagte ich ruhig und versuchte, gleichmäßig zu atmen. Dabei fuhr ich mit der Zunge über meine Zähne, die wieder menschlich geworden waren. Ich konnte meine Verwandlung außerordentlich gut kontrollieren. Heute war ich ausnahmsweise froh darüber. Ein Werpanther kommt in einem gut besuchten Restaurant in der Regel nicht so gut an.

„Hey", sagte sie keuchend und fuhr mir mit zitternden Fingern über die Brust. Mit offenem Mund und aufgerissenen Augen stand sie da und sah einfach hinreißend aus.

Ich brauchte einen Moment, um zu schalten – vor lauter Schlafmangel lief ich sozusagen auf Reserve –, aber dann erkannte ich, dass es die Frau war, die ich vor zwei Monaten in Reno gerettet hatte.

„Du hast mich gerettet", hauchte sie.

„Das stimmt." Ich lächelte gezwungen und schob eine hellbraune Haarsträhne aus ihrem wunderschönen Gesicht. Ich war mir nur vage der Tatsache bewusst, dass die anderen wie erstarrt um uns herum standen.

„Oh", flüsterte sie. Tränen liefen ihr übers Gesicht. „Ich bin Delphine."

„Andrian hat es mir gesagt."

„Wie ist dein Name?"

„Jin", antwortete ich.

Sie holte tief Luft. „Darf ich … näher kommen?"

Ich lächelte zustimmend und sie schmiegte sich an mich, legte mir die Arme um die Taille und drückte ihr Gesicht an meinen Hals. Ich hielt sie fest umschlungen und spürte, wie sie erbebte.

„Du … hast mich gerettet. Du warst großartig … Ich wollte dich finden und mit dir reden und dir danken, aber sie … sie wollten das nicht … und nun bist du hier und du bist noch schöner, als ich es für möglich gehalten hätte."

„Du warst das?", fragte jemand. „Du hast die Schwester unseres Semel gerettet?"

Offenbar hatte ich das. Andrian hatte Crane und mir seinerzeit erzählt, dass sie die Schwester des Semel war. Trotzdem war es beinahe beängstigend, die Ehrfurcht in ihren Stimmen zu hören.

„Wir müssen dir angemessen danken", sagte Delphine, die ihr Gesicht immer noch an meine Schulter drückte. „Du musst mit uns zu meinem Bruder kommen."

„Das ist wirklich nicht nötig", versicherte ich ihr und versuchte, sie von mir weg zu schieben. „Ich habe nur meine Pflicht getan, so wie jeder andere Mann einer Frau auch geholfen hätte. Diejenigen, die dich angegriffen haben, sollten bestraft werden."

„Es ist eine alte Fehde." Sie lächelte schief. „Eine Fehde, die glücklicherweise diesen Berg nicht erreicht hat. Unsere Jagdgründe sind allerdings hier. Du musst uns wirklich Gesellschaft leisten."

Da ich eine Reah war, jagte ich nicht. „Na, klar", lächelte ich sie an. Der Mann, der seine Zähne entblößt hatte, kam jetzt zu uns. „Mal schauen", brummte ich.

„Bitte, Reah", sagte der Mann und sank auf ein Knie. „Du hast uns deinen Mut bewiesen, indem du dich gegen mich gestellt hast, gegen den Sheseru des Stammes der Mafdet. Und nun stelle ich auch noch fest, dass du derjenige warst, der unser süßes Mädchen vor den Bestien des Menhit-Stammes gerettet hat. Bitte, Reah." Er bot mir seine Hand an. „Nimm meine Entschuldigung an und begleite uns, damit ich dich Logan Church vorstellen kann, unserem Semel."

Je länger ich mit ihnen zusammenblieb, desto größer war die Gefahr, dass sie erkannten, dass ich eine Reah ohne eigenen Gefährten war. Eine Reah konnte nur mit einem Stammesführer zusammen sein. Da ich zu keinem Semel gehörte, konnte man mich – notfalls mit Gewalt – zu jedem Semel schleppen. Wir bräuchten uns nur in die Augen zu sehen und würden erkennen, ob wir Gefährten waren oder nicht. Ich verabscheute die Vorstellung einesGefährten, der mir vom Schicksal vorgeben wurde. Freier Wille war mir lieber. Daher hielt ich mich von allen Stämmen und Stammesführern fern. Und aus diesem Grund würde mein größter Wunsch niemals wahr werden. Eine Reah konnte immer nur zu dem Stamm gehören, der von ihrem Gefährten geleitet wurde. Da sich kein Semel einen männlichen Gefährten erwählen würde, blieb mir ein eigenes Zuhause versagt.

„Bitte, Reah."

Ich reichte ihm die Hand. Erleichtert hob er sie ans Gesicht und hielt sie dort fest.

„Dein Name ist Jin?", fragte er und sah mir in die Augen, während er sich an meine Hand schmiegte.

„Ja."

„Jin. Und weiter?"

„Rayne."

Die Augen, die so kämpferisch und wütend gewesen waren, blickten jetzt warm und sanft unter den schweren Lidern hervor. Er war ein Sheseru, und weil ich eine Reah war, wollte er mein Favorit sein. Instinktiv wollte er mein Schild sein, so wie es mein Instinkt war, Gefährte eines Semel zu sein. Je länger ich in seiner Nähe blieb, desto stärker würde sein Beschützerinstinkt werden. Es lag ihm im Blut. In seinem Gesicht war freudige Erregung zu erkennen und das überwältigende Verlangen, mich zu beschützen. Er wollte mich über die Schulter werfen und mich zu seinem Semel bringen, damit er dann, von seinem Platz an dessen Seite, auf mich aufpassen konnte. „Sobald du gehst, wird dieses Gefühl verschwinden", versicherte ich dem Sheseru.

Er schüttelte sanft den Kopf. „Irgendetwas stimmt nicht. Ich kann es spüren."

Der Mann betrachtete mich konzentriert. Ich musste ihn und seine Leute loswerden, bevor er zwei und zwei zusammenzählte, und meine Lüge durchschaute. Ich hatte keinen Gefährten und er stand knapp davor, es zu bemerken. „Ihr müsst jetzt gehen."

„Bitte begleite uns zu unserem Semel, damit du seinen Dank entgegennehmen kannst."

Auf keinen Fall! Ich schüttelte den Kopf und versuchte, ihm meine Hand zu entziehen.

Er griff sofort fester zu, umklammerte mein Handgelenk und hielt mich zurück. Wir sahen uns an. Er war nicht dumm, und seine Instinkte mussten gut sein, sonst wäre er nie zum Sheseru gewählt worden. Wenn ich mich wehrte, wenn ich auch nur die geringste Furcht zeigte, würde er mich einfach gewaltsam vor seinen Semel schleppen. Und sobald ich dort wäre, käme die Wahrheit ans Licht. Logan Church würde sofort wissen, dass ich keinen Gefährten hatte.

Ich konnte es einfach nicht riskieren, zu ihm gebracht zu werden. Daher versuchte ich, Zeit zu schinden. Ich senkte den Blick, starrte zu Boden und versuchte – wie ich hoffte –, reumütig auszusehen. „Ich würde ja mit dir gehen, aber mein Semel wäre darüber nicht erfreut. Es wäre nicht *maat*, ohne ihn zu mitzugehen."

Durch meine Wimpern sah ich ihn nicken. Er erhob sich und ragte neben mir auf. „Natürlich, ich verstehe. Es wäre nicht schicklich, wenn du ohne deinen Gefährten in der Gesellschaft eines anderen Semel wärst. Bitte entschuldige, dass ich etwas so Unpassendes vorgeschlagen habe."

Er kannte und respektierte die alten Regeln, auf die ich mich bezog, obwohl sie auf mich genau genommen nicht zutrafen. Es war mir recht. Mir war alles recht, solange es ihn zum Gehen bewegte.

„Reah", flüsterte er.

Als ich den Blick hob, sah ich seine Kiefermuskeln arbeiten. Er wollte mich unbedingt zu seinem Semel bringen. Er war sich ziemlich sicher, dass ich über meine Umstände log, aber er konnte es natürlich nicht genau wissen. Und wenn er sich irrte und mich einfach mitnahm … Sein Leben könnte durch einen solchen Fehler verwirkt sein.

„Ich habe noch niemals eine Reah gesehen, geschweige denn eine getroffen."

„Wir sind sehr selten, daher kennst du meinen Wert für meinen Stamm."

„Du bist wertvoll für uns alle, nicht nur für deinen Stamm."

Ich nickte, obwohl ich das für kompletten Unsinn hielt.

„Man sagt, dass ein Semel, der seine Reah findet, von Ra auserwählt ist."

Okay. Was auch immer.

„Ein Semel, der seine Reah gefunden hat, ist Semel-Re, der Sitz des Auges. Es ist ein Segen."

„Segen" wäre wohl nicht der Begriff, den ich wählen würde. Keine Freiheit in der Wahl der Person, die du liebst; stattdessen trifft eine Mischung aus Chemie,

Genetik und Schicksal die Entscheidung für dich. Ich wollte damit nichts zu tun haben. Wenn ich als stinknormale Katze zur Welt gekommen wäre, hätte ich wählen können, wen immer ich wollte. Aber da ich nun einmal „gesegnet" war, konnte jeder beliebige Semel unverhofft zu meinem Gefährten werden.

„Eine Reah kennt ihren Gefährten, sobald sich ihre Blicke treffen."

„Ja, ich weiß", sagte ich hastig und holte tief Luft. „Bitte richte deinem Semel meine Grüße aus."

„Nenne mir den Namen deines Semel."

Ich gab ihm den einzigen Namen, den ich hatte. „Crane Adams", sagte ich leise.

Er nickte und musterte mich noch einmal von oben bis unten. „Und wer hat dir und deinem Gefährten sicheres Geleit zugesagt?"

„Euer Mann, Andrian Basargin, gab meinem Semel und mir seinen Namen in der Nacht, als wir Delphine gerettet haben." Ich hüstelte. „Allerdings hatte er keine Ahnung, wer oder was wir waren."

Er starrte mich weiter an, studierte mich, ohne ein Wort zu sagen. Ich machte einen Schritt rückwärts. Da er offensichtlich noch nicht gehen wollte, fragte ich ihn nach seinem Namen.

„Mein Name ist Yuri. Yuri Kosa."

„Freut mich sehr."

„Die Freude ist ganz meinerseits, Reah, wirklich, ganz meinerseits."

Ich dankte ihm, bevor ich ihn noch einmal bat, zu gehen, da es komisch aussehen würde, wenn sie nach einer so unübersehbaren Konfrontation noch bleiben würden. Alle stimmten zu. Nur Delphine wollte noch weiter mit mir reden, doch ich erklärte ihr, dass ich arbeiten müsse. Sie gingen, nachdem sie an der Bar die Rechnung bezahlt hatten. Eine halbe Stunde später kam Ray zu mir. Er war beeindruckt, wie ruhig ich die explosive Situation in den Griff bekommen hatte. Er sagte mir, dass ich definitiv das Zeug zum Geschäftsführer hätte. Für die anderen Bedienungen war ich natürlich erst recht ein Held, weil ich Owen zu Hilfe gekommen war. Owen selbst dankte mir dann auch noch einige hundert Male. Er hatte wirklich Angst gehabt, vor allem, als der Verrückte ihn praktisch angefaucht hatte. Ich stimmte ihm zu, dass es alles in allem eine gruselige Begegnung gewesen war.

4

ICH GING zu Fuß mit Crane zurück zu unserem Apartment, nachdem wir beide früh Feierabend gemacht hatten. Er nannte mir jeden nur erdenklichen Grund, warum wir bleiben sollten, anstatt mit dem nächstbesten Flug aus Reno zu verschwinden.

„Worüber regst du dich eigentlich so auf?", fragte er, während er versuchte, mit mir Schritt zu halten. „Der Sheseru von Logan Churchs Stamm hat dich erkannt. Was soll daran so schlimm sein?"

„Verdammt!"

„Und wenn du den Typen besuchst, was ist dabei? Du schaust ihn an, siehst, dass er nicht dein Gefährte ist, und damit endet die Geschichte. Ich werde nie verstehen, warum du nicht einfach jeden Semel einmal triffst, und dann ist es gut."

„Ich bin keine normale Reah. Was ist, wenn sie versuchen, mir wehzutun?"

„Was ist, wenn sie es nicht versuchen?"

„Ich soll es also einfach darauf ankommen lassen?"

„Du sollst einfach mal die Arschbacken zusammenkneifen."

„Fuck you", fuhr ich ihn an. „Du musst ja nicht damit leben."

„Muss ich nicht?"

Wie er mich ansah, so sauer und frustriert zugleich – das setzte mir wirklich zu.

„Ich weiß, dass ich selbst keine Prügel einstecken musste. Aber es war auch nicht gerade ein Picknick, es nur miterleben zu müssen."

Wenn ich an jene Nacht zurückdachte, zuckte ich selbst nach all den Jahren noch zusammen. Mich als Reah – und obendrein noch als schwul – zu outen, hatte brutale Folgen gehabt. Ich war verprügelt und nackt am Straßenrand zurückgelassen worden. Crane, der im Schutz der Dunkelheit kam, um mich zu verstecken, hatte mich vor dem sicheren Tod bewahrt. Mein Semel hatte den Übergriff geduldet, mein eigener Vater hatte mitgemacht und applaudiert. Als sie erfuhren, dass ich überlebt hatte, wurde ich verbannt. Ich habe seitdem mit niemandem aus dem Stamm gesprochen – nicht mit meinen Eltern, nicht mit meinem Bruder. Nur mit Crane. Mein bester Freund hatte sich entschlossen, mit mir in die Verbannung zu gehen. Und wenn es auch sonst niemanden kümmerte, was aus mir wurde, hatte ich immer noch Crane. Ich verdankte ihm viel, denn nachdem er mir das Leben gerettet hatte, musste er mich auch davor bewahren, wahnsinnig zu werden und mich in meinem Schmerz zu verlieren. Er meinte immer, dass sie gewonnen hätten, wenn ich mich umbringen würde. Und das war wirklich keine Option.

„Crane", sagte ich leise. Der Kloß in meinem Hals machte mir das Atmen schwer.

„Vergiss es", brummte er. „Was ich nicht verstehe, ist, warum du dem Typen unbedingt deine Reißzähne zeigen musstest. Damit hat alles angefangen."

„Das wollte ich eigentlich gar nicht." Ich atmete kurz durch, um mich wieder zu beruhigen. „Es ist nur passiert, weil ich so müde war. Und müde bin ich, weil ich zu viel arbeite. Warum arbeite ich eigentlich so viel? Ich werde sowieso wieder von hier weggehen und ... Verdammt!"

„Du bist ein Idiot", sagte er.

„Ja, ich weiß."

„Um Himmels Willen, was hast du dir bloß dabei gedacht?"

Ich war so sauer, dass ich kaum noch klar denken konnte. Warum hatte ich auch den idiotischen Fehler gemacht, Yuri Kosa meine Zähne zu zeigen? Sicher, er hatte damit angefangen. Ich hatte es noch für völlig hirnrissig gehalten. Doch dann hatte ich trotzdem nichts Besseres zu tun, als genau die gleiche Dummheit zu begehen.

„Zeig es mir!"

Ich sah ihn verblüfft an. „Was?"

„Deine Reißzähne, zeig sie mir ... und deine Hände auch."

„Warum?"

„Weil es schon so lange her ist, seit ... Zeig es mir einfach."

Ich hätte alles getan, damit die Dinge zwischen uns wieder normal wurden. Crane war meine Rettungsleine und ich brauchte ihn, also zog ich meine Lippen zurück und zeigte ihm die Reißzähne. Dann hob ich meine Hand, sodass er die Klauen sehen konnte, die dort waren, wo eigentlich meine Finger sein sollten. Im Gegensatz zu ihm konnte ich mich teilweise verwandeln und eine Form annehmen, in der ich teils Mensch, teils Tier war. Genau genommen waren wir alle Gestaltwandler. Wir alle konnten zwischen Menschen- und Panthergestalt wechseln. Aber nur Semel oder Reah konnten zu einem jener Wesen werden, die in Horrorfilmen so beliebt sind – zu einem Werpanther, der beides in sich vereint. Es konnte keinen Zweifel daran geben, was ich war.

„Mein Gott."

„Was?", fragte ich und kehrte sofort zu meiner komplett menschlichen Form zurück.

„Das ist beeindruckend, weißt du. Schon allein es geschehen zu sehen, ist ein Wunder für sich."

Zwischen uns breitete sich Schweigen aus.

„Bereust du, dass du mit mir den Stamm verlassen hast?"

„Nein, Jin", sagte er im Brustton der Überzeugung.

„Vermisst du deine Familie nicht?"

„Sie haben nach deinem Blut geschrien, wie all die anderen auch. Ich hatte keine Ahnung, dass sie sich derart gegen dich wenden würden. Oder gegen mich. Ich vermisse keinen von ihnen. Aber dich hätte ich vermisst, mein Freund."

Er verschwamm vor meinen Augen und ich merkte, dass ich müder war, als ich mir eingestehen wollte.

„Oh, jetzt heul doch nicht", grummelte er. „Du großes Mädchen."

Ich lächelte ihn durch meine Tränen an.

„Eine männliche Reah." Er lächelte zurück. „Wie, zum Henker, ist das nur möglich?"

„Das kann ich dir auch nicht sagen."

Er holte tief Luft. „Okay, also noch mal ernsthaft: Was willst du jetzt machen?"

„Ich sollte schleunigst die Stadt verlassen."

„Warum?"

„Weil Yuri Kosa ein Sheseru ist und weiß, dass ich eine Reah bin. Logan Church wird mich sehen wollen, sobald er davon erfährt."

„Warum?"

„Du weißt, warum. Um zu sehen, ob ich *seine* Reah bin."

„Vielleicht ist er ja gar nicht schwul."

„Das ist nicht wichtig."

„Wirklich?" Er nickte nachdenklich. „Mir wäre es schon wichtig. Da könnte ein Typ noch so heiß sein, ich würde trotzdem nicht mit ihm ins Bett gehen."

„Du bist eben kein Semel. Du hast keine Ahnung, wie überwältigend die Anziehungskraft zwischen Semel und Reah ist, körperlich und geistig. Das kannst du einfach nicht verstehen."

„Okay. Aber warum erzählen wir Logan Church oder den anderen Semels, die dich treffen wollen, nicht einfach, dass du schon einen Gefährten hast?"

„Das habe ich getan. Ich habe Yuri Kosa gesagt, dass du mein Gefährte wärst. Ich habe ihm gesagt, du wärst mein Semel."

Er lachte kurz auf. „Tolle Idee, du Idiot."

„Mir ist auf die Schnelle nichts Schlaueres eingefallen."

„Und wenn sie sich bei Andrian nach uns erkundigen? Wenn sie ihn fragen, wo wir herkommen? Dann kommt doch gleich alles raus. Auch, dass wir zu Christophes Stamm gehören. Dann sitzen wir richtig in der Klemme."

„Und deshalb müssen wir hier weg."

„Verdammt, Jin, warum hast du ihm denn nicht einfach gesagt, dass du mit einem anderen Mann zusammen bist? Warum konntest du nicht ein bisschen flunkern? Dann könnten wir hier bleiben."

„Ein Semel merkt sofort, wenn ich lüge."

„Das habe ich noch nie verstanden. Woher weiß er das?"

„Er weiß es eben."

„Aber wie? Das macht doch keinen Sinn. Wie kann Logan Church wissen, dass du keinen Gefährten hast?"

„Er wird es einfach wissen."

„Das ist doch Blödsinn. Sag mir, woran er erkennen sollte, dass du keinen Gefährten hast."

„An meinem Geruch. Und dann ist da das Mal ..."

„Das Mal ..." Er runzelte die Stirn.

„Ja, es ist ..." Ich seufzte. „Wenn Semel und Reah sich vereinen, sich für immer und ewig binden ..."

„Katzen binden sich nicht für die Ewigkeit", sagte er selbstzufrieden. „Sie können sich immer wieder neue Partner suchen, so wie andere Menschen auch. Sie binden sich nicht fürs ganze Leben."

„Semel und Reah schon."

Er sah mich schräg an.

„Es ist so, ich schwöre es."

„Wirklich?"

„Ja. Sie binden sich für immer. Und es ist mehr, als sich nur einen Gefährten zu nehmen und die üblichen Versprechen abzugeben. Es ist für die Ewigkeit, von dem Moment an, an dem sie sich das erste Mal sehen."

„Willst du mich verarschen?"

„Nein, will ich nicht. Warum sollte ich?"

„Verdammt!"

Ich nickte. „Du sagst es."

„Erzähl mir alles über dieses Mal."

„Warum?"

„Weil du nie mit mir über solche Sachen redest. Ich finde es spannend."

„Können wir trotzdem weitergehen?"

Er kam auf den Bürgersteig und beantwortete damit meine Frage.

Ich folgte ihm rasch. „Also, wenn ein Semel seine Reah findet, dann markiert er sie durch einen Biss in den Nacken." Soweit ich es verstanden hatte, war dieser Biss genauso brutal wie ekstatisch, und die Narbe markierte die Reah unmissverständlich als Besitz des Anführers. Ich wollte niemals ein solches Mal tragen.

„Ein Biss. Meine Güte, das ist doch keine große Sache. Ich kann das für dich machen. Es wird vollkommen echt aussehen. Du sagst ihnen, dass es dein Semel war, und schon sind wir aus dem Schneider."

Ich schüttelte den Kopf. „Nein, danke. Ich werde niemals zulassen, dass mir jemand ein solches Mal verpasst."

„Aber wenn es uns doch hilft?"

„Nein." Da blieb ich hart. Ich würde nie mein Einverständnis geben, dass mich jemand auf diese Art zeichnete. Es kam mir verlogen vor.

Genervt hob er die Hände. „Na gut, dann lass ihn einfach nicht nach diesem Mal suchen. Ich würde meinen, dass die Regeln der Gastfreundschaft das verhindern. Es könnte unangenehm für ihn werden, wenn er offen anzweifelt, dass ein anderer Semel dich gezeichnet hat."

„Ja. Aber er wird merken, dass wir lügen. Und wenn er verlangt, das Mal zu sehen, sind wir endgültig geliefert."

Crane schüttelte den Kopf. „Er wird uns bestimmt nicht zwingen, ihn zu besuchen. Schließlich haben wir seine Schwester gerettet."

„Du verstehst es immer noch nicht", seufzte ich. „Ich bin eine Reah, und …"

„Und du hast diesem Yuri wirklich gesagt, dass ich dein Gefährte bin?"

„Würdest du bitte nicht ständig dazwischen reden und vom Thema ablenken?"

Mit einem breiten Grinsen schüttelte er den Kopf. „Du bist ein Idiot. Sie müssen mich doch nur anschauen, um zu sehen, dass ich kein Semel bin."

„Und deshalb ist es ja so wichtig, dass sie dich gar nicht erst zu Gesicht bekommen."

„Verstehe. Du wolltest also nur Zeit schinden."

„So ist es."

Er nickte. „Weißt du, irgendwer hat mir mal gesagt, dass nur ein einziger Semel unter tausenden jemals seine Reah findet. Du bist so selten, Jin."

„Wie großartig. Können wir jetzt bitte weitergehen?"

„Möchtest du denn nicht irgendwann deinen Gefährten finden?"

„Nein", sagte ich und ging mit großen Schritten weiter.

Seite an Seite setzten wir unseren Heimweg fort.

„Kann ich dir noch eine Frage stellen?"

„Kann ich dich daran hindern?"

„Was ist, wenn du eines Tages doch deinen Gefährten triffst?"

„Das wird niemals geschehen." Ich ging schneller, so dass er sich anstrengen musste, um Schritt zu halten. Ich wollte keinen Gefährten. Und so Gott wollte, würde ich auch niemals einen finden.

Vor unserem Apartment wurden wir von einem Mann angesprochen, der auf dem Treppenabsatz saß. Crane fiel fast über ihn.

„Oh, tut mir leid", sagte der Fremde und stand auf.

„Schon gut", erwiderte ich. Als ich seine Dienstmarke sah, wunderte ich mich, was er vor unserem Haus wollte. „Kann ich Ihnen helfen?"

„Sind Sie Jin Rayne?"

„Ja. Gibt es ein Problem?"

„Nein, Mr Rayne. Wir gehen nur einigen Beschwerden Ihrer Nachbarn nach."

Meine Nachbarn hatten sich über mich beschwert? Wieso denn das? Ich war doch fast nie zu Hause. „Bin ich in Schwierigkeiten?"

„Oder ich?", fragte Crane.

Er sah uns beide an, als hielte er uns für leicht beschränkt. Sein Tonfall deutete es ebenfalls an. „Nein, Sie haben keinen Ärger. Ich bin vom Tierschutz."

Mit einem näheren Blick auf seine Dienstmarke konnte ich die Inschrift lesen und erkannte auch, was auf seinen Parka gestickt war. Er war kein Polizist, der mich wegen irgendetwas verhaften wollte, sondern so eine Art Ermittler vom Tierschutzverein.

„Sehen Sie das?", fragte er, trat einen Schritt beiseite und deutete auf den Boden. „Wie lange sind diese Spuren schon auf der Treppe?"

„Spuren?"

Nun knurrte er mich fast an. „Sie haben doch wohl die Spuren gesehen, oder?"

Ich musste wohl so ratlos ausgesehen haben, wie ich mich fühlte, denn er seufzte resigniert.

„Sie sind überall hier auf den Stufen, Mr Rayne", erklärte er und kniete sich hin.

„Na, dann bin ich scheinbar doch nicht verrückt. Ich habe einigen Leuten erzählt, dass ich nachts draußen Geräusche gehört habe", sagte ich. Ich musste mir schnell eine plausible Erklärung einfallen lassen. Dem Mann kam ich bestimmt schon seltsam genug vor.

Er sah aus der Hocke zu mir auf. „Also haben Sie Geräusche gehört, aber die Spuren nicht bemerkt? Wie geht denn das?"

„Ich sehe diese Spuren zum ersten Mal." Und das war keine Lüge. Mir war bisher nichts Ungewöhnliches aufgefallen. Aber dort im Schnee waren unübersehbar Tatzenabdrücke – riesige Tatzenabdrücke –, und zwar von einem sehr großen, sehr schweren Panther. Außerdem waren da Kratzspuren, Urinflecken und Haare, als hätte sich eine Katze an unserer Haustür gescheuert. Da wir in den letzten Wochen immer bei Dunkelheit gekommen und gegangen waren, hatte ich die Umgebung lange nicht mehr bei Tageslicht gesehen. Mir wurde bewusst, dass mein Besucher aus der Katzenwelt nicht erst gestern aufgetaucht war, sondern Crane und mich bereits seit einiger Zeit beobachtet hatte.

„Was sagt man dazu? Den anderen Bewohnern sind die Abdrücke schon seit einiger Zeit aufgefallen."

„Das ist komisch."

„Komisch würde ich das nicht gerade nennen, Mr Rayne. Sieht so aus, als hätten Sie hier ein ernstes Puma-Problem", erklärte er und baute sich vor mir auf. „Und es sieht auch so aus, als hätte das Tier Ihre Wohnung als sein Territorium markiert."

Das waren ja großartige Nachrichten.

„Okay", sagte ich. Mir wurde langsam kalt. „Was soll ich tun?"

„Nun, Sie können leider nicht viel tun. Ich habe hier schon seit Jahren keinen Puma mehr gesehen, deshalb … Wir werden die Sache weiter verfolgen. Ich werde ab und zu vorbeikommen, aber … Wenn Sie ihn sehen, handeln Sie nicht unüberlegt, sondern rufen Sie uns an und bleiben Sie im Haus", sagte er und zog eine Visitenkarte aus der Innentasche seines Parkas. „Versuchen Sie nicht, den Helden zu spielen, Mr Rayne. So groß wie diese Abdrücke sind, haben wir es hier mit einem ausgewachsenen männlichen Puma zu tun. Mit dem wollen Sie sich sicherlich nicht anlegen."

„Nein", stimmte ich ihm zu. „Ganz bestimmt nicht."

„Also gut", sagte er, drehte sich um und warf zuerst mir und dann Crane noch einen Blick zu. „Passen Sie auf sich auf und rufen Sie sofort an, wenn Ihnen etwas Verdächtiges auffällt."

„Das machen wir."

Ich sah ihm nach, wie er die beiden Treppenabsätze hinabging. Dann schaute ich Crane an. „Und, was hältst du jetzt davon, von hier zu verschwinden?"

„Ich habe deinen Sarkasmus sehr wohl verstanden. Aber das hier muss nichts zu bedeuten haben."

„Warum habe ich nur all die Jahre nicht gemerkt, was für ein Idiot du bist?", fragte ich, während ich die Tür zu unserer Wohnung öffnete.

Er versuchte, sich zu verteidigen, aber ich schnitt ihm das Wort ab, indem ich laut überlegte, wie viel Zeit wir wohl zum Packen bräuchten.

5

ZWANZIG MINUTEN später waren wir wieder auf dem Rückweg zum Restaurant. Wir hatten beschlossen, uns noch von Ray zu verabschieden. Ohne jede Erklärung zu verschwinden, wäre ihm gegenüber unfair gewesen. Der Mann hatte uns praktisch wie Familienmitglieder aufgenommen, mich noch mehr als Crane. Ray ohne Vorwarnung im Stich zu lassen, wäre sicherlich nicht gut für unser Karma. Ich freute mich nicht auf die bevorstehende Konfrontation. Er würde Fragen stellen, die ich ihm nicht beantworten konnte. Ich war so sehr damit beschäftigt, mir die richtigen Worte zurechtzulegen, dass ich nicht hörte, wie jemand meinen Namen rief. Als die Stimme schließlich doch zu mir durchdrang, drehte ich mich um. Ich erkannte Yuri, Logan Churchs Sheseru, der neben einem Wagen mit abgedunkelten Scheiben stand. Er winkte mich zu sich, aber ich reagierte nicht darauf. Da öffnete sich eine zweite Wagentür und ein unbekannter Mann stieg aus.

„Jin?", fragte er und kam auf mich zu. Seine schwarzen Anzugschuhe knirschten im Schnee, der auf dem Bürgersteig lag. Der schwere Wollmantel schmiegte sich im Wind um seine Beine. Der Mann war kleiner als Yuri, war aber immer noch größer als ich. Er war attraktiv, hatte schwarz-braune Haare und dunkle, kobaltblaue Augen. Und er lächelte mich an.

Ich machte einen Schritt rückwärts und er hob die Hand, um mir Einhalt zu gebieten. „Mein Name ist Mikhail Gorgerin. Bitte gewähre mir einen Augenblick deiner Zeit", sagte er und blieb vor mir stehen. Er musterte erst mich, dann Crane, und hielt mir dann zur Begrüßung seine ausgestreckte Hand entgegen. „Ich bin Logan Churchs Sylvan. Und wer bist du?"

„Crane Adams," erwiderte Crane mit einem flüchtigen Lächeln. „Freut mich, dich kennenzulernen."

„Ganz meinerseits", sagte er und drehte sich zu mir um, um mir ebenfalls die Hand zu reichen. „Jin."

Ich ergriff seine Hand. Sein Händedruck war so fest, dass ich meine Hand nicht wieder befreien konnte.

„Ich habe noch niemals eine Reah gesehen, geschweige denn, eine getroffen", sagte er mit Bewunderung in der Stimme. „Ich kenne auch niemanden, der das von sich behaupten könnte."

Ich nickte nur.

„Yuri hat mir berichtet, du hättest bereits einen Gefährten", sagte er.

Ich sah ihm fest in die Augen. Es war eine Sache, den Sheseru zu belügen, den starken Mann und Vollstrecker eines Stammes. Den Sylvan, den Hirten und Lehrer des Stammes, zu belügen, war eine andere Angelegenheit. Jeder beschwindelt ab und zu einen Ordnungshüter, um einer Strafe zu entgehen. Aber niemand belügt leichtfertig einen Mann, auf dessen Hilfe er im Zweifelsfall angewiesen ist.

„Ich hatte keine Ahnung, dass Reahs männlich sein können." Er kniff die Augen zusammen.

„Tja, was soll ich dazu sagen?" Mit einem gezwungenen Lächeln schob ich Crane zur Seite, um weiterzugehen. „Würdest du uns bitte entschuldigen?"

„Warte."

„Richte deinem Semel unsere besten Grüße aus."

„Bitte warte."

Seine Bitte zu ignorieren, könnte unangenehme Folgen haben. Wir blieben stehen.

Mikhail Gorgerin, der Sylvan des Stammes Mafdet, würdigte Crane keines Blickes. Er wandte sich direkt an mich.

„Jin, Logan Church muss dich …"

Ich versuchte, etwas Abstand zwischen uns zu bringen. „Ich kann nicht. Wir müssen gehen. Du hast meinen Semel gehört."

Er zog die Brauen hoch. „Dieser Mann ist so wenig dein Gefährte wie …"

„Wir müssen wirklich …"

„Du verstehst nicht …"

„Ich friere hier gleich fest." Ich lächelte ihn an. Mit meinem dicken Wollpullover, dem Parka, Mütze, Jeans und Wanderstiefeln war ich durchaus passend gekleidet für dieses Wetter. Trotzdem fröstelte mich.

„Jin, ich möchte nur, dass du mir …"

„Wir haben die Schwester eures Semel gerettet", schnitt ich ihm das Wort ab. „Ist das euer Dank? Willst du uns gegen unseren Willen zu ihm bringen, nur, weil du die Macht dazu hast?"

Er hielt inne und das Leuchten verschwand aus seinen Augen. „Ich glaube, es wäre in unser aller Interesse."

Ich lächelte kurz. „Ich teile deinen Glauben aber nicht. Wozu sollte er eine Reah treffen, die bereits einen Gefährten hat?"

„Aber du hast keinen …"

„Ich muss los. Richte deinem Semel meine Entschuldigung aus."

Er wollte mir widersprechen, aber ich ging bereits weiter. Crane hielt sich dicht an meiner Seite.

Einige Querstraßen weiter lag eine von Cranes Stammkneipen. Dort wollte er sich von seinen Kumpels verabschieden. Der Mann fand immer schnell Freunde, von denen er sich dann meinetwegen nach kurzer Zeit wieder verabschieden musste. Ich hatte deswegen ein schlechtes Gewissen und folgte ihm schweigend. Die Kneipe war gut gefüllt und wir drangen nur langsam bis zur Bar durch. Plötzlich wurde ich gepackt und gegen ein Glasfenster gedrückt. Ich war so überrascht, dass ich mich zunächst nicht wehrte. Dann drehte ich mich zu dem Mann um, der mich festhielt.

„Jin." Er lächelte mich an.

Ich konnte ihn nur anstarren. Er war attraktiv, groß und dunkelhaarig. Und unter normalen Umständen wäre er genau mein Typ gewesen. Aber nicht so. Wir waren uns schließlich nie vorgestellt worden und er hielt mich ohne meine Erlaubnis fest.

„Ich bin Domin Thorne", sagte der Mann leise und kniff die Augen zusammen. „Und du wirst meine Reah sein."

Seine dunkelbraunen Augen waren zwar hübsch, aber der Blick, mit dem er mich ansah, war nicht sehr überzeugend. Für ihn war es nur ein Spiel und ich die Trophäe, der Lohn für seine Bemühungen.

„Nimm meine Hand", befahl er und streckte mir seine Hand entgegen.

Ich rührte mich nicht.

„Denk an deine guten Manieren." Er grinste.

Ich machte einen Schritt rückwärts, als mir klar wurde, um wenn es sich bei dem Mann handelte. „Du bist der Semel des Stammes, der Delphine attackiert hat."

„Na, und?" Sein Grinsen wurde noch breiter und seine dunklen Augen waren unergründlich. „Du hast keinerlei Verbindung zu Delphine oder ihrem Stamm. Er kann dir egal sein. Ich wüsste Bescheid, wenn es anders wäre."

„Was meinst du damit?"

„Ich weiß alles über dich."

Die Härchen in meinem Nacken stellten sich auf. „Wie bitte?"

„Ich beobachte dich."

Scheinbar hatte nicht nur Crane einen Stalker, sondern auch ich. Erst der Ex der Stripperin, jetzt dieser Kerl. War das nicht großartig? „Du beobachtest mich?"

Er nickte. „Schon lange."

„Aber wann?"

„Nachts, wenn du schläfst … beobachte ich dich."

Ich war ziemlich sauer. „Und als der Psycho mich fast umgebracht hätte – warst du in dieser Nacht auch in der Nähe?"

„Sicher." Er grinste hämisch. „Wenn er stärker gewesen wäre als du, hätte ich eingegriffen. Aber ich wollte abwarten und sehen, wie stark du bist. Ich wollte wissen, ob du dich gegen ihn wehren kannst."

„Arschloch", murmelte ich und schob ihn weg. Dann drehte ich mich um und ging zur Tür zurück.

Auf der Straße holte er mich ein. „Du hast wirklich schlechte Manieren, Reah", sagte er, legte die Hand um meinen Hals und drückte zu. In seinen Augen lag nichts als Bosheit. „Es war in etwa so … Er wollte dich erwürgen."

Ich konnte nicht atmen, wurde aber nicht panisch. So einfach ließ ich mich nicht erschrecken.

„Vielleicht zerre ich dich zu meinem Wagen und unterwerfe dich."

„Das werde ich nicht zulassen."

„Dann werde ich dich zwingen."

„Du meinst, du wirst mich vergewaltigen."

„Dich vergewaltigen, dich markieren … Ja, das wird Spaß machen."

„Es wird aber nicht geschehen."

„Ich bin nicht allein. Die anderen können dich festhalten."

Sein Stamm respektierte offensichtlich keine Regeln und keine Gesetze. Er war der Anführer einer Bande, nicht einer liebevollen Familie. Von dieser Sorte hatte ich schon viele getroffen. „Du kennst dich scheinbar nicht mit dem Gesetz aus."

„Ich weiß, was ich will."

Er sagte es ohne jede Überzeugung.

„Und ich will eine Reah."

Er wollte eine Reah, aber nicht unbedingt mich. Jede Reah wäre ihm recht. „Du riechst großartig."

Als ich an ihm herabschaute, bemerkte ich die Beule in seiner Jeans. Es erregte ihn, dass ich ihm scheinbar hilflos ausgeliefert war.

„Trotz all der Menschen um uns herum … Ich rieche nur dich."

Ich konnte mich extrem schnell bewegen. Er mochte mich zwar eine Zeit lang beobachtet haben, aber diese Tatsache schien ihm entgangen zu sein. Bevor er reagieren konnte, hatte ich meine Klauen bereits in sein Handgelenk gebohrt. Er keuchte, ließ meinen Hals los und riss die Hand zurück, als hätte er sich verbrannt. Seine Augen weiteten sich vor Schreck.

„Fass mich nicht noch einmal an", warnte ich ihn mit tiefer Stimme, die selbst in meinen eigenen Ohren fremd klag.

Er drückte sich die blutende Hand an die Brust, so dass niemand sie sehen konnte. „Ich bitte um Vergebung, Reah", sagte er lächelnd und seine Augen funkelten. Ich hatte ihm Schmerzen zugefügt, und ihm gefiel das offensichtlich sogar. Der Mann war auf eine Art verdreht, über die ich gar nicht weiter nachdenken wollte. „Gib mir noch eine Chance."

Ich sah ihn ungläubig an. „Warum sollte ich?"

„Ich weiß, dass du noch keinen Gefährten hast … Es ist mein Recht, dich an mich zu binden."

„Du solltest wirklich die Gesetze lesen", sagte ich, drehte mich um und zeigte ihm die kalte Schulter. „Die Reah allein erwählt ihren Gefährten. Und das bist nicht du."

Er bewegte sich schnell und ging um mich herum, wobei er immer noch seine verletzte Hand festhielt. Es würde schnell wieder heilen, auch wenn es am Anfang ziemlich schmerzte. „Denk noch einmal darüber nach, Reah. Bist du sicher, dass ich nicht dein Gefährte bin?"

„Ich bin sicher", sagte ich und sah ihm direkt in die Augen. „Wir sind fertig miteinander, und das weißt du auch."

Darauf hatte er keine Antwort, keinen schlagfertigen Kommentar mehr. Er hatte seinen Trumpf ausgespielt und verloren. Er war kein Gefährte für mich und damit war das Thema erledigt.

„Jin!" Crane kam zu uns und sah zwischen Domin und mir hin und her. „Hat dieser Typ dir etwas angetan?"

„Sieht es so aus?" Ich hatte das dringende Bedürfnis, mich hinzulegen. Es war noch früh, noch nicht einmal neun Uhr, aber mir tat alles weh vor Erschöpfung. Ich freute mich schon darauf, im Flugzeug schlafen zu können. „Komm jetzt. Lass uns gehen."

Crane baute sich vor Domin auf. „Du kommst ihm nicht zu nahe."

„Und du drohst mir nicht! Ich bin Semel meines Stammes. Du bist ein Niemand."

Crane wollte etwas erwidern, aber ich packte ihn an der Schulter und zog ihn hinter mir her.

„Warum hast du …"

„Ich wollte nicht länger herumstehen und mit ihm streiten. Ich will hier weg."

„Ich denke, das ist ein Fehler."

„Was? Dass wir abreisen?"

„Ja", sagte er schnell.

„Wovon redest du?", schrie ich fast.

„Jin, wir sollten hier bleiben!"

„Willst du mich verarschen?" Ich wurde noch lauter. „Hast du den Typen gehört?"

„Ja, aber …"

„Er war derjenige, der um unsere Wohnung herumgeschlichen ist. Wir müssen …"

„Pass auf!"

Ich war am Ende der Straße angekommen, nach links abgebogen und dabei in einen Passanten gerannt. „'tschuldigung", murmelte ich und wollte weitergehen.

„Hallo."

Ich blickte auf und fand mich einem Mann gegenüber, der in etwa so aussah, wie ich mir immer einen Engel vorgestellt hatte – blonde Haare, helle, türkisblaue Augen und diese Alabasterhaut, über die viel geredet und geschrieben wird, die man im wahren Leben aber nie zu sehen bekommt.

„Bist du Jin?"

„Wer will das wissen?"

„Ich bin Christophe, Semel des Stammes Pakhet."

„Oh, verdammt", stöhnte Crane neben mir.

„Oh, ja", sagte Christophe lächelnd. „Anscheinend seid ihr beide meinem Stamm beigetreten, ohne dass ich davon erfahren habe."

„Nein", erwiderte ich hastig. Christophe war nicht allein. Vier weitere Männer standen um uns herum. „Wir sind deinem Stamm nicht beigetreten."

„Das habe ich aber anders gehört." Er versuchte wohl, verführerisch zu klingen, es gelang ihm nur leider nicht. Der Mann war kein loderndes Feuer der Lust und wenig aufregend. Er war eher einfach und unkompliziert, wie ein schlichtes Vanilleeis. Vanilleeis war gut, daran gab es keinen Zweifel. Es war eine hervorragende Grundlage für alle möglichen Variationen. Aber wenn es um Männer ging, liebte ich es sexy und heiß – was dieser Mann hier definitiv nicht war.

„Du und dein Freund, ihr gehört zu mir."

„Langsam reicht es, dass hier keiner das Gesetz zu kennen scheint", erwiderte ich und sah ihn wütend an. „Eine Reah ohne Gefährten gehört zu niemandem, außer zu dem Semel, der ihr Gefährte wird. Kein anderer Stamm kann sie beanspruchen."

Sein Grinsen verschwand. „Das verstehe ich nicht."

Das hatte ich auch schon erkannt. „Pass auf." Meine Stimme wurde weicher. „Reahs müssen frei und unabhängig sein, um ihren Gefährten zu finden. Während dieser Suche können sie zu beliebig vielen Stämmen gehören. Jede Reah kann mit ihrem Beset, ihrem Beschützer, einen Stamm jederzeit wieder verlassen."

„Ich verstehe nicht ... Niemand darf den Stamm verlassen, ohne dass der Semel es gestattet."

„Es sei denn, es handelt sich um eine Reah", erklärte ich und zeigte auf mich. „Oder er gehört zu einer Reah." Ich zeigte auf Crane. „So funktioniert das. Du kannst deinen Sylvan anrufen und ihn im Gesetz nachsehen lassen. Ich warte hier solange."

Seine Sprachlosigkeit stand ihm ins Gesicht geschrieben. Er hatte gedacht, mich für sich behalten zu können, aber dem war nicht so. Niemand würde mich jemals besitzen. Ich kannte das Gesetz zu gut, hatte es vorwärts und rückwärts studiert. Eine Woge der Erleichterung, gemischt mit Stolz, durchfuhr mich.

„Meine Güte, Jin." Crane zitterte und grinste dabei breit.

„Was?"

„Ich erkenne immer sofort, wenn du glücklich bist."

„Wie?", fragte ich lächelnd.

„Ich fühle es." Crane sah mich mit sanftem Blick an.

„Das ist Unsinn."

Er zuckte die Schultern. „Was soll ich dazu sagen ... Ich weiß es einfach."

Ich wollte ihn noch damit aufziehen, da legte sich plötzlich eine Hand auf meinem Arm. Ich drehte mich um und sah einen von Christophes Männern vor mir stehen, der mich anlächelte.

„Liegt es an dir, Reah, dass ich mich so fühle?"

„Wie fühlst du dich denn?", fragte ich leise.

Er schluckte. „Einfach ... gut. Als ob ich ein bisschen betrunken oder high wäre."

„Du riechst so anders", sagte ein anderer Mann und räusperte sich.

„Ist ‚anders' gut oder schlecht?"

„Gut." Er hüstelte. „Nach Moschus und Pinien und frisch geschnittenem Gras."

Crane und ich tauschten einen Blick aus. Er zuckte mit den Schultern.

„Jin."

Ich wandte meine Aufmerksamkeit wieder Christophe zu. Der nahm mich am Arm und führte mich von den anderen weg. Als wir stehen blieben, schüttelte ich seine Hand ab.

„Tut mir leid."

„Ist schon okay." Ich zwang mich zu einem Lächeln.

„Jin." Er räusperte sich. „Du bist eine Reah."

Das hatten wir doch schon.

„Ich hätte nie gedacht, dass ich jemals einen männlichen Gefährten haben würde."

„Du hast schon eine Gefährtin", erinnerte ich ihn.

„Ich habe eine Yareah, keine Reah. Jeder Semel kann seine Gefährtin verlassen, wenn er seine Reah findet."

„Das halte ich für Unsinn."

„Aber Jin, wenn ich meine Yareah nicht verlassen darf, wie kann ich dich dann zu meinem Gefährten nehmen?"

„Oh, aber du bist nicht mein Gefährte", sagte ich ganz selbstverständlich und wollte gehen. „Crane und ich müssen jetzt wirklich weiter."

„Nein, Jin." Er streckte den Arm aus und legte mir die Hand auf die Schulter, bevor ich außer Reichweite war. „Bitte, Reah, ich …"

„Ich bin nicht dein Gefährte", fuhr ich ihn an. Ich war mit meiner Geduld am Ende. „Wir beide wissen das. Warum noch Zeit verschwenden? Geh jetzt."

„Könntest du nicht trotzdem bleiben, Reah? Bei mir und meinem Stamm. Ich werde für dich sorgen und dich beschützen."

„Das ist wirklich sehr schmeichelhaft." Ich ging an ihm vorbei. „Aber ich bleibe bei meinem Nein."

Wieder fasste er nach meiner Schulter. „Ich brauche dich."

„Nein, du brauchst mich nicht", erwiderte ich, schob seine Hand von meiner Schulter und machte mich aus dem Staub.

„Bitte, Reah, bleib bei mir."

Ich lief schneller, nur weg von ihm.

„Warum?", rief er mir hinterher.

Ich sah mich nicht um. Die Verzweiflung des Mannes war einfach überwältigend, seine Sehnsucht nach mir fast greifbar. Wie schwach er doch war, nicht körperlich, sondern psychisch. Seinem Blick und seiner Art, sich zu bewegen, selbst seiner Stimme fehlte es an innerer Kraft. Und mit Schwäche konnte ich nichts anfangen.

„Jin." Crane hatte mich eingeholt. „Wird das jetzt mit allen Semels so sein? Selbst, wenn du nicht ihr Gefährte bist – werden sie dich behalten wollen?"

Ich sah nach rechts und links, dann überquerte ich die Straße.

„Jin?"

„Ich denke schon", antwortete ich.

„Du denkst?"

„Ich weiß es nicht." Wir waren auf der anderen Straßenseite angelangt und ich ging weiter.

„Aber läuft das denn immer nach dem gleichen Muster ab?"

„So in etwa." Ich atmete tief durch. „Ich treffe sie und sage ihnen, dass ich nicht ihr Gefährte bin, aber trotzdem wollen sie mich überreden, bei ihnen zu bleiben."

„Bist du dabei schon verletzt worden?"

„Ein- oder zweimal", gestand ich, ohne ins Detail zu gehen.

„Als wir damals in Santa Fe waren … Du bist zurückgekommen und hattest diverse Schnittwunden am Körper. Was ist damals passiert?"

„Warum willst du darüber reden?", fragte ich und ging schneller.

„Ich möchte es einfach wissen."

„Also gut. Ja, damals ist genau das passiert. Manchmal ist es ein Problem für den Semel, wenn ich ihn ablehne. Du kannst dir denken, wie es ist. Anführer haben ein starkes Selbstbewusstsein, und viele von ihnen auch ein ziemlich aufgeblasenes Ego. Sie sind es nicht gewohnt, wenn ihnen etwas abgeschlagen wird."

„Da steckt doch noch mehr dahinter."

„Zum Beispiel?"

„Na ja, selbst wenn du nicht ihr Gefährte bist – du bist immer noch eine Reah. Sie wissen, dass du vermutlich die einzige bist, die sie in ihrem Leben zu Gesicht bekommen werden."

Ich hatte keine Lust mehr, mit ihm darüber zu streiten.

„Einer Reah zu begegnen, ist etwas ganz Besonderes, Jin. Du kannst das vermutlich schlecht nachvollziehen, weil du selbst eine bist. Vielleicht verstehe ich es auch nicht so ganz, weil ich dich schon mein ganzes Leben lang kenne, aber die anderen … Ich denke, für sie ist die Begegnung mit dir so etwas wie eine religiöse Erfahrung."

Ich sah ihn düster an.

„Ich behaupte nicht, dass es immer so sein muss. Ich versuche nur, dir zu erklären, warum manche Semels sich so aufführen, wenn sie dich sehen. Sie können es einfach nicht fassen."

„Meinetwegen", gab ich ihm recht.

„Sei nicht gemein. Ich meine es ernst."

„Jin!"

Ich warf einen Blick über die Schulter. Es war schon wieder Mikhail, Logan Churchs Sylvan. Wir sahen uns an. Als er nach einigen Sekunden immer noch regungslos dastand, drehte ich mich wieder um, um zu gehen.

„Jin!"

Ich sah ihn wieder an.

„Bitte, zwinge mich nicht dazu."

Es kam mir vor, als meinte er seine Bitte ernst. Deshalb gab ich nach und ging zu ihm.

„Was willst du?"

Er zuckte mit den Schultern. „Nun, nachdem du mit Domin Thorne und Christophe Danvers zusammengetroffen bist, sollte Logan Church dich auch kennenlernen dürfen. Es wäre nur fair."

Ich schaute ihn finster an.

„Ich weiß, dass du eine Reah ohne Gefährten bist. Und ich bin immerhin der Sylvan meines Stammes."

Ich seufzte resigniert.

„Du nennst Jin einen Lügner?", fuhr Crane ihn an.

„Du bist sein Freund." Mikhails Stimme war freundlich und beruhigend. Er legte Crane eine Hand auf die Schulter. „Ich verstehe das."

Ich sah den Blick, den Crane dem Sylvan des Stammes Mafdet zuwarf.

„Jin hat gelogen und du hältst zu ihm, weil du ihn vor dem Zorn unseres Semel schützen willst. Aber das ist nicht nötig. Ihr habt nichts zu befürchten. Ihr habt Logans Schwester gerettet und euch anständig verhalten, während ihr auf unserem Gebiet wart." Er drückte sanft Cranes Schulter. „Bitte ... Wenn Logan erst nach euch suchen muss, wird er verärgert sein. Es wäre einfacher, wenn ihr einfach mitkommt. Dann hättet ihr es hinter euch."

„Ich sehe nicht ein, warum ..."

„Also gut. Ich wäre einverstanden." Crane zuckte mit den Schultern. „Wir können doch unsere Abreise auf morgen verschieben, oder ..."

„Oder was?", fragte ich, weil er den Satz nicht beendete.

Crane sah immer noch Mikhail an. „Was ist, wenn Jin mitkommt und sich mit eurem Semel trifft, obwohl sie keine Gefährten sind? Können wir dann trotzdem bei eurem Stamm bleiben und ihr beschützt uns vor Domin und Christophe? Könnte man darüber verhandeln? Wir leben ja jetzt schon in eurem Gebiet."

Mikhail nickte. „Natürlich. Es wäre uns eine große Ehre, eine Reah und ihren Beschützer in unserem Stamm zu haben."

„Glaubst du, euer Semel beschützt uns auch dann, wenn Jin nicht sein Gefährte ist?"

„Auf jeden Fall! Das verspreche ich euch in seinem Namen."

Crane sah mich an und hob die Hände, als wären damit unsere Probleme gelöst. „Das nenne ich doch eine Win-Win-Situation."

Für ihn war alles so einfach. Für ihn gab es keine Haken und Ösen, selbst wenn Logan Church doch mein Gefährte sein sollte. Aber ich fürchtete mich davor, schon wieder vor einen Semel gezerrt zu werden. Ich wollte keinen Gefährten. Was wäre denn die Folge unseres Treffens? Ich wollte nicht der Sklave meiner Sinne sein, nicht mit einem anderen Mann verbunden sein und ihm gehören. Ich wollte frei sein. Oder doch nicht? „Ich möchte einfach nicht ..."

41

Mikhail hob die Hand, um mich zu unterbrechen. „Du solltest auf deinen Freund hören, Jin. Wenn ihr mit uns kommt, habt ihr nichts zu verlieren, aber alles zu gewinnen."

Ich würde alles verlieren, wenn sich Logan Church als mein Gefährte herausstellen sollte – meine Identität, meine Freiheit, meine Wahlmöglichkeiten.

„Fair ist fair. Ich finde, Logan sollte die gleiche Chance bekommen wie die anderen auch."

Mikhail gab nicht auf.

„Domin und Christophe durften eine Reah treffen. Logan sollte ebenfalls diese Ehre haben."

Ich rieb mir die Augen, weil sie zu tränen anfingen.

„Das Haus ist voller Besucher. In drei Tagen wollen wir Logans Vermählung mit seiner Gefährtin feiern. Die Party ist bereits in vollem Gange."

Das war mein Ausweg. „Warte! Wenn er sich schon eine Gefährtin nimmt – warum willst du dann noch, dass ich mich mit ihm treffe?"

„Du bist eine Reah", sagte er, als wäre das eine ausreichende Erklärung. „Er sollte wenigstens einmal im Leben einer Reah begegnen dürfen."

Es musste doch einen Weg geben, nicht in dieses Auto steigen zu müssen.

„Es sind mindestens hundert Gäste im Haus."

Ich erwiderte nichts.

„Du wirst absolut sicher sein."

„Ich mache mir keine Sorgen um meine Sicherheit."

Er nickte. „Also dann, was sagst du? Kommst du nun mit? Oder willst du ihn beleidigen?"

Tja, wenn er es so formulierte … „In Ordnung", sagte ich und schob Crane auf den Wagen zu. „Ich komme mit zu eurem Semel. Aber sobald wir uns gesprochen haben, will ich …"

„Wunderbar!", rief er und lächelte uns an. „Würdet ihr mir bitte folgen?"

„Na, klar." Crane grinste ihn an und ging an mir vorbei, dem Sylvan nach.

Wenn ich nicht auf ihn aufpasste, würde der Kerl sogar dem Teufel in die Hölle folgen.

„Kommst du?", fragte Mikhail.

Ich setzte mich in Bewegung. Er führte mich zu dem Lincoln, der am Straßenrand geparkt war.

„Dir ist doch hoffentlich klar, dass das alles nur eine riesige Zeitverschwendung für alle Beteiligten ist? Hast du gesehen, wie schnell ich mit Christophe fertig war?" Ich deutete über meine Schulter zurück.

Mikhail lachte leise. „Ja, das habe ich wohl gesehen. Und ich habe auch deinen Zusammenstoß mit Domin beobachtet. Ich kann es gar nicht erwarten, Logan davon zu erzählen."

„Was zu erzählen?"

„Dass keiner der beiden dein Gefährte ist."

Anscheinend hatte er mich nicht richtig verstanden.

„Jin", sagte er und lächelte mich an. „Du kannst dir gar nicht vorstellen, wie sehr ich dich jetzt schon mag."

Ich versuchte eine andere Taktik. „Ich bin ein Mann. Stört dich das denn gar nicht?"

„Du triffst dich lediglich mit meinem Semel. Das macht dich noch nicht zu seinem Gefährten."

Er hatte natürlich recht. Vermutlich machte ich mir unnötig Sorgen. Das Gesetz der Wahrscheinlichkeit war definitiv auf meiner Seite.

„Aber falls das Schicksal meinem Semel einen männlichen Gefährten gibt", fuhr er gelassen fort. „Wer bin ich, damit zu hadern? Eine Reah, egal in welcher Form, ist immer ein Segen für Semel und Stamm."

Sein Vertrauen war irgendwie anstrengend. „Wie auch immer. Lass es uns anpacken."

Ich konnte mir ein Schmunzeln über sein erleichtertes Lächeln nicht verkneifen.

Crane und ich wurden zu dem Wagen mit den abgedunkelten Scheiben geführt. Es war erstaunlich, wie zuvorkommend wir von Mikhail und Yuri behandelt wurden. Ich entschuldigte mich dafür, dass ich sie zuvor belogen hatte.

„Ich verstehe deine Gründe", sagte Yuri ruhig und hielt die hintere Tür für mich auf. „Vielleicht hätte ich an deiner Stelle das Gleiche getan."

Sobald Crane und ich Platz genommen hatten, schloss er die Tür und setzte sich hinters Steuer. Nachdem er losgefahren war, unterhielt er sich mit Mikhail. Ich ignorierte die beiden und ließ mich vom Motorengeräusch, dem gleichmäßigen Schaukeln des Wagens und der mondbeschienenen Landschaft, an der wir vorbeifuhren, einlullen. Die Fahrt dauerte recht lange, war aber entspannend. Ich hatte nicht gewusst, dass so hoch in den Bergen noch Menschen lebten. Als wir an einer Glashütte vorbeikamen, überlegte ich, wem sie wohl gehören mochte.

„Die Glasfabrik gehört dem Semel", beantwortete Mikhail meine unausgesprochene Frage.

Ich nickte und begegnete seinem besorgten Blick im Rückspiegel. Es war nett, dass er sich Gedanken um mich machte, obwohl er mich kaum kannte. Es zeugte von seinem Charakter.

„Erzählt doch ein bisschen über euch", bat Mikhail. Er wandte sich dabei jedoch nicht an mich, sondern an Crane.

Es war nett, zur Abwechslung nicht im Rampenlicht zu stehen. Ich ließ mich tiefer in die Polster sinken und schloss die Augen.

Ich konnte hören, wie Crane den beiden Männern von unseren gemeinsamen Abenteuern erzählte, von den Jobs, die wir in den letzten beiden Jahren angenommen hatten und von den Frauen, die er verführt hatte. Eine von ihnen war sogar die Gefährtin eines Semel gewesen.

„Wie wurdest du zum Beset einer Reah?", wollte Yuri wissen.

„Wir sind Freunde, seit wir eingeschult wurden", erklärte Crane grinsend. „Wir sind zusammen aufgewachsen. Als Jin aus dem Stamm ausgeschlossen wurde, bin ich auch gegangen. Wir haben die Oberschule abgeschlossen und zusammen studiert. Seitdem sind wir viel unterwegs."

„Vermisst ihr es nicht, ein Zuhause zu haben?", fragte Yuri.

„Ich schon. Jin eher nicht."

„Ist das wirklich wahr?" Mikhail sah mich im Rückspiegel an.

„Was gibt es da zu vermissen?" Ich gähnte.

Alle schwiegen und Crane lehnte sich an mich. Minuten später nahm er das Gespräch mit einem anderen Thema wieder auf. Das fand ich an ihm so liebenswert. Er konnte – praktisch aus dem Nichts heraus – ein Gespräch beginnen und damit die peinliche Stille beenden. Ich dämmerte vor mich hin und hörte Crane zu, der den beiden Männern Fragen über ihren Stamm stellte.

„Jeder hier hat einen russischen Namen, nur Logan Church nicht. Wie passt das zusammen?"

„Logans Großvater war Vanya Chernishoff. Er hat den Namen in Church geändert."

„Warum?"

„Das ist vierzig Jahre her. Damals hatte er sicherlich viele gute Gründe für seine Entscheidung."

„Also hat Logan …"

„Logeen", korrigierte Mikhail lachend. „Wenn du es korrekt aussprechen willst."

„Wie auch immer. Das heißt also, die meisten in Logans Familie und seinem Stamm haben russische Vorfahren?"

„Nur Logans Familie, meine, Yuris und Andrians. Daneben gibt es noch viele andere, wie die Chings und die Browns, die nicht aus dem Alten Land kommen."

„Ich weiß nicht recht", meinte Crane. Ich konnte das Lächeln in seiner Stimme hören. „Ich denke, China ist auch ein ziemlich altes Land."

„Da hast du recht."

„Okay, ich habe noch eine Frage. Wie kommt es, dass Domin Thorne und Christophe Danvers sich in eurem Territorium herumtreiben? Haben sie die Erlaubnis dazu?"

„Logan erlaubt den beiden, jederzeit zu kommen und zu gehen", antwortete Mikhail. „Solange sie nie mehr als fünf Begleiter bei sich haben."

„Das erscheint mir riskant."

„Und mir erst", erwiderte Yuri nachdrücklich.

Mikhail seufzte. Die Angelegenheit war anscheinend schon länger ein Diskussionspunkt. „Wenn du mich fragst, warum Domin und Christophe gleichzeitig aufgetaucht sind, vermute ich stark, dass es an Jin gelegen hat."

„Jin?"

„Ja. Du verbringst viel Zeit in der Gesellschaft einer Reah, Crane. Du weißt nicht mehr, wie anders es für uns ist. Eine Reah ist ein Wunder. Ich kann dir gar nicht sagen, wie sehr ich hoffe, dass Jin der Gefährte für meinen Semel ist."

„Aber Jin möchte keinen Gefährten", sagte Crane.

„Das ist nicht Jins Entscheidung."

Ich fand es echt toll, wie sie über mich sprachen, als wäre ich gar nicht da.

„Könnten wir bitte das Thema wechseln?"

„Ja", stimmte mir Yuri zu. „Ich würde gern mehr über Cranes Eroberungen hören."

Und mein Freund hatte natürlich nicht das Geringste dagegen, mehr darüber zu berichten.

Wir rollten durch das große, schmiedeeiserne Tor und ich atmete tief durch. Als der Wagen anhielt, stiegen alle außer mir aus. Crane forderte mich zum Aussteigen auf, doch Mikhail bat ihn, mir Zeit zu lassen. Es war nett, dass weder er noch Yuri versuchten, mich zu drängen. Sie warteten einfach ab, bis ich dazu bereit war. Als ich schließlich doch ausstieg und mich umsah, roch ich feuchte Erde, Rauch und Pinienduft. Es war ein beruhigender Geruch.

„Du kommst zum Haus nach, wenn du bereit bist, okay, Jin? Wir gehen mit Crane voraus."

Seltsam, dass sie sich alle plötzlich so vertraut benahmen, als seien wir gute Freunde.

„Ist dir das recht?"

Ich nickte Mikhail zu und lehnte mich gegen den Wagen.

Von hier aus konnte ich die vielen Lichter sehen, und – näher am Haus – die vielen Autos, die in der großzügigen, kreisförmigen Auffahrt und, etwas entfernt, auf dem schneebedeckten Rasen parkten. Es waren wirklich viele Gäste gekommen. Das war gut. Wenn ich die Wahl hatte, suchte ich mir für unangenehme Treffen belebte Orte aus. Es war dumm, hier noch länger herumzustehen. Ich schob nur das Unvermeidliche vor mir her.

Die Haustür schwang auf, als ich dagegen drückte. Ich kam direkt ins Wohnzimmer. Das Aroma des Essens, die warme Luft, das Stimmengewirr der vielen Gespräche und der Schein des Kaminfeuers waren faszinierend. Ich hatte mir kurz Sorgen gemacht, dass ich für eine Party zu schlicht gekleidet war, aber hier gab es keine besondere Kleiderordnung, daher entspannte ich mich wieder.

„Darf ich dir den Mantel abnehmen?"

Ich drehte mich um, um zu sehen, wer gesprochen hatte, und blickte in die dunkelsten und klarsten smaragdgrünen Augen, die ich jemals gesehen hatte. Sie waren wunderschön, genauso wie der Mann, der scheinbar aus dem Nichts aufgetaucht war.

„Vielen Dank", brachte ich heraus, zog meinen Parka aus und gab ihn dem Mann.

45

Er nahm die Jacke entgegen und reichte mir die Hand. „Hey. Ich bin Ruslan Church, aber jeder nennt mich Russ."

„Jin", stellte ich mich vor und gab ihm die Hand.

Er griff fest zu und ließ sie nicht mehr los.

„Also", begann ich verlegen. „Bist du Logans Bruder oder ein Cousin?"

„Ich bin sein Bruder."

Ich nickte und ließ seine Hand los. „Freut mich, dich kennenzulernen."

„Gleichfalls. Kennst du Logan oder Simone schon?"

„Nein." Ich lächelte ihn an. „Ich bin ein Gast von Mikhail."

Er musterte mich, sagte aber nichts. Das Schweigen war etwas peinlich.

„Magst du seine Yareah?", versuchte ich Konversation zu machen.

Er lächelte plötzlich und ich konnte seine Grübchen sehen. „Es steht mir nicht zu, seine Wahl zu beurteilen. Immerhin ist er der Semel."

„Nein, natürlich nicht. Ich war nur neugierig."

Er nickte und bedeutete mir dann, ihm zu folgen. „Ich denke, es ist der richtige Schritt für den Stamm, aber nicht für ihn persönlich."

„Was meinst du damit?", fragte ich, als er mich durch die Menge führte.

„Na ja, seine Yareah, Simone, ist die Schwester von Christophe Danvers, dem Semel eines der anderen Stämme hier. Wenn sich also Simone und Logan vermählen, dann haben wir einen Pakt zwischen den Stämmen."

Das war nichts Neues für mich, aber ich ließ ihn reden und hielt den Mund. „Eine Allianz ist immer gut."

Er zuckte mit den Schultern. „Es wird dadurch einfacher, alle zu beschützen. Und darauf kommt es an."

„Das ist wahr", stimmte ich ihm zu.

„Wie gesagt, es ist sinnvoll. Aber für Logan ist es trotzdem schlecht."

„Warum?", fragte ich und sah mich um. In dunklen Farben gehalten, aber verschwenderisch dekoriert, wirkte der große Raum wie das Set für einen Gruselfilm. Mir gefiel diese Stimmung.

„Es wäre einfach schön gewesen, meinen Bruder zur Abwechslung glücklich zu sehen."

„Wie meinst du das?", wollte ich wissen, abgelenkt von den wunderschönen Wandbehängen, dem prasselnden Feuer in dem großen Kamin und den polierten Holzdielen. Als ich nach einer Minute immer noch keine Antwort hatte, sah ich ihn an. Ich musste über seinen Gesichtsausdruck lachen. Er sah so verwirrt aus. „Was ist los?"

„Ich weiß nicht, ich … Warum erzähle ich dir das alles?"

Das war ein Teil meiner Wirkung als Reah. Die meisten Katzen waren in meiner Gegenwart vollkommen entspannt und verrieten mir mehr, als sie ursprünglich wollten. Sie konnten einfach nicht anders.

„Ich habe das Gefühl, als würde ich dich schon ewig kennen. Dabei haben wir uns gerade erst kennengelernt."

Ich zuckte mit den Schultern. „Erzähle mir mehr über Logan."

Er schüttelte den Kopf, als müsste er ihn klar bekommen, dann sprach er weiter. „Weißt du, Logan tut immer das Richtige, tut immer das, was das Beste für alle ist. Aber nie kümmert er sich um sein eigenes Glück. Er hat nicht mehr richtig gelacht, seit wir noch Kinder waren."

„So ist das eben, wenn man Anführer eines Stammes ist. Das eigene Wohl muss hinter dem des Stammes zurückstehen. Er hat sich selbst an die zweite Stelle gesetzt."

„Das weiß ich. Ich hatte nur gehofft, er würde wenigstens eine Gefährtin finden, die er wirklich liebt."

„Ich denke, für einen Semel kommt die Pflicht vor dem Glück."

„Da hast du wohl recht, fürchte ich."

„Ich habe meistens recht", scherzte ich. Plötzlich fühlte ich mich warm, entspannt und aufgeregt zugleich. Irgendetwas hatte sich verändert und ich fühlte mich so wohl wie noch niemals zuvor.

Russ wollte etwas sagen.

„Russ."

Wir drehten uns beide zu dem Mann um, der hinter uns aufgetaucht war.

„Was ist?", fragte Russ leise, beinahe ehrerbietig. „Du siehst seltsam aus, Logan."

Ich schaute zwischen den beiden Männern hin und her, die so offensichtlich Brüder waren. Sie hatten beide die gleiche beeindruckende Körpergröße, ein Profil, das man auf Münzen prägen könnte und dunkelgoldene Haare. Doch anstatt der grünen Augen Ruslans hatte Logan Augen wie aus reinem, poliertem Gold. Er war überwältigend, und sein Anblick raubte mir den Atem. Da ich ihn nicht anstarren wollte, drehte ich mich wieder zu seinem jüngeren Bruder um.

„Sieh nicht ihn an. Sieh mich an."

Ich gehorchte und erkannte, dass ich es mir nicht nur eingebildet hatte – die Augen des Mannes waren tatsächlich golden. Sie hatten die Farbe von Honig, gefleckt mit Gold und Braun, fast wie Bernstein. Sie waren atemberaubend schön, genauso wie der ganze Mann. Ich fühlte, wie er seine gesamte Aufmerksamkeit auf mich richtete und bekam kaum noch Luft. Logan strahlte eine pulsierende Energie aus, die ich fast körperlich fühlen konnte.

„Finde Koren", sagte er mit tiefer, heiserer Stimme zu Russ.

„Was?"

Er drehte sich zu seinem Bruder um und sah ihn an. „Geh und suche Korneiley. Sofort!"

„Aber …"

„Was sagen dir deine Sinne?", fragte Logan. Ein Anflug von Warnung lag in seiner tonlosen Stimme.

Russ erstarrte und seine Augen weiteten sich.

„Sage Koren, dass es ausfällt, es sei denn, er will selbst einspringen."

47

„Logan", keuchte Russ. Sein Blick ging einige Male zwischen mir und seinem Bruder hin und her, blieb dann aber an Logan hängen. „Wirklich? All die Zeit und dann … alle werden sagen, es wäre mein Fehler, weil ich …"

„Nein." Logan seufzte und legte seinem Bruder eine Hand auf die Schulter. „Als Mikhail und Yuri ins Haus gekommen sind, rochen sie nach … ihm", sagte er und schaute mich wieder an. „Ich war gerade auf dem Weg zum Auto, um noch einmal mit … um wirklich sicher zu sein, bevor … und jetzt bin ich mir sicher. Auch, wenn du nicht mit ihm gesprochen hättest, wäre es passiert."

„Schwörst du das?"

Er nickte, musterte mich noch einmal von oben bis unten und schickte seinen Bruder dann mit einem Klaps los. „Geh jetzt. Finde Koren und erkläre ihm alles."

„Aber was soll ich …?"

„Entschuldigt mich", sagte ich hastig und nahm Russ meinen Parka ab. Ich fühlte mich wie ein Idiot, weil ich so lange hier geblieben war, obwohl die beiden offensichtlich etwas zu besprechen hatten und in meiner Gegenwart nicht offen reden konnten.

„Warte."

Ich sah zu Logan auf, der näher kam.

„Geh jetzt, Russ", sagte er. Seine Stimme ähnelte einem Knurren. „Bitte … ich möchte dich nicht verletzen."

„Ich muss jetzt wirklich los", sagte ich, drehte mich schnell um und ging durch die Menge in Richtung Ausgang. Draußen auf der Veranda hatte ich endlich das Gefühl, wieder atmen zu können. Ich hatte meine Jacke an, den Reißverschluss geschlossen und war schon die Treppe hinabgestiegen, als mir einfiel, dass ich noch einmal ins Haus musste, um Crane zu holen.

„Verdammt", murmelte ich. Das war das Problem mit überhasteten Abgängen. Wenn sie nicht im Vorfeld abgesprochen waren, dann funktionierten sie einfach nicht.

„Ich habe gesagt, dass du warten sollst."

Ich blieb wie angewurzelt stehen.

Er ging um mich herum, doch ich sah nur seine Schuhe, weil ich verlegen auf den Boden blickte.

„Bitte, sieh mich an", befahl er leise.

Er kam noch einen Schritt näher, so dass ich den Kopf in den Nacken legen musste, um seinen goldenen Blick zu erwidern. Er war größer als ich, bestimmt einsfünfundneunzig, mit breiten Schultern und einem massiven Brustkorb. Sein dichtes, blondes Haar hatte goldene Strähnen von der Sonne, war oben lang und an den Seiten und im Nacken kurz. Der offene Kragen seines Hemdes unter dem Kaschmirpullover gab den Blick auf die glatte, goldene Haut seines Halses frei. Wahrscheinlich war er überall golden. Sobald dieser Gedanke sich in meinem Kopf festsetzte, begann ich vor unterdrücktem Verlangen zu zittern. Ich hasste mich dafür. Schließlich wollte er sich bald mit seiner Gefährtin vermählen.

„Mr Church, ich …"

„Mein Name ist Logan", sagte er. Seine Kiefermuskeln spannten sich an. „Und deiner?"

Ich musste mich wirklich zusammenreißen. Ich hatte schon jede Menge attraktiver Männer gesehen, hatte mit vielen von ihnen geschlafen und kannte vermutlich auch etliche, die besser aussahen als Logan Church. Das verstand mein Gehirn, aber es schaltete trotzdem ab. „Jin. Jin Rayne."

„Jin." Er wiederholte den Namen und verschränkte die Arme vor der Brust. „Du zitterst."

„Mir ist nur kalt."

Er nickte, den Blick fest auf mich gerichtet. Ich konnte ihm nicht entkommen. Ich fühlte, wie sich Hitze in meinem Unterleib ausbreitete. Egal, was ich mir einzureden versuchte, ich hatte noch niemals zuvor einen Mann wie Logan Church getroffen. Er versetzte meine sämtlichen Sinne in Alarmbereitschaft.

„Du hast meinen Namen doch schon gekannt. Warum sollte ich ihn wiederholen?", fragte ich, weil mir nichts Besseres einfiel. Dann holte ich tief Luft und machte einen Schritt von ihm fort. Vielleicht konnte etwas Abstand zwischen uns mir dabei helfen, wieder einen klaren Kopf zu bekommen. Ich fühlte mich wie betrunken.

„Um zu hören, wie er ausgesprochen wird."

Das war nett. Aber mein Name ist sehr einfach. Bei ‚Jin' kann man sich kaum vertun. „Du wirst dir also eine Gefährtin nehmen."

„Das war der Plan", antwortete er und kam näher, so dass wir wieder eng zusammen standen. „Aber der Plan hat sich geändert."

„Warum?" Ich leckte mir über die trockenen Lippen. Und plötzlich waren seine Augen auf meinen Mund gerichtet. Er sah mir nicht mehr in die Augen, sondern starrte wie hypnotisiert auf meinen Mund.

„Du bist eine Reah. Sie nicht", sagte er. Unsere Blicke trafen sich wieder.

Ich starrte ihn an und beobachtete, wie seine Augen langsam dunkler wurden, bis sie wie geschmolzenes Gold aussahen.

„Komm wieder mit ins Haus. Ich möchte mit dir reden." Ich lachte unwillkürlich auf, obwohl die Reaktion ziemlich unangemessen war. Er lächelte breit und seine Augen glänzten. „Du glaubst mir nicht?"

„Nein, ich …"

„Bitte, komm mit ins Haus", schnitt er mir sanft das Wort ab.

„Ich sollte wirklich gehen", meinte ich und wandte mich zum Gehen. „Mein Freund und ich wollten eure Party nicht stören. Aber euer Sylvan war so beharrlich und …"

Er lachte aus voller Brust. Das warme, voll klingende Grollen erfüllte mich mit einer Zufriedenheit, wie ich sie noch nie zuvor erlebt hatte. Er war größer als ich, stärker als ich, nichts als solide Muskeln; er konnte mich überwältigen und mich verletzen, dennoch konnte ich mich nicht vor ihm fürchten.

„Hör zu." Er räusperte sich und kam wieder auf mich zu. „Du kennst mich nicht. Das würde ich gern ändern. Komm mit ins Haus. Du bist herzlich eingeladen. Meine Mutter und meine Tanten haben eine ganze Woche für diese Party gekocht. Es ist alles sehr lecker. Du solltest das Essen probieren."

Ich räusperte mich ebenfalls. „Eigentlich würde ich wirklich lieber gehen, Mr Church. Ich bin müde und muss ins Bett. Ich muss wieder auspacken und …"

„Logan", korrigierte er mich und blickte mir tief in die Augen. „Bitte."

„Logan", hörte ich mich selbst sagen. Der Klang seines Namens fühlte sich irgendwie richtig an. Was war nur los mit mir?

„Sieh mich an."

Ich gehorchte widerspruchslos.

Er räusperte sich erneut. „Komm einfach mit. Meine Familie ist da, Mikhail, Yuri und dein Freund. Iss etwas, dann wirst du dich besser fühlen. Du siehst nicht gut aus."

Ich lächelte. „Ja, ich bin wirklich erschöpft."

„Na, dann", meinte er lächelnd. „Etwas zu essen wird Wunder wirken."

„In Ordnung." Ich atmete tief durch und fühlte mich plötzlich besser, auf seltsame Weise normal. Und das ausgerechnet, nachdem wir uns darüber einig geworden waren, wie schlecht ich aussah.

Er schob die Hände in die Hosentaschen und deutete mit dem Kopf zur Haustür. „Komm schon."

Ich ging mit ihm über die große Veranda zurück und lobte sein Zuhause.

„Es gefällt dir?"

„Wieso sollte es mir nicht gefallen?"

„Es ist ganz schön abgelegen."

„Das ist doch wunderbar." Ich seufzte. „Abgeschiedenheit ist toll."

„Es ist ziemlich weit abseits. Im Winter werden wir oft eingeschneit."

„Und wenn schon. Dann brauchst du eben ein Pferd, um zur Glashütte zu reiten."

Er nickte. „Das ist wahr. Ich habe einige Pferde."

„Na, dann ist es doch ganz einfach."

Seine Augen strahlten, als er lächelte. „Du verstehst es. Natürlich verstehst du es."

„Was gibt es da nicht zu verstehen?"

Die Muskeln in seinem Kiefer spannten sich wieder an. „Vielleicht sollte ich dir noch das Haus und das Grundstück zeigen, bevor wir essen."

„Oh nein, du …"

„Ich möchte es aber. Wenn du einverstanden bist."

„Also gut. Okay."

Er holte sich einen Trenchcoat aus dem Garderobenschrank und führte mich wieder nach draußen. Dann zeigte er mir das Grundstück, die Ställe und den Garten. Er erklärte mir, wie weit in die Berge sein Anwesen reichte. Ich konnte gar nicht alles aufnehmen. Ich hielt ihn für sehr reich, aber darüber lachte er nur. Er sagte, er verdiene genug, um für seine Familie, sein Land und sein Unternehmen zu sorgen. Von diesem Anwesen mal abgesehen, gab es keinen weiteren Luxus. Wieder im Haus angekommen, führte er mich von einem Ende zum anderen.

„Was hältst du davon?"

Wir standen vor einem großen Fenster, durch das man bis zur Baumgrenze sehen konnte. „Ich finde es großartig", sagte ich.

Er holte tief Luft und lächelte mich an, als wäre er über meine Antwort sehr glücklich. Und ich konnte nichts anders tun, als sein Lächeln zu erwidern.

„Lass uns jetzt essen", sagte er schnell. „Meine Mutter ist eine großartige Köchin."

Die Küche brummte vor Geschäftigkeit, und schien trotzdem auch ein ruhiger Hafen zu sein. Anscheinend hatten wir das große Festmahl gerade verpasst, aber es war viel vom Buffet übrig geblieben. Yuri, Mikhail und Crane hatten gut gefüllte Teller vor sich stehen.

„Schmeckt's dir?", fragte ich und stützte mich hinter Crane auf der Stuhllehne ab.

Er antwortete mit vollem Mund.

Ich musste laut lachen. „Du weißt doch, du musst erst kauen."

Er nahm einen großen Schluck von seinem Eistee und lächelte dann zu mir hoch. „Komm, setz dich hin und iss. Du siehst nicht so toll aus."

Eine Hand auf meinem Rücken lenkte mich ab.

„Jin", seufzte Delphine und lehnte sich an mich. „Es ist so wunderbar, dass du endlich hier bist. Ich möchte dich meiner Mutter vorstellen."

Logans Mutter, Eva, hatte ein warmes Lächeln und warme Augen. Außer Delphine und Ruslan – die ich bereits kannte – sowie Korneiley/Koren – den ich noch nicht kannte – hatte Logan noch zwei weitere Geschwister. Koren und Logans Vater, Peter, fehlten in der heimeligen Küchenrunde. Es war schön, wie gemütlich der riesige Raum durch die anwesenden Personen wirkte. Ich bemerkte, wie die anfängliche Spannung von mir abfiel.

„Logan."

Er drehte sich um und sah seine Mutter an.

„Weiß er Bescheid?", fragte sie ihn.

„Ja", antwortete Logan schnell. „Und nein."

„Russ ist mit der Neuigkeit gekommen", sagte sie und musterte ihren Sohn. „Bist du dir sicher?"

„Ja."

Sie atmete aus. „Ich bin glücklich. Glücklicher, als du dir vorstellen kannst."

Er lächelte sie warm an. „Ich weiß."

„Das Timing ist natürlich denkbar schlecht."

„Das ist mir egal."

Sie lachte. „Darauf würde ich wetten."

Sie sprachen über mich, aber ich verstand nicht, worum genau es ging.

„Jin", sagte sie und lächelte mich an. „Komm her, du wunderbarer Junge. Nimm dir etwas zu essen. Zieh die Jacke aus und setz dich zu uns an den Tisch."

Sie stellte mir einen Teller mit russischen Delikatessen zusammen, deren Namen ich mir nicht merken konnte. Ich hatte noch niemals Kanincheneintopf gegessen. Er war wirklich gut. Ich machte es mir neben Mikhail gemütlich.

Er hob einen Krug vom Tisch. „Soll ich dir ein Glas Eistee einschenken?"

„Sehr gerne."

„Mikhail!"

Mikhail sah seinen Semel an. Logan streckte die Hand nach dem Krug aus. Überrascht gab Mikhail den Krug an ihn weiter. Logan füllte mein Glas und ich bedankte mich, bevor ich einen Schluck trank.

„Jin."

Ich drehte mich zu Delphine um.

„Erzähl doch ein bisschen von dir."

„Da gibt es gar nicht so viel zu erzählen", versicherte ich ihr.

„Ach, ich bin ganz sicher, es gibt jede Menge. Fangen wir ganz von vorne an: Wo wurdest du geboren?"

So schön es hier war, ich wollte keine persönlichen Fragen beantworten. „Wie wäre es, wenn du mir stattdessen erzählst, was du morgens um zwei Uhr allein auf den Straßen von Reno getrieben hast?"

Am Tisch wurde es still und alle Blicke richteten sich auf Delphine.

„Notiere es dir, Delphine: Jin umbringen", murmelte sie.

Ich konnte ein Grinsen nicht verbergen.

„Weißt du, das ist eigentlich eine sehr gute Frage", sagte Eva und sah ihre Tochter fragend an. „Was hast du so spät noch dort getrieben?"

Delphine warf mir einen bösen Blick zu. Dann begann sie mit einer langen und komplizierten Geschichte. Derweil ließ ich es mir schmecken. Trotz der sonderbaren Umstände, die mich hierher geführt hatten, war es schön, wie sie alle miteinander redeten und lachten, wie sie eine Familie waren. Daran könnte ich mich gewöhnen.

„Jin."

Fast wäre ich vor Schreck aufgesprungen, als Logan sich zu mir hinüber beugte und meinen Namen flüsterte. Sein warmer Atem, der mir über den Hals strich, ließ Schmetterlinge in meinem Bauch flattern.

Logan sog tief die Luft ein. „Du riechst nach brennendem Holz und Regen."

Mein Herz schlug mir bis zum Hals und ich musste es erst wieder hinunterschlucken. „Findest du?"

„Ja", brummte er. Dieser eine Laut, dieser tiefe, erotische und sehr männliche Laut, ließ mich sofort steif werden. Als er den Kopf zu mir drehte, um mich anzusehen, war ich wie in Gold gebadet.

Ich hielt den Atem an.

„Du zitterst", sagte er mit tiefer, heiserer Stimme.

Er war vermutlich der erregendste Mann, dem ich in meinem Leben jemals begegnet war. Ich musste ganz schnell weg von ihm.

„Sag mir, woher du kommst, Jin."

„Von überall und nirgends. Ich reise sehr viel."

Er nickte. „Du reist mit deinem Freund und passt auf ihn auf."

„Wir passen gegenseitig aufeinander auf."

„Ich habe den Verdacht, dass du mehr auf ihn aufpasst als umgekehrt."

„Nun ja, da liegst du falsch."

„Das bezweifle ich."

Ich räusperte mich. „Auf mich muss niemand aufpassen."

„Da bin ich mir ganz sicher", sagte er langsam. „Aber das heißt nicht, dass es nicht doch jemand tun sollte."

Ich hätte ja weiter mit ihm gestritten, aber er stand plötzlich auf und entschuldigte sich. Verständlicherweise konnte er nicht die ganze Zeit mit uns zusammen sitzen. Schließlich war das ganze Haus voller Gäste, die gekommen waren, um ihn zu sehen.

„Er kommt wieder", sagte Eva und griff über den Tisch nach meiner Hand.

Ich fühlte mich, als hätte mich ein elektrischer Schlag getroffen. Warum hatte sie das Bedürfnis, mir das zu sagen? Wie musste mein Gesicht ausgesehen haben, dass sie sich genötigt fühlte, mir das zu versichern? Warum machte es mir überhaupt etwas aus, ob Logan ging oder blieb?

„Wir sollten gehen", sagte ich zu Crane.

„Hat er uns erlaubt zu gehen?" Er sah sich verwirrt am Tisch um. „Wenn ja, dann habe ich es nämlich überhört."

„Ich bezweifle, dass es ihn überhaupt kümmert", murmelte ich fast unhörbar und stand auf. „Und außerdem brauchen Reahs ohne Gefährten niemanden um Erlaubnis zu fragen."

Crane seufzte und blickte zu mir auf. „Darf ich wenigstens noch aufessen?"

Ich sah Eva an. „Würde es euch etwas ausmachen, uns etwas von dem Essen einzupacken?"

„Du brauchst vielleicht keine Erlaubnis, um den Stamm zu verlassen", sagte Mikhail. „Aber du brauchst seine Erlaubnis, um sein Haus zu verlassen."

Ich nickte. „Fein. Würdest du ihn dann bitte darüber informieren, dass wir gehen wollen? Ich telefoniere so lange."

„Wen willst du anrufen?"

„Jemanden, der mich und Crane hier abholt."

„Nein, Jin. Yuri und ich haben euch hergebracht. Wir bringen euch auch wieder zurück."

„Aber wir wollen jetzt los", sagte ich und stupste Crane an der Schulter an, um ihn zum Aufstehen zu bewegen. „Und ich möchte euch nicht von der Party fernhalten."

„Jin, ich bezweifle sehr, dass hier noch eine …"

„Soll ich nun jemanden anrufen oder nicht?", fragte ich, ganz auf ihn konzentriert.

„Nein." Er seufzte tief und stand auf. „Lass mir einen Augenblick Zeit, um Logan zu finden."

Ich nickte und trug meinen Teller zur Spüle.

„Jin?"

Ich drehte mich um und sah Delphine an.

„Kann ich noch einen Tanz mit Crane haben, bevor ihr geht?"

Ich wollte wirklich einfach nur weg.

„Bitte."

Mein Blick wanderte zu Crane und ich sah, dass seine ganze Aufmerksamkeit auf Delphine gerichtet war. Er mochte sie. Sie mochte ihn. Verdammt. „Natürlich."

Die Art und Weise, wie er von seinem Sitz aufsprang, brachte alle zum Lachen. Sie mochten ihn, aber das war unvermeidlich gewesen. Jeder mochte Crane. Er und Delphine verschwanden Hand in Hand durch die Küchentür, nachdem er mir seinen Parka zugeworfen hatte.

„Hey."

Yuri lächelte mich an.

„Warum gehst du nicht nach oben und wartest dort auf Crane? Es gibt da ein sehr nettes, ruhiges Zimmer."

Ich sah ihn aus zusammengekniffenen Augen an. „Sehe ich so aus, als ob ich ein ruhiges Zimmer bräuchte, oder was?"

„Irgendwie schon", sagte er friedlich. „Ich kann es fühlen … als wolltest du, dass alles einfach nur aufhört."

Ich konnte ein Seufzen nicht unterdrücken. „Bist du immer so einfühlsam?"

„Nein", erwiderte er geradeheraus. „Eigentlich nie. Ich glaube, das liegt an dir."

„Warum bringe ich dich nicht einfach nach oben?", meinte Eva und griff über den Tisch nach meiner Hand. „Gib Delphine und Crane noch ein bisschen Zeit miteinander. Sie mögen sich."

Als ich zu Logan Churchs Haus gekommen war, hatte ich den zweiten Fehler dieses Abends begangen. Der erste war gewesen, dass ich seinen Sheseru angelächelt hatte. Würde es sich als mein dritter Fehler herausstellen, wenn ich Logans unwiderstehlich netter Mutter folgte?

„Ich würde das Zimmer sehr gerne sehen", sagte ich zu ihr und gab auf. „Ein bisschen Ruhe wäre schön."

Man konnte die Küche durch zwei Türen verlassen. Durch die eine Tür kam man in den Flur und von dort über die Treppe in den ersten Stock, durch die andere war Logan verschwunden. Sie führte ins Wohnzimmer und dann weiter in den großen Raum, in dem die Party stattfand. Eva erklärte mir, dass die Gäste die ganze Nacht trinken und tanzen würden. Um Mitternacht würde dann eine Jagd im Mondschein stattfinden. Man feierte schließlich die Vermählung eines Semel. Solche Feiern erinnerten immer an spätrömische Ausschweifungen.

„Magst du keine Partys?", neckte ich Eva, während ich ihr über die breite Treppe aus Mahagoniholz nach oben folgte.

„Sie enden nur selten gut", seufzte sie.

Da musste ich ihr zustimmen.

„Hier sind wir, Schätzchen."

Das kleine Zimmer war mit polierten Holzdielen ausgelegt, eine Wand war mit Bücherregalen verkleidet, es gab einen Kamin, vor dem ein dicker Teppich lag und Polstermöbel, die weich und komfortabel aussahen. Der Anblick allein wirkte schon entspannend auf mich.

„Ruh dich ein wenig vor dem Feuer aus. Ich bringe dir noch einen Kamillentee."

„Das ist nicht nötig", sagte ich, nahm ihre Hand und drückte sie sanft.

Sie schüttelte den Kopf. „Das mache ich doch gern. Ich möchte mich ein bisschen um dich kümmern."

„Vielen Dank."

„Und ich werde dir und Crane ein paar Leckerbissen zum Mitnehmen einpacken."

Ich zog sie an mich und umarmte sie. Sie schnappte nach Luft, dann erwiderte sie meine Umarmung. Das brachte mich zum Lächeln.

„Oh, Jin, warum berührt dich eine kleine Geste so sehr?", fragte sie mehr sich selbst als mich. „Wer hat dich so sehr verletzt, mein Engel?"

Nachdem ich sie losgelassen hatte, legte sie mir eine Hand an die Wange und sah mir lange in die Augen. „Ich habe noch nie zuvor so dunkle, graue Augen gesehen. Sie sind einfach wunderschön."

Ihre eigenen Augen sahen aus wie helle, grüne Jade. „Das Kompliment kann ich nur zurückgeben."

„Nun setz dich doch", befahl sie sanft, nahm ihre Hand von meiner Wange und ging zur Tür. „Ich bin gleich wieder da."

Ich sah zu, wie sie die Tür hinter sich schloss.

Ich durchquerte den Raum und legte unsere Jacken über die Lehne eines Ohrensessels. Dann sank ich auf die Couch, die gegenüber eines Zweisitzers stand. Ich wollte mich nicht hinlegen, damit ich nicht Gefahr lief einzuschlafen. Ich wollte aufbrechen, sobald Crane vom Tanzen zurückkam.

Das Geräusch der sich öffnenden Tür war keine Überraschung, sehr wohl aber die Person, die das Zimmer betrat. Ich dachte erst, es wäre Eva mit dem Tee, doch stattdessen stand Logan mit einer dampfenden Tasse Tee in der Hand vor mir.

Ich stand auf und vergrub die Hände in den Taschen meiner Jeans.

„Bleib sitzen." Er lächelte zärtlich. „Ich bin nur gekommen, um dir den Tee zu bringen."

Ich blieb trotzdem stehen und räusperte mich. „Ist Crane bereit zum Aufbruch?"

„Solltest du mich nicht fragen, ob ihr gehen dürft, Crane und du?"

„Reahs ohne Gefährten können tun und lassen, was sie wollen."

„Ist das so?" Er kniff die Augen zusammen und mein Mund fühlte sich plötzlich trocken an. „Du musst also die Gesetze der Gastfreundschaft nicht beachten?"

Natürlich musste ich das, und wir beide wussten es. „Na, gut. Können wir also gehen, oder nicht?"

„Du kannst tun und lassen, was immer du willst. Aber wenn du wieder einigermaßen bei dir bist, würde ich gern mit dir reden."

Wahrscheinlich war mein mürrischer Ton für seinen plötzlichen Sarkasmus verantwortlich. Es war mein eigener Fehler. „Du hast meine Frage nicht beantwortet", insistierte ich.

„Ihr könnt gehen, wann immer ihr wollt."

Das war unmissverständlich.

„Zufrieden?"

Ich nickte.

„Darf ich mich kurz zu dir setzen?"

Seine Stimme war wie eine Liebkosung.

„Natürlich."

Er bewegte sich sehr geschmeidig für einen so großen Mann, anmutig und kraftvoll zugleich. Damit zog er vermutlich ständig alle Blicke auf sich.

Ich nahm ihm die Tasse ab und setzte mich wieder hin. Zu meiner Überraschung setzte er sich neben mich, anstatt gegenüber Platz zu nehmen. Noch bemerkenswerter war, dass er nicht mit mir redete, sondern nur schweigend ins Feuer starrte. Er wollte offensichtlich wirklich nur bei mir sitzen. Als meine Lider schwer wurden, fragte ich ihn, ob man ihn nicht unten vermissen würde.

„Trink deinen Tee."

Ich nippte an dem Tee, aber nur, weil ich es selbst wollte. Keinesfalls deshalb, weil er es mir befohlen hatte. Er war definitiv ein Semel und gewohnt, keine Bitten zu äußern, sondern Befehle zu erteilen.

„Sieh mich an."

Ich hob den Kopf und er blickte mir tief in die Augen. Ich konnte seinem Blick kaum standhalten.

„Kannst du dir eigentlich vorstellen, wie gern ich dich jetzt packen und mit meinem Mal kennzeichnen würde?"

Bei den Worten verschlug es mir den Atem.

„Ich habe so etwas noch niemals zuvor gefühlt."

Ich auch nicht, aber das würde ich ihm nicht sagen. „Du willst mich doch eigentlich gar nicht. Das bildest du dir nur ein", sagte ich langsam und starrte in seine goldenen Augen.

„Ich kenne mich selbst sehr gut", versicherte er mir. „Und du wirst mir gehören."

Es überlief mich heiß und ich sah ihm nach, als er aufstand und zur Tür ging. Ich war so verwirrt. Erst gab er solche gewagten Äußerungen von sich, dann ließ er mich einfach allein. Was sollte das? „Warte."

Er blieb im Türrahmen stehen. „Was?"

„Wie kannst du so etwas sagen und dann einfach gehen?"

„Und wie kannst *du* überhaupt gehen wollen?", konterte er scharf.

Wir standen da und starrten uns an. Ich hatte das Gefühl, als sei alle Luft aus dem Raum gewichen. Als er ging, fiel die Tür hinter ihm mit einem lauten Knall ins Schloss. Es war ein Fehler, auch nur eine Sekunde länger hier zu bleiben. Er hatte mir erlaubt zu gehen. Ich musste nur noch Crane finden, dann konnten wir von hier verschwinden. Ich schnappte mir unsere Jacken und war schon fast an der Tür, als sie wieder geöffnet wurde und ich plötzlich Christophe Danvers gegenüberstand.

„Mir war so, als hätte ich dich gesehen", sagte er und kam auf mich zu.

„Ich muss los." Ich versuchte, um ihn herumzugehen.

Er hob die Hände, um mich aufzuhalten. „Was machst du hier, Jin?"

„Ich habe dich und Domin getroffen, also musste ich der Fairness halber auch Logan sehen."

„Und? Ist er dein Gefährte?"

Ich konnte ihm keine Antwort geben, weil ich es selbst nicht wusste. Obwohl ich noch niemals so stark auf jemanden reagiert hatte, war ich nicht bereit, diesen Mann meinen Gefährten zu nennen. Ich brauchte Zeit zum Nachdenken, um alles in Ruhe zu verarbeiten. Dazu musste ich auf jeden Fall allein sein.

„Jin?"

Ich ging zum Kamin und ließ meine Stirn gegen die kühle Marmorumrandung sinken. Mir war heiß und kalt zugleich.

„Hör mal, vielleicht sollte ich dich nach Hause bringen. Das ist vielleicht nicht der beste Moment, um …"

„Fass ihn nicht an!"

Als ich den Kopf hob, stand Christophe wie erstarrt mit erhobener Hand im Zimmer. Hinter ihm stand Logan in der offenen Tür.

„Hast du mich gehört?"

„Logan", begann Christophe und drehte sich zu ihm um.

„Verschwinde von hier."

„Logan, ich bin wegen der Party hier", sagte Christophe amüsiert und ging auf ihn zu. „Ich kann nicht einfach gehen. Meine Schwester wird immerhin deine Yareah."

Mit ausdruckslosem Gesicht kam Logan näher. „Deine Schwester und ich sind Geschichte und das weißt du auch."

„Logan, du kannst doch nicht …", rief Christophe. Das Blut wich ihm aus dem Gesicht. „Das wäre eine Schande für sie und …"

„Genug!", fuhr Logan ihn an. Seine Stimme erfüllte den ganzen Raum. „Alles in mir möchte dich in der Luft zerreißen, nur weil du so dicht bei ihm stehst. Bitte, lass ihn in Ruhe."

„Logan, du ..."

„Hör mir zu! Hör mir zu und hör auf, wegen deiner Schwester zu jammern", sagte Logan und atmete hörbar ein. „Er ist mein Gefährte, aber er ist noch nicht gezeichnet. Und ich weiß, dass du nichts von ihm willst ... mein Verstand sagt mir das, aber der Rest von mir ... würde dir am liebsten die Kehle herausreißen."

„Was redest du denn da? Logan, du kannst genauso wenig einen männlichen Gefährten nehmen wie ich."

„Chris", sagte er. Sein Blick verfinsterte sich, seine Stimme und seine Haltung waren eine einzige Warnung. „Du solltest jetzt wirklich gehen."

„Logan, du kannst ihn von mir aus zum Geliebten nehmen, aber sage die Zeremonie nicht ab. Du brauchst eine Yareah, um deine Blutlinie fortzuführen. Du kannst nicht nur ihn haben. Das ist doch verrückt ..."

„Geh von meinem Gefährten weg, sonst verlässt du dieses Zimmer nicht lebend."

Logans Stimme war eiskalt, erfüllt von einer wilden, primitiven Wut. Er wollte nur noch eines – mich aus Christophes Reichweite bringen. Christophe musste hier weg, sonst würde Logan ihn umbringen, daran bestand kein Zweifel. Die beiden Männer mochten noch so lange befreundet sein, Logan würde ihn, ohne zu zögern, kaltblütig umbringen. Zwischen eine Katze und ihren Gefährten zu kommen, war schon schlimm genug. Zwischen einen Semel und seine Reah zu kommen, grenzte an Selbstmord.

Ein Semel und seine Reah ... Instinktiv hatte ich die Worte gewählt. Plötzlich schien mir die Luft im Zimmer zu schwer zum Atmen zu sein. Ich fühlte mich schwindelig und benommen, meine Beine waren nicht mehr in der Lage, mich aufrecht zu halten. Ich hielt mich mit aller Kraft an der Kamineinfassung fest und zwang mich dazu, tief und gleichmäßig zu atmen.

„Logan", begann Christophe. „Du ..."

„Verschwinde von hier!", donnerte Logan.

Christophe floh ohne ein weiteres Wort aus dem Zimmer.

„Ich bin nicht dein Gefährte", sagte ich hastig und drehte mich wieder zum Kamin um.

„So wahr mir Gott helfe, das bist du."

Ich versuchte, mich wieder zu beruhigen.

„Du kannst nicht vor mir davonlaufen. Das werde ich nicht zulassen."

Ich drehte mich nicht um. „Ich laufe nicht davon."

„Sieh mich an."

Aber das konnte ich nicht. Wenn ich ihn ansah, wurde mir schwindelig. „Ich muss gehen."

„Ich dachte, du läufst nicht davon."

Mir fiel nichts mehr dazu ein.

„Dreh dich um", befahl er und stand plötzlich direkt hinter mir.

Ich gehorchte seinem Befehl.

„Ich möchte dein Gesicht sehen."

Ich sah zu ihm auf. Er sog zischend die Luft ein und ich wurde von seinem brennenden Blick durchbohrt. Seine topasfarbenen Augen fixierten mich, seine Stirn war in Falten gelegt und er knirschte mit den Zähnen. Mir wurde so heiß, dass ich Angst hatte, in Flammen aufzugehen.

„Hat Domin dir etwas angetan, als du ihn heute getroffen hast?"

„Nein."

„Dann hat er Glück gehabt." Sein Atem strich warm über mein Gesicht.

„Hör zu, ich sollte wirklich …"

„Sag mir, wo dein Stamm ist."

„Ich habe keinen."

„Warum nicht?"

„Was kümmert dich das? Ich muss jetzt gehen. Wenn dieser Domin sich vor meiner Wohnung rumtreibt …"

„Was?"

„Du solltest es sehen", sagte ich und fuhr mir mit den Fingern durch die Haare. „Ich hatte die Kratzspuren und die Haare total übersehen. Genau so gut hätte er ein großes Neonschild aufstellen können: ‚Domins Territorium'. Er ist verrückt. Und weil ich in letzter Zeit so viel gearbeitet habe, habe ich …" Ich verlor den Faden, als er den Meter zwischen uns überwand und auf mich herabsah. „Ich kann nicht hier bleiben. Ich muss gehen."

„Warum?", fragte er und streckte die Hand nach mir aus. „Hilf mir, zu verstehen, warum du dich von einem heiligen Bund abwendest."

„Weil ich nichts zu tun haben will mit Stämmen und Semels und dergleichen. Ich möchte einfach nur ein normaler Mann sein, der ohne diesen ganzen Mist leben kann."

„Du bist eine Reah", sagte er sanft. Seine Finger berührten fast meine Wange, aber dann hielt er inne und wartete ab. „Darf ich?"

„Was?"

„Ich möchte dich berühren."

Das war ich noch niemals zuvor gefragt worden. Alle anderen fassten mich einfach an, begrapschten mich oder versuchten, mich auf andere Weise gefügig zu machen. Bisher hatte es noch nie jemanden interessiert, ob ich überhaupt angefasst werden wollte. Ich wusste, dass es das Klügste wäre, jetzt Nein zu sagen. Es wäre auch kein Fehler, von hier zu verschwinden und so viel Abstand wie möglich zwischen uns beide zu bringen. Ich wollte kein Mitglied seines Stammes werden. Das ging einfach nicht.

Sonst würde ich ihn demnächst anbetteln, mich mit in sein Bett zu nehmen.

„Jin?"

Ich fühlte mich, als hätte ich mein Herz verschluckt. „Du darfst mich berühren."

Sein Lächeln war so zart. Es war nur ein sachtes Heben seiner vollen Lippen und ein Leuchten in seinen Augen. Seine Finger waren federleicht auf meiner Haut, berührten meine Wange kaum. Ich sah ein leichtes Zittern durch seinen Körper laufen. Eine so zarte Berührung, und doch überwältigte sie ihn so. Nicht, dass ich selbst ungerührt geblieben wäre. Ich wollte mich in die Liebkosung seiner warmen Hand schmiegen. Ich wollte ihm sagen, dass er mit mir machen konnte, was immer er wollte.

„Für eine Reah wie dich ist nichts normal. Das weißt du."

Die Welt verschwamm vor meinen Augen, als eine Welle der Emotionen über mir zusammenschlug. Dieser Mann war mein Gefährte, daran konnte es keinen Zweifel geben. Sein Geruch, der Klang seiner Stimme, die Hitze in seinen Augen – es war alles zu viel. Ich hatte mir sagen lassen, dass ich meinen Semel, meinen Gefährten, sofort erkennen würde. Ich würde es instinktiv spüren können. Und da stand ich nun vor Logan Church und fühlte mich wie ein Sklave des Tiers in mir. Ganz und gar Körper, aber ohne Sinn und Verstand, stattdessen erfüllt von dem primitiven Trieb, mich von ihm nehmen zu lassen und sein Mal zu tragen. Ich wusste, dass ich meinen Gefährten gefunden hatte. Ich konnte es nicht mehr leugnen. Mein Verlangen nach ihm brannte zu heiß.

„Du hast es von der ersten Minute an gewusst. Warum kämpfst du dagegen an?"

„Du solltest zu deiner Party zurückkehren. Man wird dich vermissen."

„Inzwischen wird Christophe allen erzählt haben, dass ich dabei bin, meinen Gefährten zu markieren. Niemand wird mich vermissen."

„Wie kannst du so etwas sagen? Du kennst mich doch gar nicht. Dein Leben war geplant und …"

„Mein Leben gehört nur noch dir, meine Reah."

Ich schluckte schwer, schloss die Augen und kämpfte um die Kontrolle über meinen Körper, der langsam zu verbrennen schien. „Du kannst meinetwegen nicht einfach dein ganzes Leben über den Haufen werfen."

„Ich kann und werde es tun. Küss mich."

Ich floh zur Tür.

„Nein."

Nur dieses eine Wort, nicht lauter als die anderen, und doch blieb ich wie angewurzelt stehen.

„Ich habe dich gerade erst gefunden. Warum sollte ich dich gehen lassen?"

Domin wollte mich als Besitz, Christophe wollte mich als Begleiter, aber Logan wollte mich als Gefährten. „Verdammt", knurrte ich leise.

„Du gefällst mir." Er lächelte, nahm mich von hinten in die Arme und drückte seine Brust an meinen Rücken. Dann vergrub er sein Gesicht an meinem

Hals. Seine Umarmung war bestimmt, aber zärtlich. „Du bist so anders, als ich erwartet hatte."

„Nun, dann solltest du dich einfach mit deiner Yareah vermählen und …"

„Hör endlich auf", murmelte er und brachte mich zum Schweigen, indem er sein Gesicht an meine Schulter presste, soweit der Kragen meines Pullovers es zuließ. „Wir werden nicht mehr über Yareahs sprechen."

„Nicht." Ich versuchte, von ihm loszukommen.

„Ich muss dich schmecken … Deine Haut riecht so gut."

Ich keuchte, als er an meinem Hals knabberte, dort, wo die Schulter begann. Meine Knie gaben nach und ich wäre gefallen, hätte er mich nicht festgehalten, einen Arm um meine Brust und einen um meinen Bauch gelegt. Es tat nicht weh. Sein Mund war heiß, die Bisse träge und sinnlich. Es fühlte sich himmlisch an.

„Du gehörst zu mir."

Es war beängstigend und doch kam es mir richtig vor. „Lass mich gehen", sagte ich ohne jede Überzeugungskraft.

Ich hörte ein sehr tiefes, sehr männliches Lachen. „Warum sollte ich das tun?"

Ich drehte meinen Kopf und versuchte, ihm ins Gesicht zu sehen. „Du solltest mich gehen lassen, weil du kurz vor deiner Vermählung stehst."

„Ja, das stimmt. Mit dir", versprach er und leckte mich am Hals, von der Schulter bis direkt hinters Ohr. „Du bist meine Reah, mein Gefährte. Ich werde dich lehren, dieses Erbe zu lieben, anstatt dich davor zu fürchten."

Die Sicherheit in seinen Worten gab mir fast den Rest.

„Du gehörst zu mir." Seine Stimme jagte Hitzewellen durch meinen Körper. „Mach jetzt keinen Fehler."

Ich öffnete den Mund, um zu widersprechen, um ihm zu sagen, dass ich nicht sein Gefährte war. Aber bevor ich das erste Wort formen konnte, wirbelte er mich herum, so dass ich direkt vor ihm stand.

„Ich bin nicht dein Gefährte", log ich.

Sein Blick ließ mich nicht los. „Du fühlst die Wahrheit in dir, genau so, wie ich sie in mir fühle. Du gehörst zu mir, Reah, und ich werde dir mein Zeichen aufdrücken."

Er hatte recht. Ich gehörte zu ihm. Alles in mir verlangte nach diesem Mann. Niemals zuvor hatte ich so empfunden. „Du kannst mich nicht markieren."

Er lachte leise. Das tiefe, grollende Geräusch ließ mich so steif werden, dass es wehtat. „Aber natürlich kann ich. Alles an dir ruft mich – dein Geruch, deine Stimme, deine Haut … Du gehörst zu mir."

Ich sah ihm in die Augen, als er mit den Fingern über meine Kehle strich. Es war so ein wunderbares Gefühl, berührt zu werden. Ich fragte mich, wie es sich wohl anfühlen mochte, wenn seine Hand meinen Schwanz streichelte. Bei dem Gedanken daran stöhnte ich leise auf. Das brachte ihn zum Lächeln.

„Du sagst ständig, dass du gehen willst, aber du zitterst, wenn ich dich berühre. Findest du das logisch?"

Nichts war mehr logisch.

„Weißt du", begann er und kniff die Augen zusammen, „dass es Reahs gibt, wusste ich schon immer, aber ich habe noch nie von einer ... Niemand hat mir je gesagt, dass es auch ein Mann sein könnte. Woher kommst du?"

„Du willst mich nicht. Ich werde dein ganzes Leben durcheinander bringen."

Er lächelte. „Eine Reah bindet sich fürs Leben."

„Ich weiß. Das ist genau der Grund, weshalb ..."

„Wurdest du von deinem Stamm verbannt, weil du schwul bist?"

Natürlich war das der Fall gewesen. Mein Stamm hielt mich für eine Missgeburt. Ich war eine Reah, und eine Reah bindet sich nur an einen Semel. Es hatte noch niemals einen weiblichen Semel gegeben, daher musste es ... falsch sein. Ich war falsch, deshalb wurde ich vertrieben. Meine Mutter wurde krank, wenn sie mich nur ansah. Mein Bruder hielt mich für eine Laune der Natur. Als ich sechzehn war, hörte der ganze Stamm – wirklich alle – auf, mit mir zu sprechen. Mein Vater, der Sylvan und Lehrer unseres Stammes, wollte mich tot sehen. Er sagte, es sei seine Pflicht, mich zu töten. Kein Semel sollte durch mich dazu verführt werden, sein ganzes Leben, seine Familie und seine Blutlinie aufzugeben. Es tat noch immer weh. Selbst nach acht Jahren tat es immer noch weh.

„Sieh mich an."

Ich konnte es nicht. Ich nahm einen tiefen Atemzug, ließ den Kopf hängen und starrte auf meine Schuhe.

„Du bist ein Geschenk, Reah. Jeder, der etwas anderes behauptet, ist ein Lügner. Du musst dir deines Wertes bewusst werden."

Ich schluckte, konnte aber ein Stöhnen nicht unterdrücken, als seine Hand meinen Hals umfasste. Er legte den Daumen unter mein Kinn und zwang mich so, ihn anzusehen.

„Du bist ... wertvoll." Er lächelte.

Ich wusste, dass er es ehrlich meinte. Dieser Mann wollte mich nicht einfach nur in seinem Bett, er wollte mich in seinen Armen, an seiner Seite, für immer. „Du hast Angst", warf ich ihm vor.

„Meine Güte! Ja, ich habe Angst." Er atmete hörbar ein. Seine Kiefermuskeln spannten sich an. „Du bist mein Gefährte und es gibt keine Geheimnisse zwischen uns. Jeder weiß etwas über mich, aber du ... du wirst alles wissen. Das ist beängstigend."

Ich empfand es genauso. „Was ist, wenn du mich hasst, sobald du mich näher kennst?"

„Ich glaube nicht, dass das möglich ist", seufzte er und senkte den Kopf, um mich auf den Hals zu küssen.

Ich presste mich an seinen Mund und hoffte, seine Zähne zu fühlen. Seine Hände glitten über mich, eine bewegte sich sanft über meine Wirbelsäule, die andere strich über die Innennaht meiner Jeans. Ich bog mich ihm entgegen und der Atem blieb mir im Hals stecken.

Ich wollte unter ihm auf dem Boden liegen und meine Schenkel um seine Hüften schlingen. Er sollte mich hochheben, meine Knie über seine Arme legen und tief und hart in mich eindringen. Diese Fantasie ließ mich nicht mehr los, während er über den Jeansstoff zwischen meinen Beinen rieb.

„Ich würde nichts lieber tun, als dir die Kleider vom Leib zu reißen und mich in deinem warmen, willigen Körper zu versenken", flüsterte er mir ins Ohr. „Aber du bist mein Gefährte und kostbar für mich. Ich werde nicht zulassen, dass es später heißt, du hättest mich von meiner Yareah weggelockt oder verführt. Ich werde öffentlich verkünden, dass ich meine Reah gefunden habe und dich als meinen Gefährten beanspruchen."

Aber ich brauchte ihn jetzt. Wie es nach außen aussah, war mir völlig egal.

„Ich möchte, dass du mir jetzt ganz genau zuhörst."

Ich öffnete langsam die Augen und sah ihn an. Ich sah Verlangen und Feuer in seinem Blick und das brachte mein Blut in Wallung. Doch es war die Sehnsucht, die ich außerdem in seinen Augen erkennen konnte, die mich am tiefsten berührte. Unter all der Leidenschaft und dem Begehren lag so unendlich viel Zärtlichkeit verborgen.

„Ich bin der Anführer meines Stammes, der Semel, und ich wurde nicht dazu berufen oder gemacht. Ich wurde für diese Aufgabe geboren. Ich war von Anfang an dazu bestimmt, zu führen und mich um andere zu kümmern …"

„Ich kenne die …"

„Halt", wies er mich sanft zurecht. „Lass mich ausreden. Eine Reah wird in ihren Platz im Stamm hineingeboren, genauso wie ich. Du wurdest dafür geboren, Gefährte des stärksten Mannes zu sein, einen Semel zu ergänzen. Nur eine Reah kann das. Ohne Reah kann ein Semel niemals wirklich ausgeglichen sein, niemals wahre Harmonie finden. Reahs sind so selten. Niemand, den ich kenne, hat jemals eine getroffen. Und plötzlich bist du da. Ich habe so lange gewartet. Meine Familie und mein Stamm waren der Meinung, es wäre an der Zeit, dass ich eine Gefährtin wähle. Und auch ich dachte das, aber … fast hätte ich einen Fehler begangen. Was wäre gewesen, wenn ich dich nicht gefunden hätte?"

Er sah mich mit einer Bewunderung an, wie sie mir noch nie zuteil geworden war.

„Ich habe mein ganzes Leben lang auf dich gewartet", sagte er und schob seine Hände unter meinen Pullover. Das Gefühl seiner warmen Hände auf meiner kalten Haut machte mich benommen. „Mein Gefährte! Du bist mein Gefährte! Es geschah in der Sekunde, als ich dich erblickte … als ich in deine großen, wunderschönen Augen sah."

Mir kamen die Tränen und ich fühlte mich idiotisch, aber es war alles zu viel für mich. Die Emotionen überwältigten mich.

„Deine Haut ist wie Seide, warme Seide … ich möchte dich überall berühren."

Der erotischste Mann, den ich jemals getroffen hatte, wollte offensichtlich, dass mir das Herz in der Brust stehen blieb, denn er behauptete, dass ich alles wäre, was er jemals gebraucht hatte.

„Kämpfe nicht dagegen an, Reah." Er lächelte und umfasste mein Gesicht mit beiden Händen, so dass ich nicht flüchten konnte. „Ich will dich."

„Du machst einen Fehler. Du solltest mich fortschicken ... ich bin nicht gut für dich."

„Wenn ich mein Herz habe, kann das nicht schlecht für mich sein." Er beugte sich zu mir herab und küsste mich, eroberte hungrig und gierig meinen Mund. Es war, als würde ich in flüssige Hitze getaucht. Ich fühlte sie durch meinen Körper fließen und mich verschlingen. Als er sich zurücklehnte, konnte ich einen Seufzer des Verlangens nicht zurückhalten. „So ist es richtig ... Verzehr dich nach mir, Reah, immer mehr. Fass mich an. Ich will deine Hände auf mir spüren."

Ich streckte mich, legte meine Arme um seinen Hals und zog ihn zu mir herab. Wir küssten uns voller Begehren, ein Kuss, bei dem viel Zunge im Spiel war. Ich saugte und biss, machte den Kuss heiß und feucht und intensiv. Als er Luft holen musste, keuchte er meinen Namen. Es war seltsam, ihn von seinen Lippen zu hören – meinen schlichten, ordinären Namen, und in einer völlig neuen Tonlage ausgesprochen. In einem Ton der Bewunderung, als wäre er heilig, als wäre er ein Schatz. Als wäre *ich* ein Schatz.

„Logan", flüsterte ich. „Du willst nicht ..."

„Ich?", unterbrach er mich. Seine Lippen waren den meinen so nah. „Ich will dich nicht?"

Es musste doch irgendetwas geben, womit ich ihn aufhalten konnte. Ein Wort, um ihn von mir abzubringen. Er riskierte einfach zu viel, wenn er mich als Reah nahm. Selbst innerhalb dieser kurzen Zeit war sein Glück für mich sehr wichtig geworden. Er war immerhin mein Gefährte.

„Oh doch, ich will dich." Er lächelte. „Und ich behalte dich."

Bevor ich antworten, widersprechen oder protestieren konnte, verschloss er mir wieder mit einem Kuss den Mund. Er strich mit der Zunge über meine Lippen, bis sie sich für ihn öffneten. Seine Reaktion war eindeutig: Ich spürte eine Hand, die in mein Haar griff und mich festhielt, einen Arm an meinem Rücken, der mich an ihn presste, einen Mund, der sich an meinem rieb. Seine Zunge drängte in meinen Mund und zwischen meine Zähne. Sein Kuss war hart und sengend. Er entlockte mir Geräusche, die wiederum den Mann in meinen Armen erbeben ließen.

„Mein Gott, ich würde dich am liebsten verschlingen", stöhnte er in mein Ohr, bevor er sein Gesicht gegen meinen Hals drückte und tief einatmete. „Wo zum Teufel bist du mein ganzes Leben lang gewesen?"

Er klang aufgewühlt. Ich fand es erregend und genoss seine Frustration darüber, dass er mich erst jetzt gefunden hatte.

„Jin." Seine Stimme umhüllte mich tief und verführerisch. „Bitte."

Ich wusste, worum er mich bat.

„Bitte", wiederholte er, und seine Stimme war brüchig vor Anspannung und Erwartung.

„Ja", flüsterte ich, neigte den Kopf und machte meinen Hals einladend lang für ihn.

Er stöhnte laut und ich spürte seinen heißen Atem auf meiner Haut. Einen Augenblick später war mir, als bohre sich ein Messer von oben in mich hinein. Ein heißer Schmerz durchfuhr mich, aber ich unterdrückte meinen Aufschrei. Ich war schon oft im Leben spielerisch gebissen worden oder man hatte mich gezwickt und an mir geknabbert. Aber noch nie hatte mir jemand sein Mal aufgedrückt. Gezeichnet zu werden ... Es war meilenweit entfernt von allem, was ich bisher erlebt hatte.

Seine langen, rasiermesserscharfen Reißzähne bohrten sich in mein Fleisch wie glühende Zangen, durchstießen Haut und Muskeln, bis ihre Spitzen tief in mir wieder aufeinander trafen. So grausam und unerträglich der Schmerz auch war, er erfüllte mich doch auch mit einer pulsierenden Wärme. Ich sackte zusammen, doch er war da, um mich aufzufangen. Ein verzehrendes Feuer bahnte sich seinen Weg – von meinem Kopf über den Nacken und den Rücken hinab, loderte es wieder und wieder auf, Welle um Welle. Es drohte, mich zu ersticken und mir schwanden die Sinne. Ich wollte es Logan sagen, aber die Worte erstarben in meiner Kehle. Ich fühlte mich warm, wärmer als jemals zuvor, und endlich, nach so langer Zeit, fühlte ich mich wieder geborgen und in Sicherheit. Und als ich schließlich ins Dunkel stürzte, war mir alles egal.

6

ICH HATTE einen Schrei gehört, da war ich mir ganz sicher, doch bis ich geistesgegenwärtig genug war, dass ich die Augen öffnen konnte, war es um mich herum absolut still. Eigentlich wollte ich dringend aufstehen und nach Crane sehen. Doch der Versuch, mich zu bewegen, erwies sich als sinnlos. Mein Körper fühlte sich an, als wöge er eine halbe Tonne, nicht einmal den Kopf konnte ich heben. Andererseits: Warum sollte ich das überhaupt wollen? Ich war so müde, das Bett war weich und warm, und die Laken rochen nach Sommersonne … und nach Logan. Als mir klar wurde, dass ich in seinem Bett lag, in seinem Schlafzimmer, zuckte ich zusammen. Ein schmaler Lichtstreifen aus dem Nebenraum fiel auf helle Laken und cremefarbene Bettwäsche. Aber ich sah nirgendwo Blut, so wie ich es erwartet hatte. Ich war mir ganz sicher, dass ich Blut verloren hatte, doch davon war nirgends etwas zu sehen. War ich vielleicht durch den Blutverlust so schwach? Aber wo war es? Es hätte eigentlich überall sein müssen, doch stattdessen war da nur die wohlige Wärme des Betts, der angenehme Geruch meines Gefährten und die beruhigende Dunkelheit. Ich schloss die Augen, um weiterzuschlafen.

„Was hast du getan?" Der zornige Ausruf kam aus dem Nebenraum, und ich saß plötzlich vor Schreck aufrecht im Bett. Anscheinend war ich doch nicht so schwach, wie ich gedacht hatte. Wer brüllte da so?

„Was wohl? Ich habe meinen Gefährten markiert", kam Logans tiefe, kraftvolle Stimme als Antwort.

„Unmöglich."

„Wie meinst du das?"

„Logan, sei vernünftig. Egal, was du jetzt fühlst, du kannst keinen männlichen Gefährten haben."

Logan lachte leise. Dabei klang er allerdings keineswegs amüsiert, sondern eher kalt und hart. „Semel und Reah wählen einander nicht aus, Vater, sie sind Gefährten oder sie sind es nicht. Und wenn sie es sind, nimmt die Reah den Semel an und akzeptiert sein Mal. Schon als ich Jin das erste Mal sah, wusste ich, dass er für mich bestimmt ist. Er hat mein Mal akzeptiert … er gehört jetzt zu mir. Es ist vollbracht."

„Logan, du …"

„Reahs sind sehr selten. Kein anderer Semel, den ich in meinem Leben getroffen habe, hat eine Reah."

„Ich weiß, aber Logan, du musst …"

„Ich wollte schon immer einen Gefährten, aber ich wollte niemals eine Zeremonie. Ich wollte mich nicht festlegen. Ich habe nur zugestimmt, weil alle der Meinung waren, dass es an der Zeit sei. Du meintest, es wäre an der Zeit und auch der Stamm meinte, es wäre an der Zeit. Aber ich hatte immer schon so ein Gefühl … Und jetzt werde ich dafür belohnt."

„Logan, du kannst doch keinen …"

„Willst du wirklich mir, dem Semel unseres Stamms, sagen, dass ich diese Reah nicht für mich beanspruchen kann, weil es sich um einen Mann handelt?"

„Mein Sohn", sagte er, und ich konnte die Anspannung in seiner Stimme hören, als er Logan umzustimmen versuchte. „Ein männlicher Gefährte ist …"

„Eine Verschwendung, mein Liebling."

Es war die Stimme einer Frau, und ich wollte sie sehen. Vermutlich war sie die Yareah, Simone, Christophes Schwester. Sie war gekommen, um den Semel des Stammes Mafdet zur Vernunft zu bringen, den Mann, der ihr Gefährte hatte werden sollen. Als ich vom Bett aufstand war ich froh, dass ich außer meinen Stiefeln noch komplett bekleidet war. Ich ging zur Tür, um durch den schmalen Spalt zu schauen, denn zu meinem Glück war sie nicht komplett geschlossen. Sobald ich die Tür erreicht hatte, fiel mein Blick auf die Frau, die sich jetzt an Logans Vater vorbei schob und sich neben seinen Sohn stellte. Simone bewegte sich geschmeidig, als hätte sie keine Knochen im Körper. Als sie ihre Hände auf Logans Unterarm legte, erinnerten ihre Bewegungen an die einer Schlange.

„Bitte", seufzte er, als er auf sie herabsah. „Vergib mir."

„Es gibt keinen Anlass zur Vergebung, da ich dich nicht aus deinem Schwur entlassen werde."

„Das spielt keine Rolle", sagte er. „Eine Reah steht immer über einer Yareah, und das weißt du."

„Ich wiederhole", sagte sie mit Nachdruck. „Ich werde dich nicht freigeben. Du kannst keinen männlichen Gefährten haben. Es ist eine Verschwendung für dich, für deinen Samen, für dein Haus. Du kannst dein Leben nicht einfach wegen einer dummen, chemischen Reaktion deines Körpers wegwerfen. Du kannst nicht einfach …"

„Ich werde tun, was mir gefällt."

„Nein."

„Du wirst es schon sehen."

„Logan, du kannst dich doch nicht einfach hinstellen und mir erzählen, dass du dich mit einem Mann vereinigen wirst! Das ist lächerlich!"

Ihre Stimme war sinnlich, tief und samtig, und sie war eine Frau von makelloser, cremeweißer Perfektion. Sie war beeindruckend, von ihrer langen blonden Mähne bis hin zu ihren türkisblauen Augen. Sie und ihr Bruder hätten Zwillinge sein können, ätherische Wesen direkt aus dem Himmel. Beide waren von der gleichen atemberaubenden Schönheit. Ich sah, wie ihre Hand Logans Arm entlangstrich und dann zu seiner Schulter, seinem Hals und schließlich seiner Wange wanderte.

67

„Er hat keinen Stamm, Logan!", rief sein Vater. „Daraus erwächst keine Allianz! Du hast alle strategischen Regeln außer Acht gelassen! Das ist ungehörig!"

Ich sah, wie Logan den Kopf schüttelte und sich von Simones Hand befreite.

„Er ist Abschaum! Er ist deiner nicht würdig! Du wirst dich mit Simone vermählen! Sie wird deine Yareah werden! Es ist eine Verbindung, die deinen Stamm mit Christophes vereinen wird und da denkst du allen Ernstes darüber nach, das alles wegzuwerfen für diese … Kreatur?"

„Er ist eine Reah", erklärte Logan und stellte sich vor seinen Vater. „Er wurde nicht für mich ausgewählt oder gesucht. Er ist keine Yareah, sondern eine echte Reah. Das kann man nicht einfach ignorieren. Du sagst, es schickt sich nicht, aber das tut es sehr wohl. Der Platz an meiner Seite steht ihm nach Recht und Gesetz zu. Du dienst weder mir noch dem Stamm, indem du mich dazu drängst, ihn zu verleugnen."

„Logan, du …"

„Er ist meine Reah und ich erkenne ihn als solche an."

Simone lachte. „Was willst du denn mit einem männlichen Gefährten anstellen? Du warst noch nie mit einem Mann zusammen! Woher willst du wissen, ob es dir mit ihm überhaupt Spaß macht?"

„Ich habe ihn bereits markiert, er gehört zu mir. Das ist alles, was du wissen musst."

Ich wäre sein erster? Das konnte ich mir nun gar nicht vorstellen. So schnell, wie er mich akzeptiert hatte, war ich davon ausgegangen, dass er schwul war. Doch anscheinend war er vorher nur mit Frauen zusammen gewesen. Wie konnte er mich wollen?

„Logan, du …"

„Er ist mein Gefährte, für mich geboren. Er ist alles, was ich will."

„Nein!", brüllte der ältere Mann. „Du bringst uns mit dieser verrückten Idee alle in Schwierigkeiten! Laut Gesetz muss Christophe nun zugunsten seiner Schwester einen Bund mit Domin eingehen. Damit werden sich zwei große Stämme vereinen! Denk an deine Familie, deinen Stamm! Du kannst deine Zukunft nicht wegwerfen für einen wertlosen Bastard! Logan Church, dazu habe ich dich nicht erzogen. Du entehrst uns alle mit dieser Perversion! Ein Semel muss sich eine Gefährtin nehmen und Kinder mit ihr zeugen! Mit einem Mann zusammen zu sein … deinen Samen in ein unbrauchbares Gefäß zu füllen … das ist nicht richtig!"

Was Logans Vater da sagte, traf mich wie ein Messer mitten ins Herz. Dieselben Worte hatte mir mein Vater nachgerufen, als ich von zu Hause vertrieben worden war … dass ich eine Perversion sei.

„Ich bin der Semel. Ich bin das Gesetz. Nur ich entscheide, was richtig ist", sagte Logan sanft, aber bestimmt, und zog damit meine Aufmerksamkeit wieder auf sich.

„Logan, was werden dein Sylvan oder dein Sheseru sagen?"

„Sie stehen auf meiner Seite."

„Ich denke, du überschätzt sie, Logan. Sie wollen genauso wenig wie ich, dass du dich entehrst."

„Nichts, was ich mit meinem Gefährten tun könnte, wird mich jemals entehren."

Logans Ton war eisig. Die unüberhörbare Warnung in seiner Stimme machte Peter Church unmissverständlich klar, dass er zu weit gegangen war. Kein Semel würde sich infrage stellen lassen, schon gar nicht hinsichtlich seiner Verbindung mit der Reah. Sie war heilig.

„Du würdest mich verstoßen?", keuchte Simone.

Logan wandte sich ihr zu. „Nein. Dort steht Koren; er wird dein Gefährte sein."

Ich sah zu dem Bruder hinüber, den Logan so schnell vorgeschoben hatte, und bemerkte, wie dessen Brauen sich unwillig zusammenzogen. Zweifellos waren alle drei Church-Brüder wunderbare Geschöpfe – Logan mit seinen goldenen Augen, Russ mit den tiefgrünen und Koren mit einer wundervollen Schattierung von oliv, wie ich sie noch nie gesehen hatte. Alle drei waren sehr groß, athletisch gebaut und mit kantigen Gesichtszügen, als hätte ein Künstler ihr Antlitz in Stein gemeißelt. Sie schlugen ganz nach ihrem Vater Peter Church, einem unglaublich gut aussehenden Mann, so groß und stark wie jeder seiner Söhne, dessen haselnussbraune Augen unverwandt auf Logan gerichtet waren.

„Ich bin vielleicht keine Reah", sagte Simone und meine Aufmerksamkeit wandte sich wieder ihr zu. „Aber eine Yareah werde ich sein, und deshalb kann und will ich mich nicht mit jemandem verbinden, der kein Semel ist. Außer dir, Logan, bleibt mir nur noch Domin."

„Du kannst dich verbinden, mit wem du möchtest, Simone. Zwar möchtest du Yareah sein, aber eigentlich hast du die freie Wahl. Es gibt kein Gesetz, das dir vorschreibt, wen du nehmen musst, denn Yareah zu sein ist kein Geburtsrecht."

„Logan, es war mir bestimmt, deine Yareah zu werden."

„Weil wir uns darauf geeinigt hatten, dass du es wirst. Doch einen Anspruch hast du nicht darauf."

Sie sah ihn verletzt an. „Ich dachte, du liebst mich."

„Warum?"

Sie zuckte zurück, als hätte er sie geschlagen. „Ich hatte keine Ahnung, dass du so kalt sein kannst."

„Wie kannst du mich kalt nennen, wenn ich dir niemals gesagt habe, dass ich dich liebe? Unsere Vereinigung war nie mehr als ein Arrangement zu unser beider Nutzen. Du wärst die Yareah meines Stammes geworden, die Gefährtin des Semel, und ich hätte Kinder haben können. Falls da mehr war, falls ich dich irgendwie fehlgeleitet habe, falls ich je etwas anderes angedeutet habe, dann sag mir bitte, wann und wie."

Während der Stille, die auf seine Worte folgte, sank sie förmlich in sich zusammen. Ganz offensichtlich war Logan immer brutal ehrlich zu ihr gewesen, und dennoch hatte sich die ganze Geschichte in ihrem Kopf in eine Romanze verwandelt.

„Wenn du dich nur mit einem Semel verbinden willst und hier in der Gegend bleiben möchtest, dann gibt es tatsächlich nur noch Domin für dich. Aber draußen, außerhalb unserer Grenzen, liegt eine große Welt, die voll ist mit anderen Anführern und anderen Stämmen. Such dir einen anderen Semel, wenn es dir wirklich so wichtig ist, Yareah zu sein."

„Logan", sagte sie mit zitternder Stimme. „Wir waren einander versprochen und nun plötzlich …"

Er nahm ihre Hand und hielt sie in seiner, als er ihr in die Augen sah. „Du bist nicht meine Gefährtin, Simone. Das warst du nie. Dieses Risiko geht jede Yareah ein, wenn sie sich mit einem Semel verbindet. Falls wir jemals unserer Reah begegnen, haben wir keine andere Wahl, als sie anzunehmen."

„Also würdest du deine Reah verleugnen, wenn du es könntest?"

„Nein", sagte er schnell und ließ ihre Hand los. „Es gibt nur einen Gefährten."

„Logan", seufzte sie. „Behalte ihn eben, wenn du unbedingt musst, aber tue es im Geheimen. Lass mich vor den Augen des Stammes die Frau an deiner Seite sein."

„Mein Gefährte ist der einzige, der an meiner Seite stehen wird."

Noch einmal atmete sie hörbar ein. „Wenn die Gefährtin eines Semel unfruchtbar ist, kann er sich eine weitere Yareah nehmen, um den Fortbestand seiner Blutlinie zu sichern. So steht es im Gesetz. Deine kostbare Reah kann dir keine Kinder schenken, also kannst du mich auch noch nehmen. Du kannst uns beide haben."

„Logan, das wäre die beste Lösung", sagte sein Vater schnell. „Wie großzügig und selbstlos von Simone, dass sie versucht, den Stamm für dich zu retten."

„Ich weiß sehr genau, wo Simones Interessen liegen", sagte Logan, der seinem Vater dabei fest in die Augen sah. „Und ich werde keine Yareah haben. Es wird nur meine Reah geben. Alles andere wäre ein Sakrileg."

„Logan, so sei doch vernünftig", fauchte Simone frustriert.

Sein Gesicht war finster, als er sich zu ihr umdrehte. „Simone, die Zeremonie, die wir feiern wollten, hätte unsere beiden Stämme vereint. Dich zu meiner Yareah zu machen, schien eine gute Idee zu sein, denn wir haben uns immer gut verstanden. Aber jetzt, wo ich meine Reah gefunden habe …" Er schaute sich in dem Halbkreis von Männern um, die um ihn herum standen – sein Vater, Koren, Russ und andere, die ich nicht kannte. „Versteht irgendeiner von euch wirklich, was das für mich bedeutet? Er hat zuerst Domin getroffen, sie haben miteinander geredet, aber Jin hat ihn abgewiesen. Dann hat er Christophe getroffen, und den hat er ebenfalls zurückgewiesen. Je mehr man darüber nachdenkt, desto unglaublicher scheint es: Die einzige Reah, die ich jemals gesehen habe, weist zwei Semel zurück, aber mich … Ich bin sicher, dass er schon viele andere Semel getroffen hat, aber er hat mein Mal akzeptiert, nur meins. Er weiß, dass ich sein Gefährte bin; ich bin der

Eine auf der ganzen Welt, der zu ihm passt, und irgendwie hat das Schicksal ihn zu mir geführt. Es ist ein Wunder. Alles, was ich will, ist einfach alles über ihn zu erfahren, und den Rest meines Lebens an seiner Seite zu verbringen."

„Logan! Du kannst keinen männlichen Gefährten haben! Der Stamm wird ihn niemals akzeptieren, und gerade jetzt können wir uns nicht leisten, Schwäche zu zeigen! Domins Stamm kratzt wie ein Wolf an unserer Tür! Er hat Koren angegriffen, sein Sheseru hat Delphine verfolgt, und wenn du dich nicht mit Simone verbindest, dann wird Domin das ganz sicher tun. Wir werden von Christophe und seinem Stamm überrannt werden! Es ist deine Pflicht, uns zu beschützen und nicht, uns schutzlos zurückzulassen, weil du einen unpassenden Gefährten nehmen willst!"

Logan schüttelte den Kopf.

„Logan, denk an deine Mutter und deine Schwester, denk an deine Brüder und an mich. Denk an unseren Stamm! Wir brauchen dich stark, wir brauchen dich vernünftig. Du bist unser Semel. Führe uns nicht auf den Weg der Zerstörung nur wegen deiner selbstsüchtigen Bedürfnisse." Bei den letzten Worten brach seine Stimme und er atmete schwer. „Bitte, mein Sohn."

Die Stimme seines Vaters schnitt mir ins Herz. Angst, Frustration, Ärger … es war alles da unter dieser gerade noch kontrollierten Wut.

Nach diesem Ausbruch herrschte eine Stille, die den Raum erfüllte wie Donnergrollen. Auf den Zorn des Vaters konnte es nur eine Antwort geben. Logan blieb nichts anderes übrig, als mich fortzuschicken.

„Ein Semel, der seine Reah findet, ist Semel-Re, nicht wahr?"

„Ja, aber …"

Logan hob seine Hand und es wurde wieder still. „Ich habe meine Reah gefunden, und damit bin ich Semel-Re. Ich habe Yuri und Mikhail zu Domins und Christophes Stämmen geschickt, um ihnen die Neuigkeit zu überbringen. Ich habe meine Freunde informiert und ich habe bereits einige Anrufe und E-Mails zurückbekommen. Sie alle freuen sich für mich. Außer dir stört sich offenbar niemand am Geschlecht meines Gefährten, obwohl ich es nicht unerwähnt gelassen habe."

„Sie lügen, Logan. Sie machen sich Sorgen um deine geistige Gesundheit."

„Wir sollten ihnen besser nicht mitteilen, wie du über sie denkst."

„Hör mir zu!"

„Nein, du hörst mir zu", begann Logan, doch dann durchquerte er den Raum und zog die Tür zum Schlafzimmer zu. Er wusste nicht, dass ich da war. Er wollte nur verhindern, dass der Tumult mich weckte.

Als ich mich wieder zum Bett umdrehte, bemerkte ich, dass es noch eine andere Tür gab, einen zweiten Weg nach draußen. Im gleichen Augenblick sah ich meine Stiefel. Ich zögerte nicht. Unten in der Küche zog ich meinen Parka an und holte mein Mobiltelefon aus der Tasche, um Crane anzurufen. Ich musste ihn finden und dann schnell von hier verschwinden.

„Jin."

Ich drehte mich um und stand vor einem Mann, den ich noch nie getroffen hatte.

„Ich bin Christophe Danvers' Sheseru, Avery Cadim."

Eigentlich logisch, dass Christophes Sheseru ihn zu Logans Zeremonie begleitet hatte. Aber was wollte der Mann in der Küche?

„Christophe wünscht deine Anwesenheit. Er möchte mit dir sprechen."

„Na ja, ich …"

„Wir waren so frei, Crane Adams in unsere Obhut zu nehmen. Er wartet draußen im Auto."

Übersetzung: Sie hatten Crane, und wenn ich nicht mitkäme, konnte niemand für die Sicherheit meines besten Freundes garantieren.

„Okay." Ich schnappte nach Luft.

Er trat beiseite, damit ich an ihm vorbei zur Tür gehen konnte, und gab mir damit Gelegenheit, mir einen Eindruck von ihm zu verschaffen. Wenn das der Furcht einflößendste Mann in Christophes Stamm war – was der Sheseru normalerweise war –, dann musste ich mir keine großen Sorgen machen. Verglichen mit der Größe und Stärke von Yuri Kosa war Avery Cadim geradezu schmächtig.

Als wir beim Wagen ankamen, öffnete sich die Tür, und zwei Männer stiegen aus, die Crane zwischen sich festhielten. Seine Hände waren hinter dem Rücken gefesselt, und man hatte ihm mit Klebeband den Mund verschlossen. Seine Augen blitzten vor Wut. Weil ich so erleichtert war, ihn unverletzt zu sehen, fing ich an zu zittern.

„Jin", sagte Avery und legte seine Hand auf meine Schulter. „Wenn du ohne Widerstand in den Wagen steigst, kann Mr Adams hier bleiben. Wir wollten nur sicher gehen, dass du die Einladung unseres Semel ernst nimmst."

„In Ordnung", versicherte ich ihm.

Ich hörte Crane durch den Knebel fluchen und sah dann gerade noch, wie seine Augen sich plötzlich weiteten, bevor sich eine Hand vor mein Gesicht schob. Ich öffnete den Mund, um ihnen zu sagen, dass sie mich nicht K.O. zu schlagen brauchten, denn ich würde freiwillig mitkommen. Doch da drang mir auch schon ein furchtbarer Geruch in die Nase und es wurde plötzlich schwarz um mich herum. Der Versuch, bei Bewusstsein zu bleiben, half mir leider nicht wirklich weiter.

7

ICH VERSUCHTE, Angst zu haben, ich versuchte es wirklich, aber der Raum, in dem ich mich befand, war viel zu bemüht eindrucksvoll ausstaffiert. Es sah aus, als hätte man für einen Billigporno einen S&M Fetisch-Kerker eingerichtet – angefangen bei den Fesseln, Handschellen und Ketten an den Wänden, über das Bett mit dem Kopfteil aus Metall und einem Rahmen, der mit rotem Samt bezogen war, bis hin zu einer Auswahl an Lederpeitschen auf einem Tisch aus rostfreiem Stahl. Alles in allem einfach kitschig. Ich hing in der Mitte des Raums in Handschellen von der Decke und sollte wahrscheinlich Todesangst haben. Hauptsächlich war ich aber sauer. Wie lange ich auch immer bewusstlos gewesen war, es war zu lange gewesen, denn die Handschellen hatten sich schon empfindlich in meine Handgelenke gegraben, als ich endlich wieder wach wurde. Mir war kalt, ich hatte Gänsehaut am ganzen Körper, denn mein Parka und mein Hemd lagen auf dem Tisch. Alles, was ich noch anhatte, waren meine Jeans und meine Stiefel. Es war ziemlich kalt in diesem Kerker, und ich fror.

Ich drehte mich um, betrachtete den ganzen Raum und sah schließlich die Tür auf der linken Seite. Hoffentlich war sie offen. Ich wollte wirklich nicht hier bleiben, bis Christophe auf die Idee kam, mich mit seiner Anwesenheit zu beehren. Ich schloss meine Augen, holte tief Luft und verwandelte mich in einem Sekundenbruchteil. Ich wurde nur kurz Panther und gleich wieder Mann, bevor ich mich in meinen Klamotten verfangen konnte. Um mich zu bewegen oder zu kämpfen, hätte ich mich bis auf die Haut ausziehen müssen, so wie in der Nacht, als ich Delphine gerettet hatte, aber heute wollte ich einfach nur freikommen und dann direkt als Mensch weitermachen, daher brauchte ich nicht komplett nackt sein.

Ich ging durch den Raum zum Tisch, zog mein Hemd und meinen Pullover wieder an, packte meinen Parka und ging dann Richtung Tür. Erwartungsgemäß fand ich sie unverschlossen, denn wie konnten sie auch damit rechnen, dass ich mich aus den Handschellen befreien würde? Kein anderer Panther, den ich kannte, wäre dazu imstande.

Bei den meisten Gestaltwandlern dauerte die Verwandlung von Mensch zu Panther mehrere Minuten. Wenn sie jagten, kämpften, einfach nur rannten oder sonst etwas Anstrengenderes taten als nur herumzuliegen, mussten sie danach zuerst etwas essen und trinken und sich schließlich ausruhen. Die Verwandlung allein verbrauchte eine Menge Energie und da Christophe und die Mitglieder seines inneren Zirkels mich nicht kannten, gingen sie wohl davon aus, dass es bei mir genauso war. Aber ich war nicht nur eine Reah, sondern außerdem in der Lage, mich schneller zu verwandeln als wahrscheinlich irgendjemand sonst. Die Tür war offen, weil sie keine Ahnung hatten, wer oder was ich war.

Ich versuchte, nicht allzu selbstgefällig zu sein, als ich in den dunklen Flur hinaus schlüpfte. Schließlich hatte ich keine Ahnung, wo ich war, wie lange ich brauchen würde, um ins Freie zu kommen oder wem ich noch begegnen würde. Gedämpfte Discomusik deutete auf einen Weg nach Draußen hin, aber ich bewegte mich nur langsam und vorsichtig darauf zu, weil ich aufmerksam sein und nicht durch meine eigene Eitelkeit zu Schaden kommen wollte.

Da ich mein Mobiltelefon nicht mehr hatte, konnte ich Crane nicht anrufen, um ihm zu sagen, dass ich in Ordnung war. Das bekümmerte mich wirklich, denn ohne Zweifel war mein bester Freund sehr aufgeregt und in Sorge um mich. Ich musste ihn irgendwie wissen lassen, dass es mir gut ging. Und ich wollte Logan erreichen.

Logan.

Allein der Name brachte mein Blut in Wallung.

„Jin!"

Dieses eine gerufene Wort hallte laut durch den langen Flur. Nachdem meine Flucht nun entdeckt war, lief ich sofort los. Mit rudernden Armen und fliegenden Beinen rannte ich so schnell ich konnte auf die laute Musik zu. Ist es nicht seltsam, wie man auch zum Spaß wie ein Verrückter rennt, selbst wenn man weiß, dass es nur ein Spiel ist? Trotzdem gibt man alles, um nicht erwischt zu werden. Und wenn man dann tatsächlich vor einer echten Gefahr davonläuft, spielt das Adrenalin endgültig verrückt.

Ich sah eine Tür, vor der Männer standen, hörte einen lauten Knall links von mir und lief in diese Richtung. Vor der nächsten Tür stand nur ein Mann, und statt langsamer zu werden, beschleunigte ich. Er war größer als ich, aber ich hatte viel mehr Schwung. Als ich auf ihn zu sprang, bekam er mich zwar zu fassen, flog jedoch gemeinsam mit mir durch die Luft. Er landete bäuchlings auf der zerbrochenen Tür, ich auf dem Boden hinter ihm. Ich rappelte mich hoch, kam auf die Füße und lief einen kurzen Flur entlang, um eine weitere Ecke herum, an Toilettenräumen vorbei und stand plötzlich in einem Meer von Menschen mitten in einem überfüllten Club. Die blitzenden Lichter, die stampfende Musik und die vielen Leiber trugen sehr zu meiner Beruhigung bei. Als ich mir langsam meinen Weg zum Ausgang bahnte, sah ich Männer, die sich ebenfalls durch die Masse kämpften, um mich zu erwischen.

„Jin."

Ich drehte mich um und sah mich zwei meiner Kolleginnen gegenüber, Darcy und Jeannie. Anscheinend waren sie begeistert, mich hier zu treffen – ihre Gesichter und Augen glänzten jedenfalls wie an Weihnachten.

„Tanz mit mir", verlangte Darcy und biss sich auf die Unterlippe.

Ich zog sie an mich, und sie quietschte vor Freude. Ihre eifrigen Hände nahmen mir den Parka ab und zogen mir meinen Pullover aus. Sie gab meine Klamotten an Jeannie weiter, die auf eine Stelle seitlich der Tanzfläche deutete, um mir zu zeigen, wo meine Sachen lagen. Dort saßen lauter Arbeitskollegen von mir um einen großen Tisch herum und als ich winkte, winkten zwölf Personen zurück. Welch eine Erleichterung.

Innerhalb weniger Minuten waren fünf von meinen Mädels bei mir, umringten mich und sorgten dafür, dass keiner an mich herankam, den sie nicht kannten. Obwohl ich eigentlich keine wirkliche Angst gehabt hatte, musste ich doch feststellen, dass mein Adrenalin ganze Arbeit geleistet hatte. Dank des befreienden Gefühls, in Sicherheit zu sein, konnte ich mich ganz der Musik hingeben und mir erlauben, sie zu genießen. Ich fing ernsthaft an zu tanzen, gab ein bisschen an, ließ die Mädels sehen, wie biegsam mein Körper war, wie geschmeidig ich mich bewegen konnte und wie unanständig einige Bewegungen auf der Tanzfläche sein konnten. Ihr Lachen, ihre Hände überall auf mir, der Lippenstift an meiner Kehle, all das zeugte davon, wie sehr es ihnen gefiel.

Schließlich zogen sie mich von der Tanzfläche hinüber zum Tisch. Die Jungs dort machten Platz für mich, standen auf und ließen mich bis zur Mitte der Sitzbank durchrücken. Ich bekam ein Bier in die Hand gedrückt. Die Mädels klebten immer noch an mir; ihre Arme um meine Schultern und ihre Hände auf meinen Hüften ließen mir kaum Bewegungsfreiheit. An der Bar stand Christophe mit drei Begleitern, darunter sein Sheseru Avery. Als er mich zu sich winken wollte, zeigte ich ihm den Mittelfinger, woraufhin er sich daran machte, die Tanzfläche zu überqueren, um zu mir zu gelangen. Ich bat einen der Jungs, mir sein Handy zu leihen, und simste Crane, dass es mir gut ging und dass ich ihn in unserem Apartment treffen würde, sobald ich eine Mitfahrgelegenheit fände. Ich fühlte mich besser, weil er nun wusste, dass ich okay war. Ich wollte nicht, dass er sich Sorgen machte.

Ich bekam einen Klaps auf die Schulter und folgte Darcys Blick zu Christophe, der sich vor unserem Tisch aufbaute.

„Jin."

Der große blonde Mann sah ziemlich blass um die Nase aus. Meine Flucht aus seinem „Kerker" hatte ihn überrascht, das war ihm anzusehen.

„Könnte ich bitte mit dir sprechen?"

„Möchtest du tanzen?", fragte ich ihn.

Plötzlich wirkte er ziemlich nervös, und ich hätte fast gelacht. Der große, böse Anführer eines Werpantherstamms hatte Angst davor, mit einem Mann zu tanzen, und das in einem Club, der ganz offensichtlich sein eigener war. Was sollten nur die Leute denken? Es war richtig spaßig.

„Jin!"

Da lachte ich tatsächlich, denn plötzlich tauchte seine Yareah neben ihm auf. Er hatte wohl nicht gewusst, dass seine Gefährtin in der Nähe war, das bewies der Ausdruck entsetzter Überraschung auf seinem Gesicht. Ich stand auf und scheuchte dabei die gesamte Gesellschaft auf, um raus zu kommen. Talon Danvers warf sich mir betrunken an den Hals. In meiner Umarmung schmolz sie nur so dahin, und sie fand es hochinteressant, meine Arbeitskollegen kennenzulernen. Ich stellte sie vor, sie lächelte und winkte den Leuten zu, bevor sie mich hinter sich her in Richtung Tanzfläche zog.

Während wir miteinander tanzten, ließ sie mich nicht aus ihren Fängen. Und als uns irgendwann auch noch ihre Freundinnen, drei weibliche Panther, Gesellschaft leisteten, war ich definitiv Gegenstand des Neids aller anwesenden heterosexuellen Männer. Mit ihren onyxschwarzen Locken und Augen, ihrer karamellfarbenen Haut und einem Körper mit Modelmaßen war Talon Danvers eine aufsehenerregende Frau. Ihre Freundinnen standen ihr in nichts nach. Sie alle hatten Beine bis zum Hals, lang herabfallendes Haar und sehr weiblichen Kurven. Dass sie ihre Hände scheinbar nicht von mir lassen konnten, amüsierte mich. Ich vergaß alles andere, während ich mich mit ihnen zur Musik bewegte und als Avery irgendwann in meinem Blickfeld auftauchte, war ich irgendwie in Frauen eingehüllt.

„Christophe möchte dich sehen."

„Sag meinem Gefährten, er kann zum Teufel gehen", sagte Talon laut, während sie an meinem Hals knabberte.

Ich zuckte die Schultern in meinem pulsierenden Kokon, aber Avery packte Talons Arm und riss sie von mir los. Er zog sie von der Tanzfläche herunter und ich verlor sie im Meer der Menschen aus den Augen. Minuten später erschien sie wieder an meiner Seite, hielt mir meinen Pullover und meinen Parka hin, verschränkte ihre Finger mit meinen und zog mich sanft von der Tanzfläche. Ich verließ den Club also durch den Haupteingang und am Arm der Yareah des Stammes Pakhet. Als wir draußen auf der Straße standen, drehte ich mich zu ihr um und die Wut in ihrem Gesicht erwischte mich kalt.

„Talon", fragte ich argwöhnisch, „Alles in Ordnung?"

„Ist es wahr?"

„Ist was wahr?"

„Bist du wirklich eine Reah?"

„Nun ja, schon, aber …"

„Du wirst mir mein schönes Leben nicht versauen!", schrie sie und machte einen Schritt von mir weg. „Es ist mir egal, was Avery sagt, ich werde dich nicht an ihn ausliefern. Was ist, wenn er dich an meinen Gefährten weitergibt?"

Sie wollte mich an Christophe übergeben?

„Ich will, dass du verschwindest."

„Aber du hast nichts …" Ich streckte einen Arm aus, um sie zu berühren, aber quietschende Reifen brachten mich aus dem Konzept. Drei Autos hielten am Bordstein, und die Männer, die ausstiegen, bewegten sich schnell. Ich drehte mich um und wollte weglaufen, doch ein riesiger, muskulöser Mann verstellte mir den Weg.

„Du kommst mit uns", sagte er kalt. „Meine Yareah befiehlt es."

Das ergab keinen Sinn. Warum sollte Talon mir wehtun wollen? Warum hatten sich ihre Gefühle so plötzlich von warm in mordlustig gewandelt? Warum sollte sie mich verschwinden lassen wollen?

Und dann ging mir ein Licht auf. Avery hatte ihr gesagt, was ich war, aber sonst nichts. Plötzlich war ich eine Konkurrenz für sie.

„Talon", sagte ich rasch und befreite mich aus dem Griff des Mannes, um sie direkt anzuschauen. „Ich bin nicht nur eine Reah. Ich bin Logan Churchs Reah. Er hat mich markiert."

„Nichts davon bedeutet …", begann der Mann.

„Was?", rief sie und schlug seine Hände von mir weg, ebenso wie die aller anderen. „Du bist eine Reah mit einem Gefährten?"

„Ja." Ich lächelte sie an. Meine Verbindung zu Logan war zwar noch nicht offiziell, aber mein Bekenntnis zu ihm hatte mich offensichtlich gerade vor dem wie auch immer gearteten Ende gerettet, das sie für mich vorgesehen hatte. Der Kern der Botschaft war, dass ich als markierte Reah keine Gefahr mehr für sie darstellte. Sie konnte und würde sich ihren Gefährten und damit ihren Lebensstil nicht wegnehmen lassen. Sie mochte ihr Geld und die Dinge, die sie mit diesem Geld kaufen konnte. Nur eine Reah konnte ihr den Semel ausspannen … eine Reah ohne Gefährten. Wenn ich zu jemand anderem gehörte, dann gab es keinen Grund mehr für sie, mich zu hassen – oder mir wehzutun.

„Oh, Jin", seufzte sie und schlug wieder die Hände zur Seite, die nach mir greifen wollten. Ihre Männer waren plötzlich nur noch ein Ärgernis für sie, so wie Fliegen, die um sie herumschwirrten. „Vergib mir. Dann ist es wohl Simones Leben, das du ins Chaos stürzt und nicht meins."

Für einen kurzen Moment fragte ich mich besorgt, wie wichtig ihr wohl die Schwester ihres Gefährten war.

„Aber das ist mir so was von egal."

Was meine Frage beantwortete. „Kann ich jetzt gehen?"

„Natürlich", sagte sie und begleitete mich die Straße entlang zu einer Limousine.

Als wir fast am Wagen angekommen waren, stieg der Fahrer aus, ging um das Auto herum und hielt mir die Beifahrertür auf.

„Bale, bitte fahre Jin auf den Berg und setze ihn vor Logan Churchs Tür ab. Der Semel des Stammes Mafdet wird seine Reah bereits vermissen."

Bei diesen Worten machte der Mann große Augen.

„Ich weiß", lächelte sie selbstzufrieden. „Eine Reah in Fleisch und Blut. Es ist unglaublich."

Ich ließ mich von ihr zum Abschied noch einmal umarmen, obwohl ich wusste, dass sie mich ohne Logans Mal hätte umbringen lassen, ohne einen weiteren Gedanken an mich zu verschwenden. Es war schon seltsam, im gleichen Moment so bewundert und gefürchtet zu werden.

Ich bat den Fahrer, mich bei der Wohnung meines Freundes Rick abzusetzen, da ich weder zurück zu Logans Haus noch nach Hause wollte. Ich hatte ihm versprochen, seine Pflanzen zu gießen, während er nicht in der Stadt war, und seine Wohnung schien mir ein geeigneter Ort zu sein, um etwas dringend benötigten Schlaf nachzuholen. Ich zog Parka, Stiefel und Pullover aus und überprüfte bei einer Runde durch die Wohnung, ob noch alle Pflanzen am Leben waren. Zentralheizung war eine wundervolle Sache. Man musste nicht erst ein Feuer machen oder darauf warten, dass der Radiator heiß wurde; es wurde warm, sobald ich den Thermostat ein bisschen hochdrehte. Himmlisch. Eigentlich wollte ich nur noch meine Augen schließen. Aber ich konnte nicht zulassen, dass Crane sich weiter Sorgen um mich machte, das wäre gemein.

Er nahm nach dem zweiten Klingeln ab.

„Hallo?"

Ich räusperte mich. „Crane."

„Jin!" Ich hörte ihn erleichtert aufatmen. „Wo bist du? Yuri ist bei uns zu Hause und dort bist du nicht und ..."

„Es geht mir gut", sagte ich und schloss die Augen. „Ich sehe dich dann morgen."

„Aber wo bist du?"

„Kann ich dir nicht sagen", seufzte ich. „Morgen. Ich muss mich ausruhen, okay? Bleib bei Logan; dort bist du sicher. Hast du mein Handy?"

„Ja, es ist in den Schnee gefallen, aber Jin, du ..."

„Morgen", wiederholte ich und fühlte meinen Körper schwerer werden.

„Warte bitte, du musst mit Logan reden, okay?"

Ich war kaum noch bei Bewusstsein.

„Jin."

Ich schnaufte.

„Hier", sagte er. Man hörte ein Rascheln am anderen Ende.

Ich war schon so gut wie eingeschlafen.

„Jin."

Logans Stimme ging mir durch Mark und Bein. So müde ich auch war, etwas in mir war hellwach und spitzte die Ohren.

„Ist alles in Ordnung?"

„Ja", lächelte ich ins Telefon.

„Ich möchte dich sehen."

„In ein paar Sekunden bin ich eingeschlafen."

„Dann werde ich dir beim Schlafen zuschauen."

„Nein, es ist schon spät ... Morgen."

„Jin ..."

„Ich hab ihr gesagt, dass du mich markiert hast, und da hat sie mich nicht umgebracht. Vielen Dank. Dein Mal hat mir das Leben gerettet."

„Wovon sprichst du?"

„Talon Danvers", sagte ich und schüttelte mich.

„Sie wollte dir wehtun?"

„Ich denke schon. Eine Reah ohne Gefährten ist eine Gefahr für eine Yareah."

„Du bist nicht ohne Gefährten, du gehörst zu mir."

„Darüber müssen wir uns noch mal unterhalten. Ich bin nicht davon überzeugt, dass das eine gute Entscheidung von dir war."

„Aber ich. Du bist meine Reah, also bist du auch meine beste Entscheidung."

„Okay", hauchte ich. Ich wollte mich nicht mit ihm streiten.

„Hat Christophe dir wehgetan?"

„Nein, er hat mich nur in seinem S&M-Keller aufgehängt."

Während der darauf folgenden langen Pause wäre ich beinahe eingeschlafen.

„Kann ich das noch mal hören?"

Ich schilderte ihm kurz, wie ich an der Decke gehangen hatte, wobei ich unwillkürlich kichern musste. Scheinbar hatte ich das ernsthafte Stadium der Müdigkeit hinter mir, und war nun im albernen angekommen. Keine Chance, daran etwas zu ändern.

„Aber er hat dir nichts getan?"

„Was hätte er denn tun sollen? Mich vergewaltigen? Nein, Sir, das hat er nicht getan."

Ich hörte, wie er scharf Luft holte. „Ich muss dich sehen."

„Weißt du, es ist wirklich schön, dass du dir Gedanken um mich machst", sagte ich. „Vielleicht können wir morgen etwas Zeit zusammen verbringen, wenn du möchtest … wenn dir das recht ist."

„Jin." Seine Stimme brach. „Ich möchte dich jetzt sehen … jetzt gleich."

Ich mochte zu müde sein, um mich zu bewegen, aber das galt eindeutig nicht für meinen Schwanz. Je länger Logan mit mir sprach, desto härter wurde ich. Allein der Gedanke an seinen Mund auf mir ließ mich erschauern.

„Jin?"

„Oh, Gott", stöhnte ich.

„Was? Bist du verletzt?"

„Nein, ich … ich würde nur so gerne mit dir ins Bett gehen."

„Wirklich?"

Oh Gott, was hatte ich da gesagt? Ich war verblüfft. Die Worte waren mir einfach so herausgerutscht. War ich denn völlig willenlos, wenn es um Logan Church ging? Hatte der Mann mir schon ganz und gar den Verstand vernebelt? Den ganzen Abend lang hatte ich einen Fehler nach dem anderen gemacht, aber dieses Geständnis, für das ich nur meinen Schlafmangel verantwortlich machen konnte, war wirklich der Gipfel. Im Namen der Schadensbegrenzung legte ich auf, schaltete das Licht aus und drehte mich auf die Seite. Mein letzter Gedanke galt dann aber doch Logan und dem Blick, mit dem er mich angesehen hatte, als er sich zu mir hinuntergebeugt hatte, um mich zu küssen.

8

DER MORGEN kam und ging, bevor ich schließlich die Augen öffnete. Da ich daran gewöhnt war, mein Handy als Uhr zu benutzen, brauchte ich eine Weile, bis ich die digitale Zeitanzeige von Ricks DVD-Player entdeckte. Als mir klar wurde, dass es schon drei Uhr nachmittags war, kämpfte ich mich aus dem Bett und taumelte ins Badezimmer. Ich musste nach Hause. Fünfzehn Minuten später war ich auch schon unterwegs. Hinter den großen Gläsern meiner Sonnenbrille fühlte ich mich anonym und irgendwie war dieses Gefühl sehr angenehm. Für einen Augenblick kam mir der Gedanke, dass jetzt der beste Moment wäre, zu verschwinden. Wenn ich jetzt die Stadt verließ, würde nie jemand erfahren, was aus mir geworden war. Es war überraschend, aber auch bezeichnend, dass allein die Vorstellung, Logan im Stich zu lassen, mich schmerzte. Bei dem Gedanken daran, diesen Mann nie wieder zu sehen, fühlte sich mein Herz schwer an.

Auf dem Weg zu meiner Wohnung erfror ich fast, weil die Luft so kalt war. Aber nach einer Dusche und einem Wechsel der Garderobe sah die Welt schon freundlicher aus. Eigentlich wollte ich nicht gleich wieder raus in die Kälte, aber ich hatte nichts zu essen im Haus – schlimmer noch, meine Koffeinquelle war versiegt. Ich brauchte dringend frischen Kaffee, und den gab es drüben auf der anderen Straßenseite. Ich war überrascht, als ich die Wohnungstür öffnete und Yuri Kosa vor mir stand.

„Oh, hey." Ich lächelte zu ihm hinauf.

Er musterte mich von oben bis unten mit einem Blick, der alles gleichzeitig zu erfassen schien.

„Ist alles in Ordnung?"

„Jin", seufzte er und legte mir langsam eine Hand auf die Schulter. „Geht es dir gut?"

„Alles in Ordnung, ich bin nur am Verhungern", sagte ich nachsichtig und tätschelte die Hand auf meiner Schulter, bevor ich mich wegdrehte und an ihm vorbei zur Treppe ging. „Ich wollte gerade etwas essen gehen. Möchtest du mitkommen?"

Er hielt mich an der obersten Treppenstufe auf und drehte mich zu sich herum. „Jin, ich muss dich zu Logan bringen. Wir können bei ihm essen."

„Aber nein, dann muss seine Mutter ja extra etwas kochen", sagte ich, schob seine Hand beiseite und ging die Treppen hinunter. „Erst essen wir, danach komme ich mit."

Sein genervter Seufzer ließ mich wissen, dass ich gewonnen hatte.

Yuri wollte wissen, was alles passiert war und hörte sehr genau zu, als ich von Christophes Kerker berichtete, von seinem Club und den mörderischen Absichten seiner Yareah. Ich lachte leise, als ich sein Gesicht sah.

„Was ist los?"

„Du hältst das für witzig? Sie entführen dich, hängen dich an Ketten auf und wollen dich umbringen, aber für dich ist das alles nur ein Riesenspaß."

„Entspann dich." Ich gähnte und deutete auf das Diner auf der anderen Straßenseite. „Wenn ich mich jedes Mal aufregen würde, wenn jemand mich schlägt oder verfolgt oder versucht, mich zu vergewaltigen, dann würde ich jeden Morgen in mein Müsli weinen. Und niemand mag Heulsusen."

Er packte meinen Arm und wirbelte mich herum, so dass ich ihn ansehen musste. „Du bist jetzt die Reah des Stammes Mafdet. Jeder, der dir etwas antut, muss sich zunächst vor Logan und dann vor mir verantworten."

Mich beschlich ein unangenehmes Gefühl. „Hat Logan Christophe meinetwegen etwas angetan?"

„Logan hat sich Christophe vorgenommen, ja, aber das hatte Christophe sich selbst zuzuschreiben. Du hast nichts getan, um ihn dazu zu bringen."

„Oh Gott, was hat er getan?" Ich war eher genervt als besorgt. Ich hatte niemals gewollt, dass jemand in meinem Namen bestraft wurde; schließlich war ich auch nicht perfekt.

Yuris Augen waren kalt und hart. „Christophe wusste nicht, dass Logan dich gezeichnet hat, denn dein Haar verdeckt das Mal, und da Logan nicht mit dir … na ja, du riechst nicht nach ihm. Das hat Christophe das Leben gerettet. Aber mach dir nichts vor, wenn ein Semel den Gefährten eines anderen Semel anfasst … Du kennst die Strafe, die darauf steht, Jin."

„Aber ich bin nicht sein Gefährte."

„Alle anderen Katzen, selbst Semel und Yareah, müssen ihre Verbindung mit einer offiziellen Zeremonie bestätigen. Aber sobald ein Semel seine Reah findet, und sobald das Mal akzeptiert wurde, sind sie ein verbundenes Paar. Du gehörst zu Logan Church, genauso sicher, wie wir alle zu ihm gehören."

„Und weil Christophe mich angefasst hat …"

„Er hatte die Wahl, Logan in der Arena gegenüberzutreten oder die Strafe anzunehmen, die Logan für ihn wählen würde."

„Wofür hat er sich entschieden?"

„Die Strafe natürlich", sagte er, als sei alles andere undenkbar. „Hast du Logan Church jemals in seiner Form als Panther gesehen?"

„Nein. Wann denn auch?"

„Nun ja, wenn du Christophe wärst, würdest du auch nicht gegen ihn kämpfen wollen."

„Und was hat Logan dann getan?"

„Nicht genug."

„Sag es mir."

„Er hat Christophes Stamm zusammengerufen und ihm dann eine Ohrfeige gegeben."

Ich sah Yuri finster an.

„Ich weiß. Die Dinge, die er tut ... ich verstehe es einfach nicht."

„Er hat ihn geohrfeigt?"

„Ja, er ... ich meine, Logan stellt sich einfach da hin und sagt zu Christophe, er solle künftig die Finger von seinen Sachen lassen. Und dann hat er ihm eine richtig harte Ohrfeige verpasst, als wäre er ein Nichts. Als wäre er Dreck."

„Er hat Christophe gedemütigt."

„Wen kümmert das? Die Demütigung wird ihm nicht wehtun."

Aber das würde sie sehr wohl. Logan hatte Christophe vor den Augen seines eigenen Stammes geohrfeigt und ihn damit schwach aussehen lassen. Christophe hätte Logan besser in der Arena gegenübertreten sollen, wenn er den Respekt seines Stammes behalten wollte. Stattdessen hatte er Logan erlaubt, ihn vor aller Augen zu schlagen, und damit sein Gesicht verloren. Ich fragte mich, wie er den Boden, den er hier verloren hatte, je wieder gutmachen wollte. Ein Anführer musste stark sein, kraftvoll und unangreifbar. Logan hatte dem Semel des Stammes Pakhet all diese Eigenschaften mit einem einzigen Schlag genommen.

„Ich hätte ihn umgebracht."

„Und damit aus Christophe einen Märtyrer gemacht statt des unfähigen Anführers, den jeder jetzt in ihm sieht", belehrte ich ihn. „Logan ist brillant."

Er sah mich an. „Vielleicht bist du deshalb sein Gefährte. Du verstehst, wie er denkt."

Ich wollte das nicht mit ihm diskutieren. „Lass uns essen gehen."

Im Diner bestellte ich Frühstück und Yuri einen riesigen Burger. Als wir fast aufgegessen hatten, rief er Logan an, um Bescheid zu geben, dass er mich jetzt zurückbringen würde. Als er auflegte, sah er geknickt aus.

„Was ist denn nun schon wieder?"

„Er ist sauer auf mich, weil ich ihn nicht gleich angerufen habe, als ich dich gefunden hatte."

„Warum?"

„Er will dich sofort sehen."

„Ach was, eigentlich ist er ja gar nicht auf dich sauer."

„Nein, du frustrierst ihn einfach ohne Ende."

Daran konnte ich leider nichts ändern.

DIE AUTOFAHRT hoch auf den Berg war so beruhigend, dass ich fast wieder eingeschlafen wäre. Yuri hatte keine Lust zu reden, und ich eigentlich auch nicht. Als wir durch das Tor rollten, drehte sich mir der Magen um. Komisch, eigentlich wollte ich ja hier sein, aber im nächsten Moment dann doch wieder nicht. Beides gleichzeitig. Ich beschloss, noch einen Augenblick auf der Veranda zu bleiben, statt Yuri sofort ins Haus zu folgen. Ich war noch nicht bereit, Logan Church gegenüberzutreten.

„Jin."

Ich drehte mich um und sah meinen Gefährten plötzlich in der Tür stehen.

„Hey." Ich lächelte ihn an.

Ich sah ihn schwer schlucken, sah seine roten Augen, sah, wie abgespannt und ausgelaugt er aussah. Er war vollkommen fertig.

„Es tut mir leid. Ich wollte nicht, dass du dir Sorgen machst."

Seine Augen musterten mich von Kopf bis Fuß.

„Es geht mir gut", sagte ich sanft und streckte die Arme aus. „Komm und sieh selbst."

Ehe ich wusste, wie mir geschah, hatte er mich an seine Brust gedrückt, die Arme ganz fest um mich geschlungen und sein Gesicht an meinem Hals vergraben. Ich stellte fest, dass allein seine Gegenwart mich beruhigte. Dieser Mann gehörte einfach zu mir. Es war sinnlos, das zu leugnen.

„Sieh mich an."

Ich legte den Kopf in den Nacken, um ihn anzuschauen zu können.

„Hat irgendjemand dir wehgetan?"

Ich schüttelte den Kopf. „Das habe ich doch schon gesagt, nein."

„Wurdest du angefasst?"

„Nein, ich …"

In diesem Moment bemerkte er die Verletzungen an meinen Handgelenken.

„Was zur Hölle?", brüllte er und umfasste sie fest. „Er hat silberne Handschellen benutzt?"

„Er hat mir nicht absichtlich wehgetan", sagte ich sanft. „Die Handschellen sind aus Silber, weil er seine Fesselspielchen nun mal gerne mit anderen Werpanthern spielt. Was sollte das ohne Silber bringen? Wenn sich jeder einfach befreien könnte, wo bliebe denn da der Spaß?"

„Jin …"

„Er hat einen Fehler gemacht, Logan." Ich versuchte, den Schmerz und die Wut zu besänftigen, die ich in seinen Augen sah. Die Wut brodelte direkt unter der Oberfläche. Ich verstand, dass er sich um meinetwillen beherrschte. „Als er mich entführte, hatte er keine Ahnung, dass du mich bereits markiert hattest. Sonst hätte das niemals getan."

„Das ist Unsinn, und das wissen wir beide. Er will meine Reah, aber er kann dich nicht haben. Du gehörst zu mir."

Ich hob meine Hände an sein Gesicht. „Ja, das tue ich."

Ein Zittern durchlief seinen Körper. „Warum hast du gestern Abend das Schlafzimmer verlassen?"

Ich räusperte mich und ging einen Schritt rückwärts, um etwas Abstand zwischen uns zu bringen. „Ich bin gerade rechtzeitig wach geworden, um zu hören, was dein Vater sagte. Er erschien mir sehr aufgebracht."

„Ich verstehe." Er sah mich aus zusammengekniffenen Augen an und verschränkte die Arme vor seiner breiten Brust. „Und obwohl du kurz zuvor mein Mal akzeptiert hattest, wolltest du davonlaufen?"

„Hast du deinen Vater gehört? Das ist nur der Anfang. Dein Stamm wird genauso reagieren, wenn sie erst erfahren, dass ich ein Mann bin."

„Und warum sollte mich das kümmern?"

Ich schüttelte den Kopf. „Die erste Pflicht eines Semel gilt dem Stamm."

„Ist das so?"

„Weißt du, du kannst den coolen Typen spielen und den ganzen Tag meine Fragen mit Gegenfragen beantworten, aber das ändert nichts daran, dass du keinen männlichen Gefährten nehmen kannst."

Er seufzte und für einen Augenblick sah es so aus, als würde er auf mich hören. Doch dann packte er mich am Arm und zog mich hinter sich her über die Veranda, und ich begriff, dass wir noch lange nicht fertig waren.

„Logan!"

Er blieb abrupt stehen und riss mich herum, so dass ich sein Gesicht sehen konnte. „Entweder kommst du jetzt freiwillig mit mir die Treppe hinauf oder ich werfe dich über die Schulter und trage dich hoch … was hättest du gern?

Seine Stimme war eisig.

„Ich kann selbst laufen", versicherte ich ihm.

„Dann schlage ich vor, dass du das tust."

Ich ging an ihm vorbei. Vom Wohnzimmer her riefen Leute – darunter Crane – meinen Namen, aber ich ging einfach weiter bis zur Treppe und hinauf in den ersten Stock. Als ich Logan hinter mir hörte, ging ich eilig weiter den langen Flur entlang bis zum Ende, wo eine Doppeltür in sein Schlafzimmer führte. Ich öffnete einen Türflügel, ließ ihn hinter mir offen und durchquerte den Raum bis vor die Glastüren, die auf den Balkon führten. Dort drehte ich mich zu Logan um und sah, wie er die Tür hinter sich abschloss.

„Du willst reden? Rede!"

Er schnappte nach Luft. „Du machst mich wahnsinnig."

Das hatte ich nicht erwartet. „Tue ich das?"

„Ja", schnaubte er. „Du bist meine Reah, nicht meine Yareah. Ich habe dich mir nicht ausgesucht, du wurdest für mich geboren. Aber statt die Realität zu akzeptieren, wehrst du dich gegen mich. Was soll das? Was hast du davon, wenn du ständig gegen mich kämpfst?"

Er war wirklich durcheinander und das fand ich irgendwie süß.

„Und wenn du wirklich unbedingt gehen willst, dann bitte", sagte Logan und zog damit wieder meine Aufmerksamkeit auf sich. „Aber dann nicht unter einem Vorwand. Geh, wenn du absolut nicht hier sein willst, aber nicht um meinetwillen. Ich kann durchaus die Konsequenzen dafür tragen, dass ich meinen Gefährten liebe."

Seinen Gefährten lieben? Er wollte mich lieben? „Wie kannst du von Liebe sprechen, wenn wir uns seit nicht einmal vierundzwanzig Stunden kennen? Du kannst doch gar nicht ...“

„Weil man seinen Gefährten eben liebt, du Idiot“, brüllte er mich an, und seine Stimme füllte den Raum. „So läuft das nun mal!“

Ich stand einfach da und starrte ihn an. „Warum hast du mir nicht gesagt, dass du nicht schwul bist?“

„Ich verstehe nicht, was das für eine Rolle spielen soll. Du bist ein Mann und du bist mein Gefährte, also bin ich ab sofort schwul. Warum reden wir überhaupt darüber?“, fragte er irritiert.

„Man ist nicht einfach so`ab sofort schwul‘.“

„Wer sagt das?“

„Das ist einfach so.“

„Oh, das ist einfach so? Das ist ja sehr logisch.“

„Logan ...“

„Hör zu, ich bin immer noch derselbe Mann, als der ich gestern früh aufgewacht bin. Das Einzige, was sich seither geändert hat, ist, dass ich jetzt einen Gefährten habe.“

„Aber du ...“

„Ich war noch nie mit einem Mann zusammen, das ist wahr, aber ich hatte auch noch nie zuvor einen Gefährten. Ich weiß nur, dass mir jedes Mal schier das Herz stehen bleibt, wenn ich dich ansehe.“

Ich konnte nicht zulassen, dass mir seine Worte ins Herz drangen. Es war zu gefährlich. „Du wolltest Simone zu deiner Yareah machen.“

„Was du scheinbar sehr wichtig findest“, sagte er und die Muskeln in seinem Kiefer spannten sich an.

„Ja. Weil es mir sagt, dass du heterosexuell bist und eine Frau als Gefährtin wolltest.“

„Dir wäre es also lieber, wenn ich bisexuell wäre. Das wäre einfacher für dich. Dann könntest du eher verstehen, warum ich dich will.“

Ich nickte.

„Aber so, wie es jetzt ist, kannst du nicht verstehen, warum ich dich zum Gefährten haben möchte. Vielleicht will ich ja nur mit dir schlafen, um ein bisschen zu experimentieren. Aber behalten werde ich dich auf keinen Fall.“

Es war, als könne er meine Gedanken lesen.

„Und wenn du mich lässt, könntest du im Laufe der Zeit dein Herz an mich verlieren.“

Ich stand da und brach nicht zusammen, obwohl er gerade meine Seele bloßgelegt hatte.

„Ich versichere dir, wenn ich mit dir ins Bett gehe, dann bist du nicht der Einzige, der sein Herz verliert.“

Wie konnte allein der Klang seiner Stimme so viele Gefühle in mir auslösen? Warum hatte ich Schwierigkeiten zu atmen, wenn er mich nur ansah?

„Du bist alles, was ich je wollte."

Und er meinte jedes Wort ernst. Ich wusste es tief in meinem Innersten, dort, wo alles seinen Ursprung hat, bevor es an die Oberfläche kommt. Dieser Mann konnte mich niemals belügen, ich würde es merken. Er konnte sich nicht vor mir verstecken. Immerhin war ich sein Gefährte.

„Also, bitte bleib bei mir."

„Keiner will, dass ich bleibe."

„Ich schon." Langsam atmete er aus. Er sah mich auf eine Art und Weise an, die mich erschauern ließ. Ich konnte nichts dagegen tun. Trotzdem sagte ich: „Du solltest vor mir davonlaufen."

Er schenkte mir ein träges, sinnliches, überaus erotisches Lächeln. Er wusste verdammt genau, wie gut er aussah und war sich seiner Wirkung auf mich sehr wohl bewusst. „Ich bin in meinem Leben noch nie vor etwas davongelaufen."

Daran hatte ich keinen Zweifel. Er war wie ein Fels in der Brandung.

„Und ich würde niemals, unter gar keinen Umständen, vor meinem Gefährten davonlaufen."

Ich konnte die Hitze seines Körpers fühlen, als er näher kam. „Dein Leben ist ohne mich doch schon kompliziert genug und ich bin mir auch nicht sicher, ob du das wirklich richtig durchdacht …"

„Hör mir zu", unterbrach er mich. Seine Finger strichen an meinem Hals entlang, unter mein Kinn und hoben meinen Kopf, so dass ich in seine wunderschönen, bernsteinfarbenen Augen schauen musste. „Die Entscheidung ist gefallen. Du bist mein … du gehörst zu mir."

Ich schüttelte den Kopf. „Aber deine Familie und dein Stamm … Sie werden nicht akzeptieren …"

„Wer das möchte, kann meinen Stamm jederzeit verlassen", sagte er und legte mir seine Hand an die Wange. Ich musste mich extrem zurückhalten, um mich nicht in diese Liebkosung zu schmiegen. „Denjenigen, der nicht verstehen will, dass ein Semel seine Reah begehrt, kann ich hier sowieso nicht gebrauchen. Dummheit ist keine Eigenschaft, die ich bewundere."

Zitternd holte ich Luft. „Ja, aber …"

„Nein", sagte er mit tiefer, rauchiger Stimme. „Es ist vollbracht. Du gehörst zu mir."

„Logan, so einfach ist das nicht. Ich habe gehört, was dein Vater gesagt hat und ich weiß, dass du Verpflichtungen hast …"

„Gestern Abend, als wir Crane draußen fanden und er uns erzählte, dass sie dich mitgenommen hätten, da konnte ich nicht mehr denken und das ist mir noch nie zuvor passiert. Sonst bin ich immer ruhig, rational, logisch … das ist eine meiner Stärken. Aber gestern Abend war alles weg und mir blieb nur noch meine

Wut. Ich bin noch nie so wütend gewesen. Selbst jetzt würde ich Christophe am liebsten in Stücke reißen, weil er es gewagt hat, dich anzufassen."

„Er war doch gar nicht dabei."

„Aber du wurdest auf seinen Befehl hin entführt. Die Verantwortung liegt bei ihm."

Ich nickte.

„Du bist mein Gefährte. Wie kann er es wagen, ohne meine Erlaubnis auch nur mit dir zu sprechen?" Die Wut in seiner Stimme war wie eine Schlange, die sich zum Angriff zusammengerollt hatte, um dann blitzartig zuzuschlagen.

„Ich habe gehört, was du mit ihm gemacht hast", sagte ich vorsichtig. „Es ist genug. Lass es gut sein."

Ich sah, wie er tief durchatmete, und das Leuchten in seinen Augen ließ mein Herz vor Sehnsucht schmerzen. Mein Gott, es war schrecklich. Ich wünschte mir nicht nur, dass er mir gewisse Dinge antat, ich wäre auch bereit, darum zu betteln. Wir könnten wirklich Freunde werden. Ich konnte es fühlen. „Also, meinst du, dass wir mal zusammen ausgehen sollten?"

Er verdrehte die Augen, als hätte ich ihm gerade den letzten Nerv geraubt, dann beugte er sich hinunter und küsste mich tief und verzehrend, grub seine Finger in mein Haar und hielt meinen Kopf fest, so dass ich keine Chance hatte, mich dieser Liebkosung zu entziehen. Als würde ich das wollen. Ich wollte in ihm ertrinken, in seine Haut hineinklettern, in sein Herz einziehen und dort für den Rest meines Daseins leben. Als er an meinem Mund lächelte, seufzte ich.

„Mein Gefährte", flüsterte er, als seine Lippen von mir abließen. Sein besitzergreifender Blick ließ meinen Mund trocken werden. „Hör zu, ab sofort wirst du ..." Er verstummte und räusperte sich, sichtlich bemüht, den Kommandoton aus seiner Stimme herauszuhalten. Er war es gewohnt, Befehle zu erteilen, aber er wusste wohl instinktiv, dass er damit bei mir nicht durchkommen würde. „Ich möchte, dass du mir zuhörst."

Ich nickte.

„Du bist mein Gefährte. Das ist alles, worum es geht, alles, was zählt. Ich muss meine Geschäfte voranbringen, meinen Stamm führen, meine Familie unterstützen, und nun habe ich einen Gefährten. Mein Leben ist klar definiert. Ich will nichts anderes und ich brauche nicht mehr." Seine Stimme war tief und sehr ernst. „Verstanden soweit?"

Ich nickte schnell.

„Ich möchte nicht ‚mal mit dir ausgehen' oder deine freien Abende mit dir verbringen oder sonst etwas von den Millionen verrückten Dingen tun, die du geplant hast. Ich möchte, dass du immer hier bei mir bist. Ich möchte, dass du in unserem Stamm deinen Platz an meiner Seite einnimmst und jede Nacht mit mir in unserem Bett schläfst. Du gehörst zu mir. Freunde dich einfach damit an."

Ich versuchte, nicht zu sehr zu zittern.

Mit einem warmen Lächeln wandte er sich in Richtung Tür. „Und jetzt hole ich dir erst mal was zu essen."

Ich wollte nichts. „Ich habe gerade gegessen."

„Dann vielleicht etwas zu trinken. Du siehst aus, als würdest du gleich ohnmächtig werden."

Ich hätte warten sollen. Er wollte mir die Zeit geben, mich an den Gedanken zu gewöhnen, weil er ein ehrenhafter, guter und geduldiger Mann war. Ich hätte die Dinge langsam angehen sollen. Aber ich hatte gerade zwei Jahre Enthaltsamkeit hinter mir und sein verführerischer Duft erfüllte mich mit wildem Begehren. Ich hätte ihm am liebsten mit meinen Krallen die Kleider in Fetzen vom Leib gerissen. Ich wusste, was ich wollte, was ich brauchte und mir das zu versagen, wenn der Mann doch zu mir gehörte, wäre einfach dumm. Als ich seinen Namen sagte, blieb er wie angewurzelt stehen und drehte sich zu mir um.

„Was?"

Ich räusperte mich. „Bitte markiere mich noch einmal."

Er gab einen leisen, kehligen Laut von sich, bevor er auf mich zu stürzte. Ich empfing ihn mit offenen Armen, umschlang ihn, und er drückte mich an seine Brust, als ich den Kopf hob, um seinen Kuss zu empfangen.

„Bist du sicher?"

„Ja, das bin ich."

Das leise Grollen tief in seiner Brust ließ mir das Blut in den Unterleib strömen und mir stockte der Atem.

Ich wurde umgedreht, ein paar Schritte vorwärts geschubst und dann mit dem Gesicht gegen eine Wand gedrückt. Sein Knie schob sich zwischen meine Schenkel, so dass ich meine Beine spreizen musste. Seine Hände waren überall.

„Es tut mir leid ... ich wollte, ich könnte das langsamer angehen ... aber wenn ich dich jetzt nicht nehme, nicht jedem zeige, dass du zu mir gehörst, dass wir verbunden sind, dann wird bald der Nächste Hand an dich legen wollen ... ich könnte mich nicht zurückhalten, dich ... das ist der einzig mögliche Weg, denn sobald du nach mir riechst, wird es niemand mehr wagen, dir zu nahe zu treten."

Mein Parka wurde heruntergerissen, mein Pullover lag schnell in Fetzen auf dem Boden, das langärmelige Shirt, das ich darunter getragen hatte, ebenfalls. Meine Jeans wurde grob bis zu den Knien hinunter gezogen, gefolgt von meiner Unterhose. Ich keuchte auf, als er mit der Hand meinen harten, pulsierenden Schwanz umfasste.

„So muss es sein. Du musst dich mir unterwerfen."

Was auch immer er wollte. Mein ganzes Denken und Fühlen war auf seine Hand ausgerichtet, die meinen Schaft umfasst hielt und über meine Haut glitt. Blitze der Erregung schossen durch meinen Körper, als ich mich an ihm rieb.

„Du bist mein."

Ich wollte etwas sagen – irgendwas –, doch da hörte ich Folie knistern. Die gespannte Erwartung raubte mir jede Vernunft. Mein Schwanz tropfte bereits in seiner Hand, und er rieb die glitschige, zähe Flüssigkeit mit seinem Daumen über die Spitze. Es fühlte sich großartig an.

„Ich brauche das Kondom nur wegen der Gleitcreme", sagte er mit tiefer, verführerischer Stimme. „Ich werde es nicht benutzen. Ich habe keine Krankheiten. Ich zeig's dir dann ... ich habe es in meinen Schreibtisch ... später."

Ich vertraute ihm. Er war mein Gefährte.

„Ich möchte, dass du jeden Zentimeter von mir in dir spürst."

So heiß ... der Mann war so verdammt heiß ...

„Du zitterst", murmelte er, bevor sich sein Mund auf meinen Nacken legte. Er saugte und leckte an dem Mal, das er am Vorabend dort hinterlassen hatte und drückte dabei meine Stirn gegen die Wand. Ich war dort eingeklemmt, vollkommen still, als er meine Schenkel noch weiter auseinander schob und mit einem schnellen, kraftvollen Stoß in mich eindrang. Der Biss war vergessen, ich fühlte nur die brennende Hitze, als ich seinen Namen keuchte. Meine Muskeln waren angespannt und protestierten kurz, bevor sie sich entspannten und ihn willkommen hießen. Er war so hart, seine Länge füllte mich, sein Umfang dehnte mich und seine Hand, die mich weiter streichelte, schickte Wellen der Lust durch meinen Körper.

„Mein Gott, du bist so verdammt eng ..."

Ich schrie seinen Namen, als er sich zurückzog und dann genauso hart in mich hineinstieß wie beim ersten Mal. Seine Stöße erschütterten mich, als er wieder und wieder in mich eindrang und dabei meinen Namen wiederholte, als bete er.

„Du fühlst dich so gut an", flüsterte er und krallte seine Hand in mein Haar, um meinen Kopf zurückzuziehen so dass er mich küssen konnte. Ich war berauscht von der Erkenntnis, wie sehr er mich brauchte. Ich hörte das Verlangen, das Begehren in seiner Stimme, fühlte es an der Art und Weise, wie er mich hielt und wie seine Zunge über meine Haut glitt. Er knabberte an meinem Schlüsselbein, saugte daran und liebkoste die Stelle anschließend mit seiner Zunge. Er küsste meinen Hals entlang , biss und leckte. Seine Küsse waren besitzergreifend und allumfassend. Seine Hände kneteten und streichelten meinen Hintern, meine Brust, über den Bauch und hinunter zu meinen Schenkeln. Er hatte seine Arme um mich geschlungen und er war tiefer in mir vergraben, als ich es je für möglich gehalten hätte. Er war so hart und so tief in mir, dass ich mir sicher war, ihn in meinem Bauch fühlen zu können, als er mich mit dem nächsten Stoß von den Füßen hob.

„Bist du bereit?", fragte er, während er mich immer noch festhielt. Sein Atem war warm und feucht an meinem Ohr, als er immer und immer wieder in mich hineinstieß.

„Ja!" Ich schrie es hinaus und fühlte dabei heiße Tränen auf meinem Gesicht. Ich war dem Höhepunkt so nahe; ich musste kommen, brauchte es so sehr, dass es wehtat.

„Sag meinen Namen. Sag, dass du mir gehörst!"

„Ich gehöre dir, Logan. Ich bin dein Gefährte, deine Reah."

Er glitt in meine inzwischen schlüpfrige Hitze hinein und wieder hinaus. Meine enge Passage massierte seinen Schwanz, als er noch tiefer in mich eindrang, so dass er gegen meine Prostata stieß. Ein Stöhnen, das ich nicht zurückhalten konnte, brach aus mir heraus.

„Oh Gott, wie du mich in dich aufnimmst", stöhnte er, fauchte es fast, lehnte sich mit seinem ganzen Gewicht gegen mich, so dass ich seinen Herzschlag an meinem Rücken fühlen konnte. „Ich muss dich schmecken … ich …" Er stockte, doch die Frustration und das Verlangen in seiner Stimme waren unüberhörbar gewesen.

Ich packte seinen muskulösen Hintern, ließ meine Finger über heiße Haut gleiten, zog seine Hüften an mich und versuchte, ihn noch tiefer in mich aufzunehmen. Stattdessen zog er sich aus mir zurück und ich hätte am liebsten aufgeschrien. Ich öffnete den Mund, um notfalls zu betteln, aber er drehte mich nur zu sich herum, so dass ich ihn ansehen konnte. Gleich darauf machte sich seine Hand wieder an meinem Schwanz zu schaffen.

Er fiel auf die Knie und nahm mich dabei in einer fließenden Bewegung in den Mund. So gut hatte es mir noch nie jemand mit dem Mund gemacht. Er öffnete einfach seine Kehle und schluckte meinen Schwanz. Ich konnte mich nicht erinnern, je etwas Vergleichbares erlebt zu haben. Sein Mund war so heiß und feucht, seine Zunge strich über jeden Zentimeter meines Schaftes, drückte sich in den kleinen Schlitz hinein, strich die Unterseite entlang, während ich seinen Mund fickte. Ich fühlte, wie meine Hoden sich zusammenzogen, mein Höhepunkt rollte heran, türmte sich auf wie eine Welle, die jeden Augenblick über mich hinwegrollen würde.

Er bewegte sich wie wild, seine Finger drangen von hinten in mich ein, schoben sich tief in meinen engen Kanal, während sein Mund mich immer weiter gierig verschlang, unbeirrt und stark, egal, wie heftig meine Stöße wurden. Und heftig waren sie, wieder und wieder stieß ich in seinen Mund, zerwühlte mit den Fingern sein dichtes, blondes Haar und hielt seinen Kopf. Ich schrie seinen Namen, als ich kam und versuchte, ihn von mir wegzuschieben. Er jedoch vergrub seine Finger in meinen Oberschenkeln, so dass ich mich nicht bewegen konnte. Er wollte alles und als ich ihn schlucken sah, packte mich der Orgasmus und schüttelte mich mit einer Wucht, unter der ich fast zusammenbrach. Sofort wurde ich wieder herumgedreht und erneut gegen die Wand gedrückt.

„Du gehörst mir", sagte er mit einer Stimme, die so tief und sexy war, dass allein der Klang mich erbeben ließ. Ich fühlte, wie seine Hände meine Hinterbacken teilten und sein Schwanz drückte für eine Sekunde gegen meine Öffnung, bevor er wieder tief in mir war. „Ich muss in dir sein … ich muss dich markieren … ich will dich … du gehörst mir."

Ich zitterte heftig, als er sich zurückzog und noch tiefer in mich eindrang, um mich in exquisite Empfindungen einzuhüllen. Ich fühlte, wie er mit seiner Zunge über meinen Hals leckte, bevor er sich wieder in meinem Nacken verbiss.

„Mein Gefährte", flüsterte er in mein Haar. Noch nie hatte jemand mich so vollkommen in Besitz genommen. Es war unvergleichlich. „Niemand anders wird jemals in dir sein", versprach er im Brustton der Überzeugung. Er verlieh seinen Worten noch mehr Nachdruck, indem er seine Zähne wieder in meinen Nacken grub. Bei seinem nächsten brutalen Stoß durchfuhr sengende Hitze meinen ganzen Körper. Ich schrie und er riss mich zurück. Seine Hand lag auf meinem Bauch, er musste spüren, wie sich meine Muskeln verkrampft hatten. Mein Kopf sackte gegen seine Schulter, als meine Beine unter mir nachgaben. Nur seine starken Arme verhinderten, dass ich an seinem Körper entlang zu Boden sank. Er kam mit einem Schrei, taumelte gegen mich und vergrub sein Gesicht in meinem Hals. Ich war komplett hinüber und fühlte mich zugleich vollkommen schwerelos. Wäre er nicht da gewesen, um mich festzuhalten, wäre ich bestimmt davongeschwebt. Wir standen da, genossen gemeinsam die Nachbeben unserer Höhepunkte, keuchten und zitterten, und seine Finger gruben sich in meine Haut, um sicherzustellen, dass ich mich nicht bewegte.

„Fühlst du das?"

Ich fühlte alles.

„Fühlst du, wie dein Körper versucht, mich in dir festzuhalten? Du willst mich einfach nicht gehen lassen."

Meine Muskeln zogen sich um seinen Schwanz zusammen und ließen ihn wieder los, die pulsierende Anspannung schickte Wellen von Schmerz und Wonne meine Wirbelsäule hinauf.

Ich hielt die Luft an, als er sich langsam und vorsichtig aus meinem Körper zurückzog.

„Kannst du stehen?"

Ich nickte.

Er ließ mich langsam los und küsste noch eine Linie von meinem Hals bis hinter mein Ohr. „Ich muss dich sauber machen."

Ich schluckte schwer, weil mein Mund so trocken war.

„Du siehst gut aus."

Als ich den rauen Klang seiner Stimme vernahm, erschauerte mein Körper. Sein besitzergreifender Blick und seine flammenden Augen sorgten dafür, dass ich kaum aufrecht stehen konnte.

„Ich finde es geil, wie mein Samen aus dir herausläuft."

Tatsächlich lief einiges an der Innenseite meiner Schenkel herunter. Andere Männer wollten das nicht sehen, sondern wollten mich gereinigt und außer Sichtweite, so schnell es ging. Logan Church dagegen genoss es, zu sehen, wie er mich zugerichtet hatte.

„Ich möchte mich um dich kümmern. Beweg dich nicht."

Ich blieb wie angewurzelt stehen. Er verschwand und war wenige Sekunden später mit einem warmen Waschlappen und einem Handtuch wieder da. Nachdem

91

ich wieder sauber war, zog er meine Unterhose und Jeans wieder hoch. Ich bekam einen Kuss auf die Stirn, bevor er die Sachen ins Badezimmer zurückbrachte.

„Dein T-Shirt und der Pullover sind leider hinüber", sagte er, als er aus dem Badezimmer kam. Er hatte etwas dabei, das ich als langärmeliges Hemd erkannte, und das ich vermutlich anziehen sollte. Nachdem ich in die Ärmel geschlüpft war, wickelte er mich darin ein. „Aber eigentlich tut mir das gar nicht leid." Ich hörte die Belustigung in seiner Stimme, als er mir einen Kuss auf den Nacken gab. Dort tat es immer noch ein bisschen weh, aber nicht mehr so, als würde mir ein heißer Dolch ins Fleisch gestoßen. Ich knöpfte meine Jeans zu und drehte mich um. Als ich aufsah, bemerkte ich, dass er mich mit einem Glitzern in seinen goldenen Augen beobachtete.

„Was?" Ich lächelte ihn an.

Er schüttelte den Kopf und winkte mich zu sich. „Küss mich."

Ich schmiegte mich an ihn, legte meine Arme um seinen Hals und zog ihn zu mir herunter. Ich ließ meine Zunge über seine Unterlippe gleiten und er öffnete sich für mich. Ein Seufzen drang aus seiner Kehle und sein Atem war warm in meinem Mund. Ich erkundete seinen Mund mit meiner Zunge, während ich ihn in Besitz nahm. Die Geräusche, die er tief in seiner Kehle machte, die Art und Weise, wie er meinen Kuss erwiderte, wie er sich an mich drückte, mich festhielt – all das sagte mir, dass er genau da war, wo er sein wollte. Als er seine Lippen von meinen löste und sich ein kleines Stückchen zurückzog, fühlte ich, wie er am ganzen Körper zitterte.

„Du solltest deine Augen sehen."

Ich streckte mich und schob meine Zunge zurück in seinen Mund. Ich schmeckte ihn wieder und genoss, wie als Reaktion auf meinen Kuss ein Zittern seinen Körper erfasste. Wie er vor Verlangen leise stöhnte, wie er seine Finger in meinen Rücken krallte, wie er mich in seinen Armen hielt und mich an seinen großen, festen Körper zog – das alles sprach von seinem Begehren. Erst, als mir das Blut im Rhythmus meines Herzschlags in den Ohren rauschte, unterbrach ich den Kuss, um Luft zu holen.

„Ich kann mich überall auf dir riechen." Seine Stimme war heiser vor unverhohlener Begierde.

„Ist das gut?"

„Oh, absolut." Das Feuer in seinen Augen brannte heiß.

Ich befreite mich aus unserer Umarmung, weil die Luft zwischen uns praktisch zum Schneiden war.

„Ich denke, wir sollten unter die Dusche gehen."

Er benahm sich, als gehöre ich ihm.

„Komm her", sagte er. Er zog mich an sich und verschloss mir den Mund wieder mit einem Kuss. Es war eine vereinnahmende und besitzergreifende Geste. Seine Hand krallte sich in mein Haar, so dass ich mich nicht bewegen konnte.

Wie er von meinem Körper Besitz ergriff, wie er mich küsste … wenn ich nicht aufpasste, könnte ich danach süchtig werden. Als er sich zurückzog, starrte ich in seine Augen.

Nach einigen langen, schweigsamen Minuten lächelte er langsam, wobei sich seine Mundwinkel verführerisch hoben. „Was?"

„Deine Augen sind wirklich wunderschön", sagte ich.

Sofort waren seine Hände wieder überall auf mir. Er stupste mein Kinn mit der Nase hoch und küsste meinen Hals, dann biss er sanft zu. „Du bist der Wunderschöne … mein Gefährte … deine Augen … so grau … sie werden dunkel und rauchig, wenn du mich ansiehst." Seine Stimme war zähflüssig wie Honig.

Mein Herz tanzte.

„Wir müssen zu dir in die Wohnung gehen …"

Ich fühlte mich wie unter Wasser.

„… und deine Sachen holen."

„Warte mal." Ich versuchte, einen klaren Kopf zu bekommen, was sehr schwierig war, wenn er so dicht bei mir stand. „Ich kann nicht einfach … ich habe einen Vermieter und einen Job und …" Während ich mein selbstbestimmtes Leben gegen ihn verteidigte, begann ich, mich zu fragen, ob ich noch ganz bei Trost war. Meinen Chef, meine Freunde, meine neue Familie von Kollegen … sie alle einfach zurückzulassen war doch komplett verrückt. Warum war mein erster Instinkt immer davonzulaufen?

„Du bist echt süß, wenn du dich aufregst."

Ich versuchte, endlich wieder einen klaren Gedanken zu fassen, und er ließ das einfach nicht zu.

„Lass uns deine Sachen holen", wiederholte er. Er fragte nicht, sondern informierte mich einfach über unseren nächsten Schritt. Es war gleichzeitig liebenswert und nervtötend.

„Hör mal, ich finde, wir sollten das ein bisschen langsamer angehen", sagte ich. Ich atmete tief durch, um besser denken zu können, und brachte etwas Abstand zwischen uns.

„Meinst du, ja?" Er folgte mir sofort und ließ mir keinen Raum. Er berührte mein Haar, strich es mir aus dem Gesicht, ließ meine schulterlangen Strähnen bis zu den Spitzen durch seine Finger gleiten. „Nach dem, was du gerade zugelassen hast, willst du es jetzt langsamer angehen?"

Wie konnte ich ihm verständlich machen, was gerade geschehen war, wenn ich es doch selbst nicht ganz verstand? Ich konnte ihm wohl schwerlich klarmachen, dass ich eigentlich nie etwas Verrücktes oder Gefährliches tat – schließlich kannte er nur das von mir. Ich war vorsichtig, niemals leichtsinnig, außer, wenn es um diesen Mann ging. Für meinen Gefährten war ich wild.

„Meine Güte, du denkst ziemlich angestrengt nach", lächelte er und beugte sich herab, um mein Kinn, meine Augen, meine Nase und schließlich meinen Mund zu küssen. Als er an meiner Unterlippe knabberte, reckte ich mich ihm entgegen und in den Kuss hinein.

Im Nebenraum rief jemand in scharfem Ton Logans Namen, und ich machte praktisch einen Satz in seinen Armen. Sofort schlug mir das Herz wieder bis zum Halse.

„Es ist alles in Ordnung", beruhigte er mich und ging ins Nebenzimmer.

Ich wartete, bis er zurückkam. Er meinte, dass er nach unten gehen müsse, um mit jemandem zu reden.

„Ich sollte mich auch auf die Suche nach Crane machen", sagte ich.

„Nein, bleib bitte hier. Ich schicke ihn zu dir hoch."

Ich nickte und durchquerte den Raum, um mich aufs Bett zu setzen. Ich war überrascht, als er mir folgte, sich über mich beugte und mich auf die Nase küsste.

„Bitte bleibe im Schlafzimmer, Baby."

„Ich bin nicht dein Baby." Ich grinste zu ihm hoch.

Er erwiderte mein Lächeln und sein Blick verweilte noch einen Augenblick auf meinem Gesicht, ehe er sich umdrehte und den Raum verließ.

Auf mich selbst gestellt begann ich, mir wieder Sorgen zu machen. Als es an der Tür klopfte, erschrak ich so sehr, dass ich fast in tausend Teile zersprungen wäre. Erst, als Crane in den Raum schlüpfte, beruhigte sich mein Puls.

„Geht es dir gut?", fragte ich ihn.

Er starrte mich aus weit aufgerissenen Augen an.

„Was?"

„Machst du Witze?"

Ich sah ihn an und fragte mich, was mit ihm los war.

„Wo soll ich anfangen?"

Als er begann, mir die Leviten zu lesen, stöhnte ich laut auf und hielt mir mit beiden Händen den Kopf. Wie konnte ich es wagen, ihm nicht zu sagen, wo ich war? Was zum Henker hatte ich mir dabei bloß gedacht?

Sein Gezeter wurde zu einem endlosen Strom von Geräuschen. Erst, als er mich in die Schulter boxte, wurde mir bewusst, dass ich nicht mehr zugehört hatte.

„Verdammt", fuhr ich ihn an und boxte zurück. „Schlag mich nicht."

„Du bist so ein Arschloch."

Das konnte ich schlecht abstreiten.

„Wann wolltest du mir von Logan Church erzählen?"

„Du machst wohl Witze!", fauchte ich. Als ich ihn ansah, fühlte ich mich gleich wieder mehr wie ich selbst. „Du glaubst doch wohl nicht im Ernst, dass ich irgendwas hiervon geplant hatte."

„Woher soll ich das wissen. Hattest du es geplant?"

Ich starrte ihn nur an.

„Okay, alles klar, hattest du nicht", sagte er, setzte sich neben mich auf das Bett und zog zuerst seinen Pullover und dann das T-Shirt darunter aus.

„Was machst du da?"

„Das Hemd ist dir viel zu groß", sagte er und gab mir sein T-Shirt. „Zieh lieber das hier an."

Ich zog Logans Hemd aus und Cranes T-Shirt an. Es war immer noch warm. „Danke."

„Und was jetzt? Wir bleiben doch hier, oder?"

„Richtig."

„Also ziehen wir hier ein?"

„Nein ... Ich weiß noch nicht." Ich seufzte.

„Na ja, in unserer Wohnung können wir nicht bleiben. Dort treibt sich doch dieser Domin rum. Und wenn der erst mitkriegt, dass du jetzt der Gefährte vom großen Boss bist, wird er dich doch erst recht schnappen wollen."

„Wahrscheinlich." Ich seufzte wieder und ließ mich auf das Bett fallen.

„Dann holen wir besser unseren Krempel und bringen ihn hierher."

Ich drehte den Kopf, um ihn anzusehen zu können. „Bleibst du mit mir hier?"

„Wenn dein Semel es erlaubt." Er grinste mich an.

„Halt die Klappe."

„Du verstehst das nicht", lachte er. „Du bist jetzt eine gebundene Reah. Du hast einen Semel zum Gefährten und einen kompletten Stamm, der hinter dir steht. Dieser furchterregende Sheseru, den Logan da hat, Yuri oder wie er heißt, sagte mir auf dem Weg nach oben, dass ich nicht zu lange bleiben soll. Logan möchte, dass du dich ausruhst."

„Wie spät ist es überhaupt?" Ich gähnte und hob den Arm, um auf meine Uhr zu schauen.

Crane nahm mein Handgelenk und drehte es so, dass er das Ziffernblatt meiner Uhr erkennen konnte. „Es ist kurz nach fünf."

„Warum bin ich dann so müde?" Ich gähnte erneut.

„Keine Ahnung." Er grinste mich an. „Gott, bist du ein Idiot."

Mir fehlte sogar die Energie, um ihn anzuschreien. Ich wollte eigentlich nur neben Logan einschlafen. Ich wollte, dass er mich in seine Arme schloss und ganz fest hielt.

„Hallo, kannst du dich noch mal kurz konzentrieren? Willst du nun, dass ich unsere Sachen hole, oder nicht?"

„Ja."

„Okay. Soweit ich weiß, hat Delphine ein Auto. Ich schau mal, ob sie es mir leiht, dann hole ich unsere Sachen und komme wieder her. Eigentlich hat ja jeder von uns kaum mehr, als in einen Rucksack passt."

„Schon, aber das sind riesige Wanderrucksäcke, du Idiot", sagte ich, quälte mich noch mal auf die Füße und suchte im Schlafzimmer nach meinem Parka.

„Da drüben." Er zeigte mit dem Finger.

Nachdem ich den Parka angezogen hatte, sah ich ihn an und stellte fest, dass er sich nicht bewegt hatte. „Gehen wir?"

„Bist du sicher, dass wir das tun sollten?"

„Wovon redest du?"

„Musst du nicht erst mal fragen?"

„Hast du den Verstand verloren?"

Er grinste breit „Tut mir leid. Ich habe ganz vergessen, mit wem ich rede."

9

ICH FUHR wie auf Autopilot nach Hause und parkte den Wagen in einer dunklen Straße hinter unserem Gebäude. Crane wollte einfach nur unsere Taschen greifen und wieder gehen, aber ich wollte außerdem duschen und mich umziehen. Auf dem Weg ins Badezimmer musste ich mich am Türrahmen festhalten, weil meine Beine nachzugeben drohten.

„Meine Güte, was ist denn mit dir los?", rief Crane. Er packte mich und zog mich an sich, damit er mich mit seinem großen, muskulösen Körper aufrecht halten konnte.

„Die letzten paar Tage waren … einfach sehr lang."

„Meinst du, du kommst unter der Dusche allein klar?"

„Natürlich, keine Sorge."

Er sah mich skeptisch an, ließ mich dann aber allein ins Badezimmer gehen.

Ich blieb unter dem heißen Wasserstrahl stehen, bis er kalt wurde. Logans Biss tat immer noch weh, und als ich die Stelle wusch, blutete sie noch ein bisschen. Als ich nach meiner Dusche zur Couch taumelte, hörte es glücklicherweise auf. Ich fragte Crane, wie es aussah, und er fand, es sehe aus, als habe mich etwas sehr Großes gebissen.

„Das ist eine tolle Beschreibung. Vielen Dank."

„Na ja, es sieht schon ziemlich böse aus; du musst eine Menge Blut verloren haben."

„Das Gefühl hatte ich auch, aber ich kann mich nicht erinnern … Bingo, jetzt fällt es mir wieder ein."

„Was fällt dir wieder ein?"

„Er hat es getrunken."

„Wie bitte?"

Ich lächelte Crane an, der vollkommen entgeistert aussah. „Wenn ein Semel seine Reah zeichnet, dann trinkt er das Blut aus der Wunde."

„Wie ein Vampir."

„Vampire gibt es nicht."

„Da bin ich mir nicht so sicher. So, wie du aussiehst, hat Logan nämlich ziemlich viel von deinem Blut getrunken."

„Es war nicht so viel. Nichts, was ich nicht heilen könnte."

„Dann solltest du das schleunigst tun. Verwandle dich."

Aber ich war zu müde, also gähnte ich stattdessen. Nach ein paar Minuten wurde mir bewusst, dass er mich anlächelte.

„Was?"

„Schon irgendwie lustig, dich mit einem Zeichen zu sehen, von dem du immer behauptet hast, dass du es nicht willst und nie akzeptieren würdest."

Ich zeigte ihm den Mittelfinger, lehnte mich zurück und schloss die Augen.

Ich musste eingenickt sein, denn ein lautes Klopfen an der Wohnungstür riss mich aus dem Schlaf. Ich brauchte nicht einmal zu fragen, wer es war; sein Geruch hatte sich in dieser kurzen Zeit in mein Gehirn eingebrannt.

„Jin!"

Ich gähnte, als Crane zur Tür ging.

„Mach die gottverdammte Tür auf!"

Ich war überrascht, dass die Tür bei seinem Gebrüll nicht automatisch in zwei Teile zerfiel.

„Ich komme ja schon", rief Crane, als er die Tür öffnete. Er wurde ganz still, als er sich unvermittelt Logans eisigem, düsterem Blick gegenübersah. „Tut mir leid."

Logan hatte die Hände in den Taschen seines Mantels vergraben und stand schweigend da. Er trug einen dicken Pullover und Jeans. Er hatte geduscht und sich umgezogen, aber offensichtlich in ziemlicher Eile. Er hatte sich beeilt, um zu mir zu kommen. Sein Haar war noch ganz feucht. Hinter ihm stand Yuri, still, aber offenbar mit sehr schlechter Laune.

„Was?"

Logans Augen verdunkelten sich zur Farbe geschmolzenen Goldes, und er runzelte die Stirn, als er die Wohnung betrat. „Was? Das ist alles was du dazu sagen hast?"

„Wir wollten sofort wieder zurückkommen. Wir wollten nur unser Zeug holen."

Sofort änderte sich sein Gesichtsausdruck, als wäre er überrascht.

„Siehst du? Was hab ich dir gesagt?" Yuri verdrehte die Augen und ging an Logan vorbei zu Crane. „Nimm dein Zeug, junger Mann, wir fahren zurück. Ms Church hat bereits dein Zimmer vorbereitet."

Crane lächelte Yuri an, hievte seinen Rucksack auf die Schultern und sagte mir, dass er mich dann zu Hause wiedersehen würde. Während sie hinausgingen, eröffnete er Yuri, wie sehr er dieses winzig kleine Apartment immer gehasst habe. Als Logan sich nach diesem kleinen Zwischenspiel wieder auf mich konzentrierte, wurde sein Gesichtsausdruck zunehmend finsterer.

„Was hast du gedacht? Dass ich vorhatte, mit Crane zu verschwinden?"

„Sein Geruch war auf unserem Bett." Seine Stimme war leise und mürrisch.

„Unserem Bett?"

„Ja, unserem Bett", fauchte er mich an, und da wurde mir klar, wie wütend ihn das gemacht hatte. Es war immer noch zu erkennen, in seinem Ton, in seinen angespannten Schultern und in dem düsteren, gefährlichen Blick.

Ich nickte. „Und?"

„Und du hast mein Hemd zurückgelassen."

„Weil es mir mindestens zwei Nummern zu groß war." Ich kicherte, lächelte ihn an und wartete darauf, dass sein Blick wieder sanfter wurde.

Erst nach mehreren Minuten ergriff er wieder das Wort. „Ich war eifersüchtig."

„Sei bitte nie wieder eifersüchtig auf Crane. Er ist mein Freund und wir kennen uns schon seit Ewigkeiten. Wir sind zusammen aufgewachsen."

„Auf unserem Bett darf es niemals einen anderen Geruch geben als deinen oder meinen."

„Das ist fair", stimmte ich zu, denn das war mehr als vernünftig. „Bis es Kinder gibt."

Die Muskeln in seinem Unterkiefer und an seinem Hals spannten sich an, und er nickte schnell. „Ja."

„Du möchtest doch irgendwann Kinder, oder?"

„Ja schon, und du?"

„Das möchte ich auch", sagte ich.

Wieder blieben wir einige Minuten still. Dann sagte er: „Das geht alles ein bisschen schnell für dich, wie?"

„Schon, aber dir geht es doch bestimmt genauso."

„Ich möchte das nur alles verstehen. Wir können es auch gern langsam angehen, aber dabei wirst du nicht allzu weit von mir weg sein. Das lasse ich nicht zu."

„Und was soll das heißen?"

„Das soll heißen, dass du dir alle Zeit der Welt nehmen kannst, um dich mit dem Gedanken anzufreunden, dass du mein Gefährte bist. Aber währenddessen wirst du in meinem Bett schlafen."

Ich kicherte.

„Was?"

„Das ergibt keinen Sinn."

„Du bist mein Gefährte. Du wirst mit mir zusammenleben. Ende der Geschichte." Er hüstelte. „Also, wo sind deine Sachen?"

Ich deutete auf den Rucksack.

„Das ist alles?"

„Das ist alles."

Er nickte, nahm den Rucksack, drehte sich um und verließ ohne ein weiteres Wort die Wohnung. Ich hatte mir einen Pullover übergezogen und meine Laptoptasche über der Schulter hängen, als er wenige Minuten später zurückkehrte. Ich bemerkte sein Stirnrunzeln.

„Was?"

„Wie konntest du die ganzen Spuren da draußen übersehen? Das ist ja eine Riesensauerei."

Er klang schon wieder eifersüchtig und ich lächelte, obwohl ich es besser wusste.

„Hast du alles aus dem Badezimmer?"

„Jawohl."

„Mach noch mal einen abschließenden Rundgang."

Der Mann konnte einfach nicht anders, er war schon wieder dabei, Befehle zu erteilen. Es lag ihm einfach im Blut. „Okay." Ich lächelte ihn an und verließ den Raum. Als ich zurückkam, stand er am Fenster neben der Feuertreppe. „Können wir gehen?"

Ich bekam keine Antwort.

„Hast du deine Meinung geändert? Willst du mich jetzt doch nicht?" Ich hatte Angst, dass er plötzlich zur Vernunft gekommen war. Schon jetzt bereitete mir der Gedanke, ohne ihn zu sein, körperliche Schmerzen.

Als er sich umdrehte, sah ich, wie wütend er war.

„Was ist los?", fragte ich und ging zu ihm.

In der Hand hielt er das T-Shirt, das ich in der Nacht getragen hatte, als Ben mich überfallen hatte. Es hatte eine stattliche Anzahl Blutflecken.

„Wo hast du das gefunden?"

„Hinter dem Schrank. Was ist das?"

Ich hatte es seinerzeit eigentlich in den Mülleimer werfen wollen, aber scheinbar hatte ich ihn verfehlt. „Das ist nichts", sagte ich, nahm es ihm aus der Hand und warf es in den Müll. „Crane hatte eine Zeitlang eine Freundin. Ihr Exfreund ist hier eingebrochen und hat mich attackiert, aber das ist schon lange her."

Er dachte kurz über meine Worte nach, nickte dann beruhigt und streckte die Arme nach mir aus. Ich ließ mich umarmen und er hielt mich ganz fest, während er sein Gesicht in meinen Haaren vergrub.

„Du brauchst dir keine Gedanken über Dinge zu machen, die vor deiner Zeit geschehen sind, okay?"

Er seufzte. „Weißt du, ich war immer der, der nicht kämpft. Dafür bin ich bekannt. Ich schließe Kompromisse und mache Zugeständnisse. Ich möchte niemals jemanden in Gefahr bringen."

„Das ist eine gute Art, mit Problemen umzugehen."

„Nein, das ist es nicht, und gerade jetzt, durch Domins Spuren an deiner Tür und durch dieses verdammte T-Shirt, ist mir das endlich klar geworden. So, wie die Dinge liegen, ist niemand sicher: weder du, noch meine Familie oder mein Stamm. Weil ich nicht furchterregend genug bin, sind alle in Gefahr."

„Respekt ist besser als Furcht."

„Das stimmt, aber ohne Konsequenzen ist auch Respekt nur eine leere Drohung."

„Das verstehe ich nicht", hauchte ich und zog mich aus seinen Armen zurück, um ihm ins Gesicht zu sehen.

„Der Mann, der dich angegriffen hat ... warum hat er das getan?"

„Weil er mich für Crane hielt."

100

„Ja, aber auch, weil er glaubte, Crane unbesorgt angreifen zu können. Er hielt Crane für schwach, und deshalb ist er auf ihn losgegangen."

„Nicht unbedingt. Er war verblendet von …"

„Er hielt Crane für schwach. Menschen, die schwach wirken, werden angegriffen. Domin hält mich für schwach, weil ich Frieden möchte. Wenn er meine Leute angreift, dann verfolge ich ihn nicht mit meinem ganzen Stamm, sondern fordere ihn zum Kampf Mann gegen Mann in der Arena heraus. Bisher hat er jedes Mal abgelehnt."

„Weil er weiß, dass du ihn in den Boden rammen würdest."

„Aber in der Zwischenzeit fürchtet sich mein Stamm vor seinem."

„Ja, aber deshalb brauchst du noch lange keinen Streit mit ihm vom Zaun zu brechen …"

„Ich sollte ihn herausfordern, denn nun geht es mir genauso wie allen anderen Mitgliedern des Stammes. Ich habe etwas zu verlieren."

Ich lächelte zu ihm hoch. „Du wirst mich nicht verlieren."

„Nein", sagte er, doch seine Stimme war ungewohnt finster. „Komm jetzt."

Ich schloss die Wohnung ab und folgte ihm die zwei Treppen hinunter zur Seitenstraße.

„Ist das wirklich alles, was du hast? Wieso ist das so wenig?"

„Das ist doch nicht wenig", protestierte ich. „Was du gerade runtergetragen hast, ist keineswegs wenig. Als ich vor sechs Monaten hier ankam, passte mein gesamtes Eigentum in einen ganz normalen Rucksack, so wie man ihn zur Schule mitnimmt."

Er war nicht beeindruckt.

Delphines hübscher kleiner Lexus war nirgends zu sehen. Das machte mir Sorgen; schließlich wäre es meine Schuld, wenn ihn jemand gestohlen hätte. Aber Logan beruhigte mich, dass Yuri damit nach Hause gefahren sei.

„Aber ich habe die Schlüssel."

Er hob eine Augenbraue.

„Ich hätte den Wagen auch wieder zurückfahren können", murmelte ich. Anscheinend hatte der Mann mehrere Schlüsselsätze für jedes Auto in seiner Garage.

„Nein", sagte er und führte mich zu einer Limousine, die fast am Ende der Straße geparkt war. Als er die Tür für mich öffnete, kletterte ich vor ihm hinein.

„Soll ich auf direktem Weg nach Hause fahren oder einen Umweg machen?", fragte der Fahrer vom Vordersitz her. Dabei sah er mir lächelnd in die Augen.

„Nimm den langen Weg, damit Jin unser Anwesen sehen kann."

„Verstanden", kam die Antwort von vorne, bevor die dunkle Trennscheibe hinter dem Fahrer hochfuhr.

„Unser Anwesen?"

Logan drehte mir den Kopf zu. „Alles, was mir gehört, gehört jetzt auch dir – das Haus, das Land, das Geschäft, die Autos … Alles."

„Wie kannst du mir so schnell vertrauen? Was ist, wenn ich ein schlechter Mensch bin?"

Er lächelte breit. Ich amüsierte ihn sehr, so viel war klar. „Du bist mein Gefährte. Du fühlst genauso wie ich. Du bist die einzige Person auf der Welt, an der ich nicht zweifle, denn du wurdest für mich geschaffen. Dir kann ich alles anvertrauen, was ich habe … auch mein Herz."

Ich drehte mich um und schaute aus dem Fenster, damit er nicht sehen konnte, wie ich um Fassung rang. So viel Offenheit war wirklich schwer zu ertragen.

„Warum bist du weggegangen, ohne mir Bescheid zu sagen?"

Seine Stimme überraschte mich nach den langen Momenten des Schweigens.

Ich räusperte mich und wandte mich ihm dann wieder zu. „Ich brauche mich nicht bei dir abzumelden."

„Ich denke schon."

„Das werde ich nicht tun", sagte ich geradeheraus. „Ich werde kommen und gehen, wie ich will. Ich werde auch nicht zu Hause hocken, denn ich habe einen Job. Falls du einen braven Hausmann suchst, solltest du noch einmal darüber nachdenken, ob du mich wirklich willst."

Nachdem wir uns ein paar Minuten lang angestarrt hatten, fing er an, über das ganze Gesicht zu grinsen.

„Was grinst du denn so?"

„Weil du so durchschaubar bist." Er kicherte und lächelte mich an. Seine Augen glänzten.

„Was?"

„Du versuchst immer noch, mich loszuwerden", sagte er und beugte sich zu mir, um die Seite meines Halses zu küssen. Dann glitt er vom Sitz und kniete sich vor mich hin. Er legte mir seine Hände auf die Schenkel und zog mich näher an sich heran. „Ich werde dir alle Freiheit lassen, die du brauchst."

Ich sah zu, wie er die Hand hob und meinen Haargummi löste, so dass meine Haare locker bis zur den Schultern fielen.

„Das ist wunderschön. Es sollte nie zusammengebunden werden."

„Es ist total lästig", versicherte ich ihm. Er strich mit den Fingern durch mein Haar. Es war so lang wie noch nie zuvor und fiel bis knapp über meine Schultern. „Ich wollte es mir dieses Wochenende komplett abschneiden lassen, wenn ich …"

„Nein", sagte er sanft. „Das verbiete ich."

„Das verbietest du", neckte ich ihn und lachte leise. „Du willst mir vorschreiben, wie ich mein Haar tragen soll, Mr Church? Was hast du gerade über Freiheit gesagt?"

„Ich weiß, was ich gesagt habe." Er nickte, vergrub seine Hand in meinem Haar und sah dann zu, wie es durch seine Finger glitt. „Ich nehm's zurück. Dein Haar gehört mir, du gehörst mir, und von heute an sage ich dir, was du zu tun und zu lassen hast."

„Ist das so?", fragte ich und hob eine Augenbraue.

Er grinste breit und seine Augen funkelten. „Bitte, ich flehe dich an, lass dieses lange, wundervolle, schwarze Haar nicht abschneiden, damit ich mein Gesicht darin vergraben kann, wenn ich neben dir schlafe."

Tja, wenn er das so sagte … „In Ordnung", brachte ich heraus.

Sein Blick lastete schwer auf mir. „Gott im Himmel … mein Gefährte", seufzte er mit Bewunderung in der Stimme. „Erzähl mir von deiner Familie, sag mir, wo du geboren wurdest."

So viel Eifer, alles über mich zu erfahren. „Kann ich dir stattdessen eine Frage stellen?"

„Nein", sagte er und zog erst seinen Mantel und dann den Pullover darunter aus. Er enthüllte glatte, goldene Haut, breite Schultern, einen Waschbrettbauch und eine wohlgeformte, muskulöse Brust, die eigentlich in ein Museum hinter Glas gehört hätte. Ich konnte mich nur mit Mühe daran erinnern, dass ich gelegentlich atmen musste.

„Ich möchte erst eine Antwort."

„Ich komme aus Chicago."

„Und deine Familie lebt noch immer dort?", fragte er und sah mir tief in die Augen. „Ich kann sie dort finden?"

„Ja."

„Okay", sagte er, während seine großen, starken Hände an meinem Gürtel nestelten.

Ich beobachtete, wie er mir den Gürtel öffnete, den Knopf aufmachte und den Reißverschluss nach unten zog. „Kann ich jetzt meine Frage stellen?" Ich war stolz darauf, überhaupt noch ein Wort herauszubringen.

„Was?", fragte er, während seine Hände sich in meine Jeans und unter den Bund meiner Unterhose schoben.

„War es sicher, was wir da vorhin getan haben?"

Er lächelte mich an. „Ich habe einen Laborbericht zu Hause, der beweist, dass ich gesund bin. Ich zeige ihn dir, wenn wir wieder dort sind."

Ich fühlte mich schlecht, weil ich an ihm gezweifelt hatte.

„Es ist in Ordnung, dass du mich noch mal gefragt hast", sagte er und strich mit den Fingern an meiner Kehle auf und ab. „Ich hätte nicht so ungeduldig sein dürfen. Ich hätte mir mehr Zeit lassen sollen. Eigentlich wollte ich dir zeigen, wie viel du mir bedeutest. Dass es nicht nur eine schnelle Nummer war, die ich gleich wieder vergessen würde."

Mein Herz und meine Seele flogen ihm zu. Mich ergriff eine Sehnsucht, wie ich sie nie zuvor erlebt hatte. Ich wollte in ihm aufgehen, mich ihm ergeben. „Ich hatte es doch noch eiliger als du." Ich lächelte ihn an.

„Ja, aber ich wollte, dass es perfekt für dich ist und was ich vollbracht habe, war …"

„… großartig", schnitt ich ihm das Wort ab. „Du warst großartig. Mach dir nichts vor."

„Ich könnte noch mal großartig sein", schlug er hoffnungsvoll vor.

Mein Magen drehte sich einmal um sich selbst und mein Schwanz in seiner Hand wurde sofort hart.

„Ich muss wirklich dringend wieder in dir sein."

Und schon bei diesen Worten ging mein Körper in Flammen auf.

„Greif mal bitte in das Seitenfach dort."

Ich beugte mich nach links und öffnete ein kleines eingebautes Fach unter dem Sitz. Sein einziger Inhalt bestand aus einer Flasche Gleitcreme. „Ich sehe schon, du bist immer auf Gesellschaft vorbereitet."

„Sieh genau hin. Die ist nur für dich da drin."

Die Flasche war immer noch mit einem Plastiksiegel verschlossen. „Soll das heißen, dass du auf dem Weg zu meiner Wohnung angehalten hast, um Gleitcreme zu kaufen? Bist du etwa deshalb mit der Limousine gekommen – damit du mich noch mal vögeln kannst?"

„Ja", sagte er ehrlich und schob meine Schenkel auseinander.

Ich musste lächeln. Der Mann wusste, was er wollte.

„Du bringst mich um den Verstand", gestand er mit einem heiseren Flüstern.

Meine Augen blickten tief in seine, als er sanft meinen Schwanz massierte.

„Ich hatte keine Ahnung, dass ich jemals so fühlen könnte." Er lächelte plötzlich. „Das ist großartig."

Ich hörte kaum, was er sagte, weil seine Hand auf meinem Schwanz leichte, elektrische Schockwellen durch meinen Körper laufen ließ.

„Was siehst du eigentlich, wenn du in einen Spiegel schaust? Siehst du, wie umwerfend schön du bist? Ich kenne keine Frau, die dir das Wasser reichen könnte."

Ich hörte ihm zwar zu, aber hauptsächlich war ich mit fühlen beschäftigt. Seine Hand glitt leicht an meinem glatten Schwanz entlang und als seine Zunge über meine Eichel leckte, stöhnte ich laut auf.

„Sieh nur, was ich mit dir mache."

Ich zitterte, als er mich in den Mund nahm, meinen Schwanz zur Gänze in seine Kehle saugte und mich noch etwas weiter nach vorn zog, so dass ich nur noch halb auf dem Sitz saß. Es fühlte sich so gut an, wie heiß und feucht sein Mund war, wie seine Zunge meine empfindsame Haut umspielte, wie heftig er saugte. Mein Kopf fiel zurück gegen den Sitz und meine Augen schlossen sich, als ich mich meinen Empfindungen überließ. Er wusste, was ich wollte, was ich brauchte: dominiert zu werden, ohne mich dabei wehrlos zu fühlen.

„Jin …", flüsterte er. Ich hörte, wie die Flasche geöffnet wurde.

Zwei glitschig-feuchte Finger schoben sich tief in mich hinein, und der Druck, gepaart mit dem heißen Sog an meinem Schwanz, katapultierte mich direkt in Richtung Sonne, mitten in die pure Ekstase. Ich kam in seinen Mund, so wie er es wollte und zitterte, als die Anspannung plötzlich nachließ.

Er schluckte schwer und schob einen weiteren Finger zu den beiden anderen in meine Hintern hinein. Ich wand mich unter ihrem tiefen, harten Druck.

„Sieh her."

Ich konnte meine Augen nicht öffnen.

„Sieh her!" Es war ein scharfes Kommando.

Ich öffnete langsam die Augen und stellte fest, dass er mein Handgelenk festhielt. Aber das war nicht meine Hand; denn da waren lange, dunkle Klauen, wo eigentlich meine Nägel hätten sein müssen. Ich wollte ihm in die Augen sehen, stutzte aber auf Höhe seines Halses, wo einige Kratzer die Haut durchbrochen hatten. Er blutete. „Oh mein Gott, es tut mir so leid", keuchte ich, bäumte mich auf und versuchte freizukommen.

Aber ich war auf seinen Fingern aufgespießt, und mein Rücken bog sich durch, als ich fast meine Zunge verschluckte. Alles, was er mit mir machte, fühlte sich so unglaublich gut an. Es war einfach überwältigend.

„Nur mit mir, deinem Gefährten, kannst du frei sein", sagte er sanft mit einem sinnlichen Lächeln und ich fühlte einen Biss auf der Innenseite meiner Schenkel. „Und für mich, dich so zu sehen, mit deinen Fängen, den geschwollenen Lippen, den Katzenaugen … schwarz wie die Nacht … zu wissen, dass ich dich so verwandelt habe … Mein Gefährte, du sorgst dafür, dass ich für dich brenne!"

Ich fühlte seine Lippen auf der Haut oberhalb meines Schwanzes und sah dann zu, wie er sich leckend und saugend seinen Weg über meinen Bauch und meine Brust bahnte, bis er schließlich meine Kehle erreichte. Er bewegte seine Finger tief in mir, und ich bäumte mich auf, drängte meinen Körper seinem heißen Mund entgegen. Seine Reißzähne blitzten kurz auf und bohrten sich dann in mein Fleisch. Der Schmerz war grausam, aber doch nicht genug, um mich davon abzulenken, wie sich seine Finger abermals aus mir zurückzogen. Er legte beide Hände auf meine Hüften und hob mich hoch, vom kühlen Leder des Sitzes in seinen Schoß.

Sein langer, dicker, bereits tropfender Schwanz glitt mühelos zwischen meine gespreizten Backen, fand meine Öffnung und presste sich hinein. Ich schnappte nach Luft, weil er so dick und hart war und die rasche Penetration mich schmerzhaft straff dehnte.

„Habe ich dir wehgetan?"

„Ja … und nein." Der stechende Schmerz ließ bereits nach und ich drängte mich ihm entgegen, trieb ihn tiefer in mich hinein, um ihm zu zeigen, dass mich der Schmerz nicht kümmerte, dass meine Lust stärker war.

„Ich werde versuchen, vorsichtig zu sein."

„Vorsichtig ist nicht das, was ich brauche!" Ich blinzelte ihm zu und versuchte, ihm klarzumachen, dass er sich bewegen sollte. Mit meinen vierundzwanzig Jahren war meine Libido praktisch grenzenlos; allein der Hautkontakt mit ihm machte mich verrückt. Bevor ich geduscht hatte, war ich todmüde gewesen, aber diesen Mann wiederzusehen, seinen Mund auf mir zu fühlen, hatte meine Lebensgeister wieder geweckt.

Sofort gab er ein Knurren von sich, packte meine Schenkel und bohrte seine steife Lanze tiefer in mich hinein. Seine Finger bearbeiteten meinen Schwanz; ich wurde schon wieder hart.

Ich schob mich hoch, spürte, wie der Druck nachließ, und wie er, schlüpfrig vor Gleitcreme, Zentimeter für Zentimeter aus mir herausglitt. Sein Atem stockte, als ich mich langsam wieder auf ihn senkte und ihn dabei mit meinen Muskeln fest umschloss.

„Ich will mich in dir vergraben."

„Bitte", brachte ich gequält hervor.

Er klopfte an die Trennscheibe und sofort wurde der Wagen langsamer und hielt schließlich an. Er zog sich aus mir zurück, stieß die Tür auf und zerrte mich aus dem Wagen. Draußen war es stockfinster und außer uns war niemand auf der Straße. Die Scheinwerfer des Wagens beleuchteten die Bäume auf der anderen Straßenseite.

Ich wurde gegen die Seite des Wagens geworfen und keuchte auf, als mein Bauch und meine Brust den kalten Stahl berührten. Ich stützte mich mit den Handflächen am Fenster ab und drehte mein Gesicht zur Seite in dem Versuch, ihn in der alles umhüllenden Dunkelheit zu sehen.

„Sieh mich nicht an", knurrte er und seine Stimme war tief. Sie klang so flach und gutural, dass sie kaum noch als seine Stimme zu erkennen war.

Ich drehte mein Gesicht in die Finsternis, als seine Schenkel meine berührten. Seine Hände packten meinem Hintern, zogen meine Backen roh auseinander, und die Spitze seines Schwanzes drückte für eine Sekunde gegen meine Öffnung, bevor er sich tief in mir vergrub.

Der Schmerz war wie ein Hammerschlag, und dann zog er sich zurück, nur um wieder in mich einzudringen, dieses Mal noch tiefer und noch härter.

Ich schrie, und je schneller er pumpte, desto mehr wich der Schmerz der Lust, Stoß für Stoß. Als sich meine Muskeln entspannt hatten und sich die Hitze in mir aufbaute, rief ich seinen Namen. Sein Arm griff an mir vorbei und seine Hand, die nicht länger menschlich war, schlug gegen das Fenster. Seine Klauen klickten gegen das Glas, glitten daran entlang, fanden jedoch keinen Halt. Er brauchte etwas zum Festhalten, denn er wollte mich in einem etwas anderen Winkel haben, damit er sich so in mir vergraben konnte, wie er es wollte. Plötzlich griff seine andere Hand nach meiner Kehle, und ich fühlte die langen, messerscharfen Krallen in mein Fleisch schneiden. Er versuchte, vorsichtig zu sein. Das Zittern, das seinen Körper durchlief, war ein Ausdruck seiner Zurückhaltung, denn er versuchte, sich zu beherrschen.

„Lass mich los", flüsterte ich, als er meinen Kopf an seine Schulter drückte. Seine andere Hand, die vom Autofenster ganz kalt war, schloss sich um meinen Schwanz. Es hatte etwas Primitives und Bedrohliches, wie seine rasiermesserscharfen Klauen über meinen Schwanz strichen. Er hätte mich verstümmeln oder töten können, doch stattdessen wollte er mich nur ficken. „Logan, lass mich los."

Er jedoch war ganz in seiner Leidenschaft verloren. Sein Körper pumpte in meinen, er winselte und knurrte, weil es ihn frustrierte, nicht tief genug in mich eindringen zu können. Andererseits war er auch nicht bereit, aufzuhören und von Neuem zu beginnen, weil er die Hitze meines Körpers nicht verlassen wollte. Ich warf mich zur Seite und versuchte, zur Tür zurückzukommen, aber er hielt mich auf und warf mich wieder gegen den Wagen.

„Bleib einfach in mir drin", beruhigte ich ihn, hörte das scharfe Wimmern in meinem Ohr und wusste, dass er sich mittlerweile verzweifelt nach seinem Höhepunkt sehnte. „Folge mir, bewege dich mit mir."

Ich bewegte mich in Richtung Licht und er blieb in mir, selbst als ich vorwärts ins Auto fiel, in die Wärme hinein. Die Hände hatte ich vor mir ausgestreckt, damit ich nicht kopfüber auf dem Ledersitz landete. Ich stützte mich mit den Armen ab, so dass ich vornübergebeugt stehen blieb. Seine klauenbewehrten Hände gruben sich in meine Hüften, als er so hart vorwärts stieß, dass er mich von den Füßen hob.

„Oh, Gott", schrie ich, ganz benommen von dem Gefühl, ihn so tief in mir zu haben.

„Jin", knurrte er, und ich fühlte, wie seine Klauen in meine Haut schnitten, als er in einem Tempo und mit einer Kraft in mich hineinstieß, der ich nichts entgegenzusetzen hatte.

Meine Arme gaben unter mir nach, aber er verhinderte mit einer Hand um meine Taille, dass ich zusammenbrach. Mit der anderen Hand stützte er sich auf dem Sitz ab, hielt sein ganzes Gewicht und meins dazu nur auf diesem einen Arm. Seine Muskeln wölbten sich und dann, eine Sekunde später, sah ich, dass seine Haut mit goldenem Fell bedeckt war. Sein Gesicht scheuerte an meinem Haar, und ich spürte seinen heißen Atem und gleich darauf wieder einen Stich in meiner Schulter, der sich anfühlte, als bohre sich ein Messer in mein Fleisch. Eine heiße Flüssigkeit rann über meine Brust, und mir war sofort klar, dass es mein Blut war. Mein Schwanz war so hart und prall in seiner Hand und dann traf er diesen Punkt tief in mir, und mein Höhepunkt raste durch mich hindurch. Ich schrie auf, als mein Samen über seine Hand spritzte und dann auf den Sitz tropfte. Ich hing schlaff in seinem Arm, als er mein Gesicht nach unten drückte, so dass mein Hintern hoch erhoben war. Sein langer, schlüpfriger Schwanz glitt immer wieder hinein und hinaus und ich wusste, dass ich gleich ohnmächtig werden würde. Ich war noch niemals zuvor so hart und so lang rangenommen worden und tatsächlich wollte er immer noch tiefer.

„Stopp", sagte ich leise, mit kaum noch hörbarer Stimme. Ich hatte da so ein Gefühl und musste mich danach richten. Was er zu wollen glaubte und was er wirklich brauchte, waren zwei verschiedene Dinge. Er glaubte, er müsse mich zerreißen, aber ich wusste es besser. Ich musste ihn ansehen, das war es, was er brauchte.

Er fauchte: „Nein!", und klang dabei mehr nach Biest als nach Mann.

„Doch … hör auf."

Seine Beherrschung war absolut, wie aufgewühlt er auch war, verloren im Rausch des Begehrens. Ich hatte ihm befohlen aufzuhören, also erstarrte er und ich glitt von seinem Schaft herunter und sackte auf dem Boden des Wagens in mich zusammen.

Ich rollte mich auf den Rücken und sah zu ihm auf, zu diesem Geschöpf, halb Mann, halb Biest, das nun über mir aufragte. Er war mit goldenem Fell bedeckt. Sein Gesicht war immer noch menschlich, doch es war größer und breiter geworden, um Platz für die riesigen, scharfen Reißzähne und die mächtigen Kiefer zu schaffen. Auf seinen Schultern saß ein kräftiger, muskulöser Hals, aber der Rest war immer noch Logan, nur größer, stärker, mit mehr Muskeln und sogar noch kraftvoller. Sein Schwanz war unverändert, immer noch menschlich, immer noch lang, dick, beschnitten und wunderschön. Seine Wandlung war eindrucksvoll anzuschauen, und ich hätte gerne länger hingesehen, ihn studiert, aber seine Augen waren voll Schmerz, Wut und Begehren.

„Komm her."

Er schüttelte den Kopf.

Wir hatten die Ebene der Sprache zu diesem Zeitpunkt längst verlassen, daher streckte ich die Arme nach ihm aus, um ihn einzuladen.

„Ich will dich", sagte ich und starrte in seine komplett veränderten, nun ganz und gar goldenen Augen. „Komm her."

Da war er plötzlich über mir, und ich erschauerte in seinen Armen, als er einen Pfad von meiner Kehle zu meinem Kiefer und schließlich zu meinen Lippen leckte. Er sog meinen keuchenden Atem ein und biss sanft in meine Unterlippe. Dann schnellte seine Zunge hervor, um in meinen Mund einzudringen und er legte sich auf mich und drückte mich mit seinem Gewicht zu Boden. Seine Arme schlangen sich fest um meinen Rücken, während er weiter meinen Mund in Besitz nahm. Nie zuvor war ich so begehrt, so gebraucht, so gewollt und ersehnt worden. Und was noch wichtiger war: Ich fühlte mich bei ihm sicher. Dieser Mann würde mir niemals wehtun, davon war ich überzeugt. Ich verstand die Gründe dafür zwar nicht, akzeptierte sie jedoch.

Seine Zunge blieb mit meiner verschlungen, als er meine Beine über seine Schultern legte, sich auf die Knie erhob und seinen Schaft an meinen Eingang führte.

„Fick mich", hauchte ich, als er in mich hineinglitt.

Einen Herzschlag lang erstarrten wir beide, bevor er sich zurückzog, nur um gleich wieder so weit wie möglich vorzustoßen, mit genügend Kraft und in genau dem richtigen Winkel, um meine Welt mit pulsierender, verzehrender Wonne zu füllen.

Ich schrie seinen Namen und verlangte, dass er nicht aufhören solle … niemals. Ich hob die Hand, um sein Gesicht zu umfassen, das Gesicht des Tieres, das er war, sah die Lust in seinen Augen und hörte sein zufriedenes Grollen, als er immer und immer wieder in mich eindrang.

Ich wollte ihm das Versprechen abringen, mich nie mehr loszulassen, aber ich schluckte es hinunter. Meine Zunge fühlte sich an, als sei sie zu groß für meinen Mund, mein Körper hatte sich in ein schweres, zähflüssiges Etwas verwandelt. Seine Klauen krallten sich wieder in meine Hüften, als er mich ganz eng an seinen Unterleib zog und seinen Schaft so tief wie möglich in meinem Körper vergrub. Mit den Zähnen an meinem Schlüsselbein biss, leckte und saugte er, markierte mich ein weiteres Mal. Ich würde am nächsten Morgen grün und blau sein.

„Jin", sagte er langsam und hob den Kopf, um auf mich herabzuschauen. Seine Stimme war tief und heiser, sehr sexy und ganz und gar Logan.

Ich konnte diesen Mann nur anstarren, der nun wieder ganz seine menschliche Form angenommen hatte.

„Woher wusstest du das?"

„Woher wusste ich was?"

Seine Lippen kräuselten sich zu einem sinnlichen, trägen Lächeln, und in der Art, wie seine Finger sich in meine Schenkel bohrten, war doch noch etwas Animalisches. „Wie wichtig es für mich war, dass du mich sowohl als Mann als auch als Biest akzeptierst?"

„Na ja, ich … ich kenne dich."

Er nickte. „Ich habe mich noch nie auf diese Weise für jemanden verwandelt. Nur für dich. Nur du reißt meine Selbstbeherrschung in Stücke und machst sie dann wieder ganz. Du bist jetzt meine ganze Kraft und Stärke, und das wird deine Bestimmung sein für den Rest deines Lebens. Du hast eine Verantwortung mir gegenüber und bist verantwortlich für mich. Verstehst du das?"

Meine Stimme war dahin; ich versuchte nicht einmal zu sprechen.

„Verlass mich nie. Niemals."

Ich konnte seinem Blick nicht standhalten. Er war so viel stärker als ich, innerlich und äußerlich.

Er stieß noch einmal in mich hinein, und mein Rücken bog sich durch. Ich hatte für einen Moment vergessen, dass er noch immer tief in mir vergraben war, aber er hatte mich nachdrücklich daran erinnert.

„Du bist mein, für immer."

Ich nahm seine Worte in mich auf, ihren feierlichen Ernst, die Drohung darin, aber auch das Versprechen.

„Mein Gott, so sieh mich doch an! Schau nicht weg."

Als ich seiner Bitte nachkam, beugte er sich herab und presste seinen heißen Mund auf meinen. Seine Zunge glitt zwischen meine Lippen und er küsste mich tief und gründlich, um mir zu zeigen, wem ich gehörte. Niemand hatte mich je so sehr begehrt wie er.

„Du bist mein", knurrte er in meine Haare und rieb sein Gesicht daran.

Ich hätte ihm so viel sagen wollen, aber dafür fühlte ich zu viel. Ich spürte ihn in mir. Er füllte mich ganz und gar aus und starrte mir dabei unverwandt in die Augen, ohne ein einziges Mal wegzuschauen. Währenddessen schrie ich, bis ich heiser war. Er brüllte meinen Namen, als er endlich seinen eigenen erschütternden Höhepunkt fand. Als er über mir zusammenbrach, gab er Acht, mich nicht zu erdrücken.

SCHWEIGEND FUHREN wir weiter. Wir hatten uns wieder angezogen und ich lag ausgestreckt über Logans Schoß, während sich der Wagen über die steile Bergstraße seinem Haus näherte. Im Nachhinein war ich entsetzt darüber, dass der Fahrer wusste, was wir hinten im Wagen miteinander getrieben hatten, aber Logan meinte, das wäre ganz noma.l Ein Semel könne sich mit seinem Gefährten vereinigen, wann und wo er wolle, ohne sich dafür vor irgendjemandem rechtfertigen zu müssen. Bevor ich ihm dazu meine Meinung sagen konnte, hatte er mich schon auf seinen Schoß gezogen und seine Arme um mich geschlungen.

„Sieh nach draußen." Ich drehte meinen Kopf nach links und er ließ das Fenster herunter.

Ein kalter Windstoß blies mir ins Gesicht, aber es war der Ausblick, der mir den Atem verschlug. Da lag ein kleiner See, dessen gegenüberliegendes Ufer von Kiefern gesäumt wurde. Auf der Oberfläche spiegelte sich das Mondlicht, als ob Millionen winziger Diamanten auf dem Eis funkelten. Es schien, als blinzele der See dem Himmel zu. Zu meiner Rechten befand sich eine Wand aus purem Eis, die der Wind glatt poliert hatte. Sie glänzte wie Milchglas und schien bestäubt mit schimmerndem Puder. Die Szene glich einer Postkarte. Als wir anhielten, waren da nur die stille Nachtluft und die weite Leere. Ich wollte nicht reden, da ich fürchtete, dass diese Welt schon beim Klang meiner Stimme zersplittern würde. Es war ein perfekter Moment.

Auch das rechte Fenster wurde heruntergelassen, doch trotzdem fror ich nicht. Wie auch, schließlich wärmte mich Logan. Sein großer, fester Körper war wie ein Ofen.

„So weit du sehen kannst, gehört alles mir. Nicht meiner Familie, sondern mir. Sie leben alle in Reno, außer Koren und Delphine, aber ich lebe hier oben auf dem Land, auf dem wir jagen. Ich habe die Glashütte, und daran angeschlossen einen Ausstellungsraum, wo ich …"

„Wo du deine Kunst ausstellst?", fragte ich und drehte mich in seinem Schoß, um ihm ins Gesicht sehen zu können.

„Nein." Er lachte leise. „Ich bin kein Künstler, Liebling. Wir machen Gläser für den täglichen Gebrauch. Früher haben wir nur Bargläser und Trinkgläser hergestellt, Bierkrüge und solche Sachen, aber seit kurzem machen wir auch feine Stielgläser, Champagnerflöten, Kelche und …"

„Schmuck?"

„Was?"

„Perlen?"

„Wie bitte?", lächelte er. Er hatte die Hand wieder in meinem Haar und wickelte es spielerisch um seine Finger.

„Macht ihr Glasperlen für Ohrringe und Halsketten oder Glasringe, wie es sie in Italien gibt? Irgendwas in dieser Richtung?"

„Ich … Nein." Er starrte mir mit abwesendem Blick ins Gesicht.

„Stimmt was nicht?"

„Nein, aber was du gerade gesagt hast, ist brillant."

„Was habe ich denn gesagt?"

„Schmuck herzustellen ist wirklich eine großartige Idee."

„Na, klar. Frauen werden darauf abfahren, und sie müssten doch sowieso deine Hauptzielgruppe sein, richtig?"

Er sah mich aus zusammengekniffenen Augen an. „Lass mich raten … College-Abschluss in Marketing, richtig?"

Ich grinste ihn an. „Ja. Was du brauchst, ist eine Website."

Er nickte. „Ich denke, du wirst das für mich regeln."

Ich lächelte ihn einfach nur an.

„Also erzähl mir alles von dir, fang einfach an."

Ich schüttelte den Kopf. „Oh, nein. Wir werden unser erstes echtes Gespräch bestimmt nicht führen, während ich auf deinem Schoß sitze. Wenn du willst, dass ich mich ordentlich anziehe und mit dir in deiner Küche einen Kaffee trinke, dann ist das okay. Aber ich weigere mich, dir auf dem Rücksitz deines Wagens mein Herz auszuschütten."

„Okay", sagte er und seine Hände glitten über meine Schultern, meine Wirbelsäule entlang zu der Biegung an meinem unteren Rücken. „Du fühlst dich so gut an."

„Du auch", sagte ich, legte meine Hände flach auf seine glatte, wie gemeißelte Brust, bewegte meine Finger über warme, goldene Haut hinab zu dem flachen, muskulösen Bauch und tiefer zu seinem noch offenen Gürtel.

„Sag mal", fing er an, und als er mich bei den Worten ansah, bemerkte ich, dass seine Lider schwer geworden waren. „Hat es wehgetan, vorhin … Habe ich dir wehgetan?"

„Nein", versicherte ich ihm und legte mir dabei eine Hand auf die Brust. „Ich schwöre es."

Er nickte und hob die Hand, um mir die Haare aus den Augen zu streichen. „Ich kann mich einfach nicht an deinem Gesicht sattsehen."

„Na ja, deins gefällt mir auch ganz gut."

Er stieß einen tiefen Seufzer aus, bevor ich einen Schatten sah, der seine schönen, kantigen Züge verdunkelte. „Erzähl mir von dem Typen, der dich angegriffen hat."

Ich zog mich zurück und starrte in seine Augen. „Das war Cranes Angelegenheit, nicht meine. Ich wurde nur mit hineingezogen, weil der Typ ihn suchte und stattdessen mich fand."

„Er war aber keine Katze, oder?"

„Nein."

„Warum gab es dann Blut?"

„Er hat mich im Schlaf überrascht. Sobald ich wach genug war, habe ich ihn abgeschüttelt." Er nickte. „Aber mir ist nichts passiert. Du siehst ja, dass es mir gut geht."

Er packte mich plötzlich, umschlang mich mit seinen Armen und zog mich an sich. Eine Hand hatte er in meinen Haaren vergraben und mit der anderen hielt er mich fest. Ich fühlte, wie ein Schauer durch seine mächtige, muskulöse Gestalt lief.

„Alles ist gut", sagte ich an seinem Hals und küsste die warme Haut. „Und überhaupt … ab sofort habe ich ja dich, um mich zu beschützen."

„Ja, das werde ich tun", versprach er.

Ich fühlte, wie mir Tränen in die Augen traten.

„Du hast ein weiches Herz", sagte er und küsste mich tief und langsam, so sinnlich und erotisch, wie er zuvor grob und fordernd gewesen war. Wenn ich nicht aufpasste, würde ich mich ganz schnell in ihn verlieben.

„Ich habe eine Frage an dich", sagte ich, während ich mich ein wenig zurücklehnte, um ihm besser in die Augen sehen zu können.

„Du kannst mich alles fragen."

„Wenn ich der erste Mann bin, mit dem du jemals zusammen warst, woher wusstest du dann, was du tun musst?"

Er hob seine Hand an meine Wange und liebkoste sie. „Ich habe einfach das gemacht, was ich mir selbst wünschen würde."

„Mit deinem Mund", präzisierte ich.

Sein Lächeln war verrucht. „Ja."

„Und der Rest?"

„Ich wollte in dir sein, also habe ich es getan."

„Na, mir hat jedenfalls noch kein Hetero so gut einen geblasen."

Er lachte leise. „Na ja, ich bin ja auch kein Hetero mehr."

„Sieht ganz so aus", seufzte ich. Mein Körper wurde schwer und mir fielen die Augen zu.

„Da gibt es kein, sieht so aus'", sagte er, zog mich an seine Brust und streichelte mein Haar. „Mein Gefährte ist ein Mann, und daher kann ich gar nichts anderes sein als schwul."

Er war schlicht und einfach umwerfend.

„Ich werde dich von jetzt an beschützen … und deinen nervigen Freund auch."

Er hatte recht, Crane war nervig. Dass er ihn ohne zu zögern in sein Versprechen eingeschlossen hatte, machte mich glücklicher, als ich sagen konnte.

„Ruh dich aus, Baby, ich halte dich fest."

Eigentlich wollte ich noch klarstellen, dass ich nicht sein Baby war, aber seine Finger in meinem Haar, die Hitze seines Körpers und das sanfte Schaukeln des fahrenden Autos nahmen mir jegliche Lust mit ihm zu streiten.

10

LOGAN UND ich blieben bis in die frühen Morgenstunden des Sonntags wach, bevor ich schließlich in seinen Armen einschlief. Das Letzte, woran ich mich erinnerte, waren sanfte Küsse entlang meiner Kehle Als ich mich irgendwann nach zehn aus dem Bett wälzte, war Logan bereits weg und so machte ich mich auf die Suche nach ihm, nachdem ich geduscht und mich umgezogen hatte. Als ich in der Küche ankam, war ich überrascht, wie viele Leute mit Tellern in den Händen herumstanden und sich unterhielten. Da fiel mir wieder ein, dass das Haus voller Gäste war, die an der morgigen Zeremonie teilnehmen wollten und mein Magen verkrampfte sich. Alle gingen davon aus, dass Logan Simone zur Gefährtin nehmen würde, und dann erschien plötzlich ich auf der Bildfläche. Ich wäre einfach wieder nach oben gegangen, wenn nicht jemand meinen Namen gerufen hätte. Als ich mich umdrehte, stand Eva Church neben mir.

„Guten Morgen, Jin."

Ich versuchte zu lächeln.

„Stimmt was nicht?"

Machte sie Witze?

„Schätzchen?"

Ich deutete in die Runde. „All diese Leute sind hier, um dabei zu sein, wenn Logan Simone zu seiner Yareah nimmt, und ich fühle mich irgendwie …" Ich verstummte, obwohl ich am liebsten laut losgeschrien hätte. Wusste denn niemand, dass der Mann mir gehörte?

„Jin." Eva lachte leise, nahm meine Hand und hielt sie ganz fest. „Schätzchen, sieh mich an."

Ich gehorchte und bemerkte, dass sie mich ansah, als sei sie sehr stolz auf mich. Was zum Teufel ging hier vor?

„Jin, Schätzchen, niemand hier denkt noch, dass Logan Simone zu seiner Yareah nimmt. Er hat eine Ankündigung gemacht. Alle wissen, dass du sein Gefährte bist."

Ich war verwirrt. „Aber was machen die ganzen Leute dann hier, wenn sie nicht zur Zeremonie gekommen sind? Das verstehe ich nicht."

„Mein Herz, sie sind alle hier, um dich zu sehen."

„Mich?" Ich war überwältigt.

„Ja. Ich hatte ja keine Ahnung … ich wusste nicht, ich meine, ich wusste schon, dass Reahs selten und etwas Besonderes sind, aber ich konnte mir einfach nicht vorstellen … Es hat mir nie jemand gesagt. Ich wusste nicht, dass du …" Sie räusperte sich. Ihre Augen wurden feucht und ihr Blick weich. „Mein Gott, Jin.

Ich rede dummes Zeug, aber ich wusste einfach nicht, dass es fast ein Wunder ist, wenn ein Semel seine Reah findet. Ich wusste nicht, dass es einen speziellen Titel dafür gibt, dass der Semel dadurch zu Semel-Re wird und dass das so ziemlich das Größte ist, was überhaupt passieren kann."

Ich holte tief Luft.

„Schätzchen, ich hatte keine Ahnung." Ich lächelte sie an, während sie mich einfach nur anstarrte. Nach einigen Minuten des Schweigens fuhr sie fort. „Nun, du bist bestimmt hungrig", sagte sie lächelnd und drückte erneut meine Hand, bevor sie sie losließ. „Ich habe den ganzen Morgen gekocht. Ich mache dir einen Teller fertig, in Ordnung?"

„Klar doch", stimmte ich zu.

Ich nahm den Teller, den sie mir reichte, nachdem sie ihn mit den verschiedensten Dingen gefüllt hatte. Sie war daran gewöhnt, ihren großen Söhnen entsprechend große Portionen aufzutun. Für mich würde sie sich etwas umstellen müssen.

In der Menge öffnete sich eine Gasse für mich, und ich nahm mein Frühstück und einen großen Becher Kaffee und ging damit zur Couch am Kamin. Als ich gerade den ersten Bissen nehmen wollte, hörte ich, wie sich jemand räusperte.

Ich sah auf und geradewegs in das Gesicht von Logans Vater.

„Wir wurden uns noch nicht vorgestellt."

„Aber ich weiß, wer du bist", sagte ich und stand auf. „Ich würde dir meine Hand anbieten, aber ich bin mir sicher, dass du sie nicht nehmen würdest."

Er schüttelte den Kopf. „Aber das würde ich. Das würde ich sehr gerne."

Träumte ich?

Er bot mir seine Hand an. „Ich bin Peter Church, Logans Vater und du bist seine Reah."

„Das ist richtig." Ich nickte, ergriff die Hand des älteren Mannes und schüttelte sie. „Es ist mir ein Vergnügen."

„Oh, Jin." Er lächelte warm. „Das Vergnügen ist ganz auf meiner Seite. Das versichere ich dir."

War es das? Seit wann?

„Dürfte ich bitte mit dir sprechen?", fragte er und ließ schließlich meine Hand los.

Ich deutete auf das kleine Sofa mir gegenüber, bevor ich mich wieder setzte.

„Jin", er faltete die Hände und beugte sich vor. „Du musst mir verzeihen. Schau, ich habe niemals meine Reah gefunden. Ich wusste zwar, dass es Reahs gibt, aber ich habe nie selbst eine getroffen. Ich dachte wirklich, dass eine Reah dasselbe ist wie eine Yareah. Ich hatte keine Ahnung, dass es da einen Unterschied gibt. Ich meine, wie sollte ich auch? Ob man sich einen Gefährten nimmt oder ihn findet, was ändert das schon?"

„Und all das", sagte ich und deutete auf die Menge um uns herum, „all diese Menschen; hat das Ihre Meinung geändert?"

„Ja."

„Also wirst du mich ihretwillen in Kauf nehmen?", fragte ich, wobei ich versuchte, die Kälte aus meiner Stimme herauszuhalten.

„Nein, nicht nur deswegen", sagte er leise. „Ich weiß jetzt, dass schon deine Anwesenheit ein Segen ist. Das habe ich gestern noch nicht verstanden."

In seinen Augen sah ich nur Aufrichtigkeit. Der Unterschied zum Vortag war wie Tag und Nacht.

„Kannst du mir meine Blindheit vergeben?"

„Ja." Ich nickte und widmete mich dann rasch meinem Essen. Wenn ich mir Essen in den Mund schob, würde er vielleicht nicht bemerken, wie nahe ich den Tränen war. Ich war nie besonders emotional gewesen, aber seitdem Logan in mein Leben getreten war, war ich ein emotionales Wrack.

„Ich hatte Angst, dass Logan unseren Stamm verlieren würde, aber seit heute Morgen sind hier ständig Leute aufgetaucht."

Ich gab vor, ihm zuzuhören, aber er konnte nicht wissen, dass mir die Worte nicht wirklich wichtig waren, sondern nur die Art und Weise, wie er mich ansah. Der Vater meines Gefährten war aufgeregt, er strahlte Wärme und Akzeptanz aus. Meine Hände zitterten so sehr, dass ich kaum die Gabel halten konnte.

„Jin? Geht es dir gut?"

Ich nickte und trank einen Schluck Kaffee, um den Kloß in meinem Hals herunterzuspülen.

„Das muss alles ziemlich überwältigend für dich sein."

Er hatte ja keine Ahnung. Ich konnte mich noch so sehr darum bemühen, ruhig zu bleiben – innerlich fühlte ich mich völlig aufgewühlt. Dafür gab ich Logan die Schuld. Innerhalb weniger Tage hatte dieser Mann es geschafft, Mauern einzureißen, an denen ich jahrelang gebaut hatte. Ich war so dicht davor, wieder eine Familie zu haben, und ich hatte genauso viel Angst davor, es zuzulassen, wie davor, es nicht zu tun.

„Hat dein Stamm dich ausgestoßen, weil du eine Reah oder weil du schwul bist?"

Ich räusperte mich, aber meine Stimme klang immer noch rau und brüchig. „Beides."

„Das muss man sich mal vorstellen … Da warst du höchstens fünfzehn oder sechzehn und hattest dich zum ersten Mal verwandelt, nur um festzustellen, dass du eine Reah bist. Dein Vater war wahrscheinlich vollkommen entsetzt."

Ich schüttelte den Kopf. „Er war völlig außer sich."

Er nickte. „Es tut mir so leid."

Niemand würde je ganz verstehen, was der Angriff meines Vaters für mich bedeutet hatte. Der Mann, den ich auf der Welt am meisten bewundert hatte – mein Lehrer, mein Freund, mein Vorbild, mein Beschützer –, wurde innerhalb weniger Minuten zu jemandem, der mich umzubringen versuchte. Und das alles an einem einzigen Nachmittag, als ich sechzehn war. Ich hatte mich zuvor bereits einige

Male verwandelt, ohne jemandem davon zu erzählen. Meine Eltern hatten beide auf den Tag gewartet, an dem ich mich zum ersten Mal in einen Panther verwandeln konnte. Aber als ich es schließlich getan hatte und stattdessen zum Werpanther wurde, zu einem Wesen, das halb Mensch, halb Biest war, war mir gleich klar, dass ich eine Reah sein musste. Es erschien mir logisch, denn obwohl ich Mädchen liebte, hatte ich nie den Drang verspürt, mit einem Mädchen zu schlafen. Ich fand mich also damit ab, dass ich eine Reah war und bei der nächsten Jagd, verkündete ich meinem Vater, dem Semel und dem ganzen Stamm, dass ich eine Reah sei und deshalb froh darüber, sowieso schwul zu sein. Und damit sie auch ganz bestimmt wussten, was ich meinte, verwandelte ich mich an Ort und Stelle zum Werpanther.

Ich hatte Verwirrung und Schock erwartet, jedoch weder Entrüstung und Wut, noch, dass mein Vater meinen Tod verlangen würde. Ich war ekelhaft und schmutzig. Meine Mutter nannte mich ein Scheusal und lief davon. Mein Bruder kehrte mir den Rücken zu, sagte, ich sei für ihn gestorben und weigerte sich, je wieder mit mir zu sprechen. Während ich den beiden noch mit tränenüberströmtem Gesicht hinterher starrte, griff mein Vater mich von hinten an, nahm mich in den Schwitzkasten und rang mich zu Boden. Dann fingen die Schläge an. Ich hob nur einmal den Kopf, um nach Crane zu schauen, denn ich hörte ihn schreien. Drei Männer waren nötig, um ihn festzuhalten. Ich konnte ihn nicht lange sehen, denn dann traf mich der erste Tritt meines Semel mitten ins Gesicht.

An manches, was in dieser Nach passierte, kann ich mich erinnern, doch diese Erinnerung ist lückenhaft. Sie befahlen mir, mich in meine menschliche Form zurückzuverwandeln, aber ich hatte Angst, dass ich dann sterben würde, daher rollte ich mich zu einem Ball zusammen und ließ sie auf mich einprügeln. Ich verlor immer wieder das Bewusstsein. Einmal wachte ich auf und mein Vater, den ich liebte, schnitt mir mein Haar mit dem Messer ab. Als sie sahen, dass ich wach war, schlugen sie mich weiter, bis ich wieder ohnmächtig wurde. Als ich zum zweiten Mal wach wurde, standen die Männer des Stammes um mich herum, und ich hörte, wie mein Sheseru, Cranes Vater, sie anschrie. Eher würde er mich lebendig begraben, als zuzulassen, dass jemand mich vergewaltigte. Wer mir auf diese Weise Gewalt antäte, sei nicht besser als ich, eine Perversion. Ich begriff durchaus, dass er mich damit vermutlich vor dem Schlimmsten bewahrt hatte, obwohl er mir gleich darauf mit einem Baseballschläger den Arm an zwei Stellen brach. Nie zuvor hatte ich solche Schmerzen gehabt.

Ich erwachte schließlich am Straßenrand. Ich war nackt, blutete und meine Haut war voller Abschürfungen, weil sie mich – an einen Wagen gebunden – über den Boden geschleift hatten, wie Crane mir später erzählte. Jemand rannte auf mich zu, und als ich die Schritte hörte, dachte ich, jetzt sei ich erledigt. Aber als ich den Blick hob, sah ich Crane. Er wusste kaum, wo er mich anfassen sollte. Trotzdem hob er mich hoch und trug mich zu seinem Wagen, obwohl mein Blut seine ganze Kleidung besudelte. Er versteckte mich bei Freunden, die zwar nicht verstanden, warum ich nicht im Krankenhaus war, die aber jung genug waren, um

117

keine weiteren Fragen zu stellen. Mit seinen achtzehn Jahren war Crane der Älteste von uns, wir anderen waren alle jünger und sahen zu ihm auf. Seine Beliebtheit war ein Glück für uns, denn so hielten alle dicht und akzeptierten meine Verletzungen als ‚normal'. Wir kannten eine Menge Kinder, deren reiche Eltern nie zu Hause waren. Es war also einfach, sich in Poolhäusern, Gartenhäusern und Abstellräumen zu verstecken. Ich brauchte einen Monat, um alle Verletzungen zu heilen.

Crane und ich wurden ausgestoßen, für tot erklärt, und konnten niemals wieder zum Stamm zurückkehren. Aber da der Stamm keine Fragen von außen beantworten wollte – weder vom Jugendamt, noch vom Rektor der Schule oder der Polizei – mietete man uns in der Nähe unserer ein Apartment in der Stadt. Das war allerdings auch schon alles. Für alles andere mussten wir selbst aufkommen: für Heizung, Lebensmittel, Kleidung und das College, falls wir denn dorthin gehen wollten. Es war ziemlich schwer für uns, mit sechzehn und achtzehn Vollzeit zu arbeiten und auch noch zur Schule zu gehen. Immerhin sahen wir so Vertrauen erweckend aus, dass ich die Nachtschicht in einem Copyshop bekam und Crane einen Job als Nachtwächter fand. Beim Schulabschluss hatten wir beide ein Sportstipendium in der Tasche. Ich konnte schwimmen wie ein Fisch und Crane glänzte beim Football als Linebacker Sobald wir konnten, machten wir uns auf nach Arizona. Als wir Chicago verließen, schwor ich mir, dass ich mit dem Thema Werpanther nie mehr etwas zu tun haben wollte. Aber jetzt, durch Logan Church, hatte sich alles verändert.

Innerhalb weniger Tage waren Crane und ich von zwei Heimatlosen wieder zu Mitgliedern eines Stammes geworden. Es war zu schön, um wahr zu sein, doch während ich mir erlaubte, glücklich darüber zu sein, hatte ich zugleich panische Angst davor, dass irgendetwas ganz furchtbar schief gehen würde. Ich war immer auf der Hut, denn ich hatte seit jenem Tag keinem Panther mehr vertraut. Nie wieder hatte ich gegenüber einem Fremden auch nur angedeutet, dass ich eine Reah war. Wenn Crane und ich zufällig mit anderen Panthern in Kontakt kamen, machten wir uns immer schnell wieder davon, bevor sie etwas Ungewöhnliches bemerken konnten. Ich war geradezu krankhaft vorsichtig gewesen, wie Crane mir oft versicherte … bis ich Yuri Kosa angelächelt hatte. Zum ersten Mal seit acht Jahren hatte ich freiwillig offenbart, was ich war.

„Jin."

Ich kam zurück aus diesem Nebel der Erinnerungen und sah Logans Vater vor mir.

„Es tut mir leid, dass du mit angehört hast, was ich über dich und Logan gesagt habe. Ich würde meine harschen Worte gern zurücknehmen, aber das ist ja leider nicht möglich. Ich möchte dich nur darum bitten, mir eine zweite Chance zu geben."

Ich nickte, denn im Moment traute ich meiner Stimme nicht.

„Jeder macht mal einen Fehler."

„Ja", meinte ich kurz angebunden.

„Schau, wer da kommt."

Ich sah ihn an, bemerkte die Freude, mit der er durch den Raum deutete und sah Logan breit lächelnd auf mich zukommen. Allein der Anblick dieses Mannes ließ mein Herz schneller schlagen.

„Guten Morgen", sagte er, setzte sich neben mich und gab mir einen Kuss auf die Stirn. „Ist es zu glauben?"

Ich sah ihn ratlos an und er drehte sich zu seinem Vater um. „Du hast es ihm nicht gesagt?"

„Ich bin noch nicht dazu gekommen. Ich wollte mich zuerst entschuldigen."

„Das ist doch nicht nötig", sagte ich zu ihm.

„Und ob es das ist." Logans Stimme war fast zu einem Grollen geworden. „Aufgrund der Worte meines Vaters hattest du Angst bei mir zu bleiben. Das muss er wiedergutmachen."

„Jin." Logans Vater erhob sich und kniete dann vor mir nieder. „Nachdem es sich herumgesprochen hatte, dass Logan seinen Gefährten gefunden hat, also seine Reah ... wollten plötzlich alle unserem Stamm beitreten. Zwanzig Leute kamen heute früh, bevor überhaupt jemand im Haus wach war. Als ich aufstand, fand ich sie alle frierend auf der Veranda." Er lächelte mich an. „Und dann kamen immer mehr Leute, alle, um dich zu sehen, um dich zu treffen." Er holte tief Luft und starrte mich an. „Ich hatte ganz vergessen, dass ein Semel, der seine Reah findet, zu Semel-Re wird, und dass jeder Panther sich darum bemühen würde, zu ihm zu gehören."

Irgendwie konnte ich nicht glauben, dass es so einfach sein sollte. Für mich war nie etwas einfach.

„Baby, sieh mich an", befahl Logan.

Ich drehte mich um, um in die honigfarbenen Augen meines Gefährten zu schauen.

„Dank dir wird unser Stamm größer sein als der von Christophe oder Domin, selbst wenn sie sich zusammenschließen. Jeder will einem Stamm angehören, der einen Semel und eine Reah hat."

„Warum?"

„Ein Semel, der seine Reah finden kann, ist ein gesegneter Mann, und das Gleiche trifft auf seinen Stamm zu. Ein Semel mit einer Reah ist genau die Art Mann, dem die Menschen folgen wollen."

Ich nickte.

„Nun muss ich also nur noch Domin in der Arena gegenübertreten, und dann ist es endlich vorbei."

Ich brauchte einen Moment, um das zu verarbeiten. „Was hast du gerade gesagt?"

Er nahm meine Hand und beugte sich vor, um mir in die Augen zu schauen. „Er hat meine Herausforderung endlich angenommen."

Obwohl ich Angst um ihn hatte, wusste ich, dass Logan ihn schlagen konnte. In diesem Moment nahm ich mir vor, ihn nach Kräften zu unterstützen.

„Er hatte allerdings eine Bedingung."

Mein Herz setzte einen Schlag aus. „Was für eine Bedingung?"

„Er bat mich um die Söhne von irgendwas." Er zuckte die Schultern. „Ist nicht so wichtig. Alles, was zählt, ist, dass er endlich angenommen hat. Ich werde ihn besiegen, und dann ist alles perfekt."

Mir stockte der Atem.

„Er hat mir vor Zeugen versprochen, dass er, sollte ich gewinnen, diejenigen aus seinem Stamm entlassen wird, die zu mir kommen wollen. Außerdem wird er einen feierlichen Eid schwören, dass er nie wieder ein Mitglied meiner Familie oder meines Stammes angreift. Endlich werden alle sicher sein."

Er sah so zufrieden aus, vollkommen ahnungslos, in welcher Todesgefahr er schwebte. Wie immer sorgte er sich mehr um alle anderen als um sich selbst.

„Ist das nicht großartig?"

Ich nahm seine Worte in mich auf und wusste, dass es zu spät war. Ich konnte mich nicht mehr davor schützen, diesen Mann zu lieben. Der Gedanke, ihn zu verlieren, war schmerzhafter als alles, was ich mir vorstellen konnte. Er war mein Gefährte, meine andere Hälfte, die einzige Person, mit der ich jemals diesen Bund, den ich im Herzen fühlte, teilen würde. Und er hatte gerade seinem eigenen Tod zugestimmt, nur, weil er nicht mit mir gesprochen hatte, bevor er seinen Handel mit dem Teufel abgeschlossen hatte. Er hatte keine Ahnung, welchen Vorteil er Domin Thorne da gewährt hatte.

„Logan." Ich flüsterte seinen Namen. „Warum hast du nicht zuerst mit mir geredet?"

„Jin, ich …"

„Du hättest dich mit mir beraten sollen." In meinem Hirn drehte sich alles, ich versuchte, mich so schnell wie möglich an alle Gesetze zu erinnern, die ich je gelesen hatte und an alles, was mein Vater mich je gelehrt hatte.

„Nein", widersprach er und runzelte dabei die Stirn. „Das hätte ich nicht. Im Interesse des Stammes werde ich immer tun, was ich für das Beste halte. Solche Entscheidungen betreffen dich nicht."

„Alles, was diesen Stamm betrifft, betrifft auch mich."

„Jin …"

„Vor allem, wenn es dabei um dich persönlich geht."

„Baby …"

„Du hast ja keine Ahnung, was du getan hast", sagte ich und fühlte dabei, wie mich ein kalter Windstoß durchfuhr. „Du hast meine Bestimmung geändert, so sicher, wie du deine eigene geändert hast."

Sofort sah ich Sorge in seinen Augen. „Wovon redest du da?"

„Weißt du, wer ‚die vier Söhne des Horus' sind?"

„Das war es, was er wollte." Er lächelte mich an.

„Weißt du, was es bedeutet?", fuhr ich ihn an.

Sein Lächeln wurde dünner und verschwand dann ganz, während er mich weiter ansah. „Ich weiß noch nicht mal, was ... Nein, ich ..."

„Du hast Domin Thorne gestattet, vier weitere Männer mit in die Arena zu bringen. Du wirst nicht nur gegen Domin kämpfen, sondern wahrscheinlich gegen ihn, seinen Sheseru, seinen Sylvan und noch zwei von seinen Kämpfern."

Logan nahm auf, was ich ihm sagte. „Okay."

„Okay?", schrie ich fast. „Das ist alles, was du dazu zu sagen hast?"

„Er wird nicht gewinnen."

„Er kann gar nicht verlieren", korrigierte ich ihn.

Mit einem Lächeln, das beruhigend sein sollte, ergriff Logan meine Hand und umschloss sie mit seiner eigenen. „Baby, ich werde gewinnen, das verspreche ich dir."

Aber das konnte er nicht. Gegen einen, vielleicht sogar gegen zwei, konnte sich mein Gefährte behaupten, aber einer gegen fünf ... einer solchen Übermacht an Muskeln, Klauen und Zähnen konnte er nicht standhalten. Sie würden ihn in eine Ecke drängen, ihn erdrücken, mit ihm machen, was sie wollten. Er würde ein Massaker werden.

„Und wenn er gewinnt?"

„Das wird er nicht."

„Aber wenn doch", wiederholte ich und diesmal schrie ich wirklich, stand auf und sah auf ihn herab.

Man hätte im Raum eine Stecknadel fallen hören können.

„Er wird nicht gewinnen!", brüllte er zurück und stand mit einer flüssigen Bewegung auf, um mich zu überragen. „Hast du denn gar kein Vertrauen?"

„Ich habe Vertrauen", entgegnete ich und hörte meine Stimme zittern. „Wenn es fair verläuft."

„Jin." Er holte hastig Luft und griff nach meiner Hand. „Lass uns draußen darüber ..."

„Nach dem Gesetz kann er dir das Herz herausschneiden, wenn er gewinnt", sagte ich.

„Ja, aber ..."

„Er kann dich festhalten und seine Klauen benutzen, um es dir aus der Brust reißen." Die Worte waren mehr für mich selbst gedacht als für ihn. Sie ausgesprochen zu hören, verlieh ihnen Gewicht und Bedeutung. Indem ich es aussprach, verstand ich erst wirklich, worum es hier ging: um Leben und Tod. Mein Gefährte würde bei lebendigem Leibe geschlachtet werden, falls und wenn er unter diesen ungerechten Voraussetzungen verlor. Ich konnte kaum noch atmen.

Logan packte mich am Arm und riss mich an sich. „Er wird nicht gewinnen. Wenn ich sterbe, werden wir voneinander getrennt, und das kann ich nicht zulassen."

Seine Worte waren voll Selbstvertrauen und sollten seine Gefühle für mich zum Ausdruck bringen, aber er sprach immer noch so, als ob nur er und Domin sich in der Arena gegenüberstehen würden. Er wollte einfach nicht begreifen, in welcher Gefahr er schwebte. Mir hingegen war klar, dass der Kampf nichts als ein blutiges Spiel sein würde, an dessen Ende die Folter und die Ermordung meines Gefährten standen. Das würde und konnte ich niemals zulassen.

Ich schob ihn von mir weg und trat ein paar Schritte zurück. „Wann soll der Kampf stattfinden?"

„Heute Abend. Was ist …"

„Wenn es heute Abend sein soll, wo ist dann sein Sheseru?"

„Er ist hier."

„Und Yuri ist bei Domin?"

„Ja." Er sah mich an. „Es wurde alles so gemacht, wie es …"

„Wo ist sein Sheseru?"

Er sah über seine Schulter und rief: „Markel!"

Ein Mann kam durch den Raum auf uns zu. Er war groß, schlank, sein Gesicht kantig und wie gemeißelt. Er war ganz in Schwarz gekleidet. Er sah aus wie eine wunderschöne Figur aus einem Manga – wie etwas, das es im wahren Leben nicht geben dürfte, weil es zu zerbrechlich und perfekt war.

„Reah", flüsterte er. Seine kobaltblauen Augen verschlangen mich. „Ich wollte dich so gern kennenlernen. Jemanden wie dich habe ich noch nie gesehen."

„Wir kennen uns schon." Ich sah ihn aus zusammengekniffenen Augen an. „In der Nacht, als ihr Delphine gejagt habt, da haben wir uns getroffen."

Seine Augen weiteten sich vor Überraschung, obwohl er mir ein spöttisches Grinsen zuwarf. „Hätte ich damals schon gewusst, dass du eine Reah bist, dann hätte ich dich mir vorgenommen und erst einmal gezähmt, bevor ich dich zu meinem Semel gebracht hätte."

Gezähmt? Er sprach von Vergewaltigung.

„Du vergisst dich", fuhr Logan ihn an.

Das brachte auch Logan einen höhnischen Blick ein. „Ich meine das nicht respektlos dir gegenüber, Logan. Es ist einfach die Wahrheit. Ich bin nicht nah genug an ihn herangekommen, sonst hätte ich es gewusst."

„Nein", blaffte ich. „Du bist davongerannt wie ein Hund. Du machst mich krank!" Ich fauchte ihn an, und er zuckte zurück, als ich auf ihn zu sprang.

Logans Arm über meiner Brust hielt mich zurück, bevor ich Markel erreichen konnte.

„Wie leidenschaftlich er ist, Semel", meinte er mit einem anzüglichen Lächeln. „Das gefällt dir sicher ausnehmend gut."

Ich spürte Logans Herzschlag an meinem Rücken. Ich konnte auch fühlen, wie gleichmäßig er war. Der gleichmäßige Rhythmus beruhigte mich so weit, dass ich die Worte fand, die ich nun aussprechen musste. „Ich fordere das Recht der Bast."

Markels Kopf zuckte hoch, und er starrte mich aus weit aufgerissenen Augen an.

So, wie ich es gelernt hatte, wiederholte ich die Herausforderung auf Altgriechisch.

„Nein." Er schüttelte den Kopf.

„Wir wissen beide, dass du keine andere Wahl hast."

„Was?", fragte Logan mich und drehte mich in seinen Armen zu sich herum. „Was ist das Recht der Bast? Was soll das?"

Aber ich konzentrierte mich auf Markel. Ich wandte mich von Logan ab, damit ich Markel ansehen konnte. „Du musst annehmen ... Domin müsste annehmen."

„Aber Reah, weißt du denn, was ..."

„Sag es!", schrie ich ihn an. Es hatte keinen Sinn, das Unvermeidliche hinauszuzögern. Es war an ihm, sein Einverständnis zu erklären.

„Ich gewähre dir das Recht der Bast im Namen meines Semel Domin Thorne", flüsterte er, den Blick fest auf mich gerichtet, „Wer soll Aset werden?"

„Simone."

Er nickte langsam. Sein Gesichtsausdruck, der eben noch so selbstbewusst und voller Verachtung gewesen war, war jetzt traurig und sein Grinsen war einem verwirrten Blick gewichen. „Warum?"

„Weil Domin sein Herz nicht haben kann. Es gehört mir."

„Aber Reah, sicherlich ..."

„Verschwinde von hier!", fuhr ich ihn an. „Schickt Yuri unbeschadet zu uns zurück, sonst werdet ihr beide, du und dein Semel, bestraft, wie das Gesetz es verlangt!"

„Ich kenne das Gesetz! Versuch bloß nicht, mich über das Gesetz zu belehren!"

Ich bebte vor Wut, genauso wie er.

„Das Winnowing wird stattfinden, solange du noch am Leben bist, Reah! Ich werde dein Fleisch mit meinen eigenen Händen zerreißen."

Ich spuckte ihn an, und er ging auf mich los. Logan packte ihn an der Kehle und hob ihn vom Boden hoch.

„Du vergisst dich, Markel", warnte er mit eisiger Stimme. „Das ist mein Gefährte, meine Reah. Ich könnte dich für diese Übertretung töten."

Markel wurde bleich, denn das war die Wahrheit. Jeder, der den Gefährten eines Stammesführers bedrohte, hatte sein Leben verwirkt.

„Verschwinde aus meinem Haus", knurrte ich und zeigte ihm meine Reißzähne, als Logan ihn losließ. „Überbringe Domin meine Herausforderung und gib meinen Sheseru heraus!"

Er drehte sich um und rannte zur Tür. Einige weitere Personen, die offenbar zu ihm gehörten, folgten ihm.

„Sie mich an", rief Logan und schüttelte mich.

Ich befolgte seinen Befehl.

„Was ist das Recht der Bast? Was hast du getan?"

Ich befreite mich aus seinem Griff und sah ihn an. „Deine erste Pflicht gilt dem Stamm. Meine gilt dir. Du hattest noch nie eine Reah, daher kannst du das nicht wissen: Ich bin dein Beschützer."

Er machte einen Schritt auf mich zu und wie in einem Tanz ging ich ein wenig zurück.

„Was zum Teufel geht hier vor?", schrie Logan, packte meinen Arm und riss mich wieder zu sich. „Was hast du getan?"

„Ich bin dein Beschützer."

„Warum sagst du das immer wieder?", fauchte er mich an. „Yuri, mein Sheseru, er ist mein Beschützer."

„Er ist dein Vollstrecker", korrigierte ich ihn. „Nur ich, dein Gefährte, deine Reah – ich bin der einzige Beschützer, den du hast, Logan Church."

Er runzelte die Stirn. „Was ist das Recht der Bast?"

Ich atmete tief ein, um mich zu wappnen. „Das Recht der Bast besagt, dass ich an deiner Stelle kämpfen werde."

Seine Augen wurden riesig. Er war sprachlos und ich nutzte diesen Augenblick, um mich loszureißen und etwas Abstand zwischen uns zu bringen. Es waren andere um uns herum: Mikhail, Logans Vater, Koren und Russ. Ich sah Crane durch den Raum auf mich zu kommen.

„Ich werde das nicht zulassen."

„Das steht dir nicht zu", eröffnete ich ihm.

„Mein Wort ist Gesetz!", brüllte er und griff wieder nach mir.

Wieder hielt ich ihn auf Abstand.

„Außer, wenn es um deine Reah geht", korrigierte ihn sein Vater mit leiser, fast trauriger Stimme. „Jins Stimme ist deiner ebenbürtig."

„Was redest du da? Nur mein Wort hat …"

„Die Befehle der Reah sind denen des Semel in allen Dingen gleichberechtigt, außer wenn es Stammesrecht betrifft", sagte Mikhail ihm. „Das weißt du doch."

„Aber das ist Stammesrecht!", donnerte er.

„Ist es nicht", widersprach sein Vater. „Es ist eine individuelle Herausforderung."

„Es gab noch keine Zeremonie für uns", schrie Logan. „Er ist noch nicht meine Reah."

„Er trägt dein Mal", erinnerte ihn Koren. „In den Augen des Stammes, nach Gesetz und Brauch aller Stämme, ist er deine Reah."

„Ich muss hier raus", flüsterte ich und ging zur Tür.

„Jin!" Ich hörte Logan hinter mir schreien. „Wage es ja nicht, jetzt einfach vor mir davonzulaufen!"

„Ich darf dich ab jetzt nicht mehr sehen", sagte ich und ergriff Mikhails Arm, als ich an ihm vorbeiging. „Du musst ihn von mir fernhalten."

„Was?" Alle Farbe wich aus seinem Gesicht. „Bist du verrückt?"

„Nein", rief Logans Vater von hinten. „Halt deinen Semel zurück, Mikhail. So lautet das Gesetz."

Mikhail sah zwischen uns hin und her wie ein Tier, das man in die Enge getrieben hatte.

Ich versuchte, ihn mit meiner Stimme zu besänftigen. „Ich muss vor meiner Prüfung von allem getrennt sein", sagte ich leise, während ich an ihm vorbeiging. „Es ist deine Pflicht, mich zu schützen und meinen Weg in die Arena freizumachen. Ich gehe zurück in mein Zimmer. Halte deinen Semel von mir fern."

Er war aschfahl und erschüttert. „Ich soll meinen Semel von dir fernhalten? Von seinem Gefährten?"

„So lautet das Gesetz", erklärte ich in feierlichem Tonfall und warf Logan, der mich schon fast erreicht hatte, einen Blick zu.

„Ich verstehe nicht …"

„Dein Semel hat von einem Mann eine Herausforderung angenommen, der unsere Gesetze besser kennt als er, und nun wird er verschont bleiben, weil ich wiederum mehr darüber weiß als Domin. Ich werde deinen Semel von seiner Verpflichtung entbinden, wenn du nur deine Pflicht tust und ihn von mir fernhältst. Er darf mich erst in der Arena wiedersehen."

Er sah mich an, als hätte ich ihn ins Gesicht geschlagen.

„Es tut mir leid", flüsterte ich und ging weiter. „Du hast keine andere Wahl."

„Jin." Mikhails Stimme brach. „Das kannst du nicht tun."

„Er hat es getan, indem er unüberlegt gehandelt hat." Mir verschwamm plötzlich alles vor den Augen. Ich musste unbedingt hier raus, bevor ich in aller Öffentlichkeit zusammenbrach. Ich würde Logan nicht beschämen, indem ich Schwäche zeigte. „Halte ihn von mir fern."

„Jin!" Logan brüllte meinen Namen.

Bevor er mich erreichen konnte, hatten ihn Mikhail und vier andere Männer schon gepackt. Er schrie nach mir, aber ich verließ ohne einen weiteren Blick den Raum. Das würde keinem von uns guttun.

ICH SAß schweigend neben Crane auf dem überdachten Balkon vor Logans Schlafzimmer und sah dem Schnee beim Fallen zu. So fand Peter Church uns vor. Es war ganz still dort, bevor er kam. Man hörte nur das Rauschen des Windes.

„Logan möchte dich sehen."

„Ich kann nicht. Es wäre gegen das Gesetz", sagte ich, den Blick weiterhin auf die Berge, die Bäume und das Land gerichtet, das der Schnee unermüdlich weiter bedeckte.

Er seufzte resigniert. „Ich habe ihm nie alle Gesetze beigebracht. Er wusste nichts vom Recht der Bast."

„Oder den Söhnen des Horus", erinnerte ich ihn.

„Nein."

Ich nickte.

„Ich bin es, der versagt hat, nicht er."

„Er hat versagt, indem er überstürzt gehandelt hat", erklärte ich seinem Vater. „Wenn er sich mit mir, seinem Gefährten, beraten hätte, hätte ich ihn auf die Gefahr hinweisen können. Er hätte sich niemals auf etwas eingelassen, das einem Selbstmord gleichkommt. Aber anscheinend hat er keinen einzigen Gedanken an mich verschwendet."

„Er hat nur an seinen Stamm gedacht."

„Und sich dabei fast seinen eigenen Tod eingehandelt."

„Er ist der Semel, Jin. Er wird nie zuerst an dich denken."

„Ein wahrer Semel denkt gemeinsam mit seiner Reah an den Stamm. Er berät sich mit seiner Reah genauso wie mit dem Sheseru oder dem Sylvan. Er teilt alle seine Gedanken mit seinem Gefährten und ist immer offen zu ihm."

„Wie könntest du das wissen?"

„Ich würde es fühlen."

Dem konnte er nicht widersprechen, da er meiner Aussage glauben musste. Dieser Mann hatte niemals seine Reah gefunden. „Er hätte erst zu mir kommen sollen, bevor er in irgendetwas einwilligt."

„Euer Bund ist gerade mal einen Tag alt, Jin. Er braucht Zeit, um seine Denkweise zu ändern."

„Leider wird er diese Zeit nun nicht haben."

Peter verstummte für mehrere Minuten, bevor er wieder sprach. „Sag mir, ist dein Vater ein Sylvan?"

„Ja."

„Also hat er dir alle Gesetze beigebracht."

„Ja."

„Ich sollte deinen Vater anrufen, Jin, nur für den Fall …"

Er sagte nicht „falls du stirbst", aber wir wussten beide, dass dieser Fall sicher eintreten würde. „Wie du willst", sagte ich.

„Sag mir, wo er ist."

„Logan weiß es. Frag ihn", sagte ich und sah zu Crane hinüber. Er war müde, und die Sorge um mich machte es auch nicht besser. Er war eingeschlafen.

„Er sieht nicht aus, als ob er sehr besorgt wäre", urteilte Peter Church.

„Der Eindruck täuscht."

Wir verstummten wieder, bis wir von Koren unterbrochen wurden, der mit großen Schritten auf den Balkon heraus kam. Er ging genau wie sein Bruder und sein Vater, wie ein König, als sei alles um ihn herum sein Eigentum und nur zu seinem persönlichen Vergnügen da.

„Willst du etwas Bestimmtes?"

„Ja", sagte er und ging neben dem Sofa, auf dem ich mich ausgestreckt hatte, in die Hocke. „Ich wollte dir sagen, dass ich nie ein Problem mit dir hatte. Nur, falls du das gedacht haben solltest."

„Nein?"

„Nein", versicherte er mir. „Du bist die Reah meines Bruders, und das ist alles, was mir wichtig ist. Punkt."

Ich starrte in die olivgrünen Augen des jüngeren Bruders meines Gefährten. Logan war der Erstgeborene, dann kam Koren und schließlich Russ. Ich hätte die Geschwister meines Gefährten gerne besser kennengelernt, wäre mir nur mehr Zeit dazu geblieben.

„Ich wollte nur, dass du das weißt."

„Ich danke dir."

„Gern geschehen." Sein Blick wurde weich. „Yuri ist wieder da."

„Und, geht es ihm gut?"

„Absolut. Möchtest du ihn sehen?"

„Ja."

„Simone ist auch hier", warf Logans Vater ein. „Du hast sie zur Aset bestimmt, daher solltest du mit ihr reden, falls du dich dazu imstande fühlst."

„Sie kann ruhig kommen."

„Ich hole die beiden", bot Koren an und ließ uns daraufhin wieder allein. In der Gesellschaft eines Todgeweihten fühlte er sich anscheinend nicht sonderlich wohl. Ich wäre wahrscheinlich auch davongelaufen.

Eigentlich hatte ich angenommen, dass Peter zusammen mit seinem Sohn gegangen war, aber als er sich räusperte, wurde mir klar, dass er immer noch hier war. Ich wandte den Kopf, um ihn anzusehen.

„Bitte vergib mir, Jin. Ich hatte ja keine Ahnung, was für ein Mensch du bist."

Ich zuckte mit den Schultern. „Das spielt jetzt keine Rolle mehr."

„Sprich nicht so, als wärst du schon tot", befahl er mir.

Ich sah ihm direkt in die Augen. „Und warum nicht?"

Seine Kiefermuskeln spannten sich an und ich sah den Schmerz in seinen Augen. Ich wandte mich wieder dem beruhigenden Ausblick zu und vergaß ihn. Minuten später kam Yuri zu mir. Er sah furchtbar aus. Kummer und Sorge standen ihm ins Gesicht geschrieben.

„Was sorgstdu dich denn so", fragte ich ihn. „Ich bin sicher, du verlierst lieber mich als deinen Semel. Gib es ruhig zu."

„Ich will keinen von euch beiden verlieren. Wir wurden doch gerade erst mit deiner Anwesenheit gesegnet, meine Reah."

Ich lächelte ihn an. „Wann bin ich denn deine Reah geworden?"

„Als du das Mal meines Semel akzeptiert hast und sein Gefährte wurdest. Seit diesem Moment bist du die Reah meines Stammes. Ich bin dir ebenso verpflichtet wie ihm."

Ich starrte ihn an und sah, dass sein Schmerz echt war. Mich zu verlieren, würde ihn tatsächlich hart treffen, vor allem, weil er tatenlos würde zusehen müssen. Er würde dort stehen wie erstarrt, wissend, dass er mich jederzeit retten könnte, wenn die Regeln ihm nicht verbieten würden, einzugreifen.

„Ich weiß nicht, ob ich das ertragen kann."

„Du wirst es ertragen, denn Logan wird dich brauchen." Ich sah ihn aus zusammengekniffenen Augen an. „Von dir und Mikhail erwarte ich, dass ihr das Gesetz aufrecht erhaltet. Ruf Christophe an und bitte ihn, seinen Sheseru Avery ebenfalls zu schicken. Frag ihn, ob er selbst dazukommen und auch seinen Sylvan mitbringen kann. Ich weiß, dass er Logan im Augenblick hasst. Vielleicht möchte er gern zusehen, wie Logan seine Reah verliert."

„Jin, bitte …"

„Je mehr Leute da sind, desto besser. Ich will nicht, dass Domin sich an Logan vergreift, wenn ich tot bin."

Seine Kiefermuskeln arbeiteten und seine Augen waren gerötet, als er mühsam um Fassung rang. „Bitte sprich nicht so, als ob du …"

„Hör doch auf mit dem Blödsinn", unterbrach ich ihn irritiert. „Dort in der Arena werde ich fünf Männer gegen mich haben. Ich kann nicht darauf hoffen zu gewinnen. Ich kann nur hoffen, dass ich mit meinem Opfer Logan retten kann."

Er wandte den Blick ab.

„Falls ich nicht während des Kampfes sterbe, werden sie ein Winnowing vornehmen. So viel hat Markel mir schon gesagt."

Sein Kopf fuhr zu mir herum und er starrte mich entsetzt an.

„Falls sie das vor Logan tun, wirst du ihn fesseln müssen."

Yuri saß vollkommen still, wenn man vom Blinzeln seiner Augen absah. „Sie werden dich bei lebendigem Leibe häuten."

„Erst werden sie schneiden oder vielleicht eine Peitsche benutzen", sagte ich in möglichst gleichmütigem Tonfall. „Ich weiß es nicht. Doch während sie das tun und wenn sie mir dann schließlich die Kehle durchschneiden … Kein Sheseru sollte tun müssen, worum ich dich jetzt bitte. Aber ich muss mich darauf verlassen können, dass du deinen Semel zurückhältst. Es könnte Tage dauern, bis du ihn wieder freilassen kannst. Verstehst du?"

Er nickte.

„Domin wird mich töten. Er muss bezahlt werden oder Land erhalten. Ich kann mich nicht erinnern, wie viel genau. Es steht in der Ode von Sekhmet, aber ich weiß die Stelle nicht mehr."

„Ich weiß, wo es steht."

„Gut. Zahlt ihn aus, und danach werden eure Stämme für alle Zeit ohne weitere Feindseligkeiten leben. Seine Fehde mit Logan wird damit abgeschlossen sein."

„Glaubst du ernsthaft, dass Logan Domin am Leben lassen wird?"

„Ja, das tue ich, denn du wirst dafür sorgen. Es wird deine Aufgabe sein, deine und Mikhails, ihn niemals in Domins Nähe zu lassen, solange die beiden leben."

Tränen rannen ihm über die Wangen.

„Es ist *maat*, das, was recht und billig ist. Und das weißt du auch. Logan darf Domin nicht töten, und nur so wird Domin aufhören, die Mitglieder von Logans Stamm zu belästigen. Ich kann nicht dabei zusehen, wie Domin Logan tötet, und ohne seinen Semel ist der Stamm tot."

„Das stimmt."

„Ich wüsste keinen anderen Weg, um den Mann zu retten, den ich liebe."

„Du liebst ihn?"

Erst da wurde mir klar, was ich gerade gesagt hatte. „Verdammt."

„Hast du Logan das gesagt?"

Ich wandte den Blick ab.

„Jin?"

„Geh jetzt. Ich bin müde."

„Jin, ich …"

„Geh weg, Yuri."

„Aber ich … ich will nicht, dass du …"

„Jin!"

Wir drehten uns beide zu Simone um, die auf den Balkon gestürzt kam. Sie fiel vor mir auf die Knie, ergriff meine Hände und hob mir ihr Gesicht entgegen, als würde sie beten.

„Was zur Hölle geht hier vor?", grummelte Crane vom Sofa aus. Simones Stimme hatte ihn geweckt.

„Was du mir genommen hast, hast du mir zurückgegeben. Gesegnet seist du, Reah!"

„Geht es dir gut?", fragte ich sie.

„Ich weiß nicht, was ich denken oder fühlen soll. Als Aset ausgewählt zu werden, ist eine große Ehre, aber die Umstände sind natürlich barbarisch und … ich will, dass du lebst."

Ich setzte mich auf und machte ihr neben mir auf dem Sofa Platz. „Ich hatte nicht vor, dir Kummer zu bereiten. Das war wirklich nie meine Absicht."

„Das weiß ich." Ihre Stimme brach, als ihre Augen sich mit Tränen füllten. „Und ich weiß jetzt, dass du ihn mir nicht weggenommen hast. Du bist sein Gefährte, sein wirklicher Gefährte, und ich bin nur eine von vielen. Es ist nicht dasselbe."

„Und nun ist wieder alles anders."

Sie nickte, die Tränen machten ihr das Sprechen schwer.

„Hör zu", sagte ich freundlich. „Wenn ich falle, ist er dein und ich erwarte von dir, dass du ihn dein ganzes Leben lang so beschützt, wie ich das getan hätte."

Nun rannen ihr die Tränen über die Wangen.

„Ob ich nun lebe oder sterbe, dein Platz wird ein sehr hoher sein. Du bist Aset, der Thron, und nur ein Semel kann Anspruch auf dich erheben. Verstehst du das? Eine Aset ist einer Reah gleichgestellt."

„Ich weiß. Ich kenne das Gesetz." Sie zitterte und umklammerte meine Hände. Sie brachte kaum mehr als ein Flüstern hervor. „Bitte verzeih mir, was ich gestern gesagt habe. Bitte, Reah, es tut mir so leid."

„Du warst besorgt um deinen Platz in der Welt, und darum, was die Leute sagen würden", tröstete ich sie lächelnd. „Und außerdem: Natürlich wolltest du ihn nicht verlieren. Schließlich ist er ein ziemlich heißer Typ."

Sie schnappte nach Luft und hielt sich die Hand vor den Mund.

Ich lächelte sie vorsichtig an und sie legte mir eine Hand auf die Wange. „Von jetzt an bin ich deine Dienerin, vor jedem anderen, vor meinem Bruder, vor Logan ... für mich gibt es nur noch dich, Jin. Durch dein Opfer werde ich zur Aset, und diese Ehre kann ich dir niemals vergelten."

Ich schloss sie in die Arme und wir umarmten uns fest.

„Ich versichere dir, dass ich ihn nicht auf diese Weise haben wollte und wenn ich gestern schon gewusst hätte, wie großherzig du bist ..." Sie lehnte sich zurück, um mir in die Augen zu sehen. „Ich wäre einfach ohne ein Wort beiseite getreten. Warum haben wir nicht gestern miteinander geredet?"

Ich lächelte sie an. „Wir hätten Freunde werden können."

Sie hielt mich noch ein bisschen fester und vergrub ihr Gesicht in meiner Schulter. „Wir sind jetzt Freunde."

Ich drückte sie ein letztes Mal, bevor ich aufstand und an die Balkonbrüstung trat. Wenige Augenblicke später stellte Crane sich neben mich, still und schweigsam.

„Ich möchte, dass du hierbleibst, wenn es vorbei ist. In Ordnung?"

„Ich glaube nicht, dass ich das kann", sagte er langsam. „Das hier wird der Ort sein, an dem du gestorben bist, Jin, und ich würde jeden Tag daran erinnert."

„Aber hier ist auch der Ort, an dem ich am glücklichsten war", widersprach ich. „Denk doch einfach daran."

Er holte tief Luft. „Danach wird alles anders sein."

„Abgesehen von dir." Ich zwang mich zu einem Lächeln. „Du wirst immer noch derselbe sein."

„Das werde ich nicht", sagte er tonlos. „Ich werde ein anderer sein, nachdem ich deinen Tod gesehen habe. Das werden wir alle."

Danach sprachen wir nicht mehr und ich war froh darüber. Ich brauchte die Stille, um mich vorzubereiten. Man stirbt ja nicht jeden Tag.

11

ALS ICH nach meiner Dusche das Bad verließ, erwartete mich im Zimmer ein riesiger Panther. Er war größer als alle Panther, die ich bisher gesehen hatte und machte den Eindruck, als könne er sich auch gegen ein Mammut behaupten. Er strotzte vor Muskeln, war geschmeidig und stark. Im nachlassenden Licht des Sonnenuntergangs sah mein Gefährte einfach nur großartig aus. Dieser Mann war in jeder Gestalt atemberaubend.

Er war über den Balkon gekommen, und ich eilte durch den Raum, um die offene Tür zu schließen. Als ich mich umdrehte, schlug mich für einen Moment sein schierer Anblick in den Bann. Dann kam er auf mich zu und ich reagierte sofort mit einem Schritt rückwärts.

„Du musst gehen", sagte ich zu ihm. „Du darfst mich vor der Prüfung nicht mehr sehen."

Anstatt sich in Bewegung zu setzen, duckte er sich und ließ sich auf dem Fußboden nieder, um mir zu zeigen, dass er keine Bedrohung darstellte. Ich beobachtete ihn, während er den Kopf hob und den Hals reckte. Mit dieser Geste lud er mich ein, näher zu kommen. Ich konnte kaum widerstehen, doch ich zwang mich dazu, in dem instinktiven Wissen, dass jede Berührung eine Qual für mich wäre.

„Bitte geh", flehte ich und machte einen weiteren Schritt in Richtung Badezimmer.

Er hob den Kopf und atmete tief ein, dann ließ er ein lautes, tiefes Schnurren hören. „Wie bist du hier rein gekommen?", fragte ich, obwohl ich die Antwort bereits kannte.

All die Menschen, die um ihn herum Wache hielten, hatten ihn wahrscheinlich nur für ein paar Sekunden aus den Augen gelassen. Er hatte abgewartet und beobachtet, hatte gewusst, dass irgendwann der Moment kommen würde, in dem alle abgelenkt waren. In diesem einen kurzen Moment hatte er sich davongemacht und war zu mir gekommen.

„Logan", sagte ich und bewegte mich weiter rückwärts. „Bitte geh."

Statt einer Antwort schnurrte er, und seine Pheromone schlugen mir wie eine Welle entgegen, die sofort den Raum erfüllte. Ich griff nach dem Bücherregal, um mich aufrecht zu halten. Ich sehnte mich danach, mich ihm zu ergeben. Der Wunsch, dominiert zu werden, war chemisch, emotional und körperlich tief in mir verwurzelt. Gegen den Ansturm seines Anblicks und seines Geruchs anzukämpfen, war fast unerträglich. Er musste verschwinden.

Den Blick immer fest auf mein Gesicht gerichtet kam er auf mich zu, und da meine Beine mich nicht länger tragen wollten, glitt ich am Bücherregal entlang und sank zu Boden. Als er näher kam, konnte ich mein Herz hektisch in meiner Brust schlagen kören, doch wie erstarrt regte ich keinen Muskel und wartete stattdessen auf ihn.

Er streckte sich neben mir aus. Ich vergrub meine Hände in dem dicken, goldenen Fell und genoss die seidige Textur. Ich musste einfach mein Kinn an seinem Kopf reiben. Seine raue Zunge, die hinter meinem Ohr leckte, an meinem Hals entlang bis hinunter zur Schulter, ließ mich erzittern. Als er seinen mächtigen Kopf senkte und sein Kinn an meinem Unterleib rieb, der nur von einem Handtuch bedeckt war, stieß ich ein heiseres Stöhnen aus und krallte meine Finger in seinen Pelz. Schon dieser kurze Kontakt machte mich hart.

Er bewegte sich schnell und geschmeidig. Sein Körper floss mir wie Wasser durch die Hände, als er mich auf den Rücken zwang und seine riesigen Pfoten rechts und links von meinem Kopf platzierte. Ich sah in hungrige Augen und fühlte, wie mein Herz raste. Er stieß mein Kinn mit seiner Nase an, und ich legte meinen Kopf zurück und bot ihm meine Kehle dar. Ein Lecken mit seiner Zunge sandte Schauer über meine Haut und brachte mein Innerstes zum Beben. Als er sich auf mir niederließ, vorsichtig, um mich nicht zu erdrücken, und meine Schenkel auseinander schob, da bog ich mich ihm entgegen, meine heiße Haut brauchte mehr.

„Reah." Das Wort klang wie ein Fauchen.

Ich riss die Augen auf, die ich unbewusst geschlossen hatte und sah zu ihm auf. Sein Werpanthergesicht grinste mich anzüglich an, so schnell hatte er sich verwandelt. Seine klauenbewehrten Hände zerfetzten das Handtuch, als ich versuchte, mich unter ihm herauszuwinden. Meine Hüften wurden gepackt und angehoben, als er mich an sich zog, sich über mich beugte und meinen Schwanz mit sengender, flüssiger Hitze umhüllte. Sein Name brach aus meiner Kehle.

Er saugte heftig. Seine Zunge umspielte meinen Schaft und fühlte sich so fest und rau auf meiner sensiblen Haut an, dass ich mich unter ihm wand. Alles war feucht und schlüpfrig. Sein Speichel lief mir zwischen den Beinen herab, so hingebungsvoll widmete er sich mir. Ich erstarrte für einen Moment, als seine Fangzähne mich versehentlich berührten und ganz leicht ritzten, aber die wilde Begierde meines Körpers ließ mich den elektrisierenden Schmerz gleich wieder vergessen.

„Bitte, Logan", bettelte ich. Alles, auch mein Pflichtbewusstsein, versank in dem Verlangen nach meinem Gefährten. „Nimm mich."

Mein Schwanz kam frei, und er schob seine Arme unter meinen gebeugten Beinen durch. Seine Klauen gruben sich in meine Hüften und dann in meinen Hintern, als er meine Pobacken spreizte und langsam in mich eindrang. Mein Körper zuckte unter den Empfindungen, die mich durchliefen und ich hielt den Atem an, als er sich fast ganz aus mir zurückzog, nur, um Sekunden später wieder in mich hineinzugleiten. Als sich seine Finger fest um meinen harten, pulsierenden

Schwanz schlossen, stöhnte ich laut auf. Noch nie hatte mich ein Liebhaber so sehr begehrt wie Logan, noch nie hatte jemand mich vor Lust schreien hören wollen, und noch nie zuvor, wirklich noch nie, hatte jemand mich geliebt, statt mich nur zu ficken. Die Tränen waren unerwartet, aber sehr verständlich.

„Wunderschön." Seine Stimme war rau. „So wunderschön."

Sein Rhythmus wandelte sich vom langsamen, sinnlichen Gleiten, hin zu harten, schnellen Stößen. Er rammte sich so fest in mich hinein, dass er mich über den Boden bis zum Bett vor sich her schob. Er schrie auf, denn erst jetzt konnte er sich richtig in mir vergraben. Mit jedem Stoß sank er tiefer. Er verzog das Gesicht, fast als leide er Schmerzen, doch dann warf er in Ekstase den Kopf zurück.

Sein großer Körper war mit feinem, goldenem Pelz bedeckt, aber er verwandelte sich vor meinen Augen. Innerhalb weniger Sekunden war er wieder ein Mann, der in mich hineinstieß und sich zurückzog. Seine Augen waren dunkel vor Begehren, Leidenschaft und Schmerz, als er sich vorbeugte, um mich zu küssen.

Seine Lippen berührten meine, während er meinen Schwanz immer schneller und härter durch seine Faust gleiten ließ. Der Kuss war leidenschaftlich und vereinnahmend. Seine Zunge saugte an meiner, und er stöhnte in meinem Mund auf. Ich konnte mich nicht erinnern, dass ich jemals jemanden so sehr begehrt hatte.

„Mein Gefährte", knurrte er besitzergreifend, als er von mir abließ. Er veränderte den Winkel, um noch tiefer in mich einzudringen.

Ich fühlte mich von ihm ausgefüllt, seine heiße Zunge spielte mit meiner und seine Hand lagwie ein glitschiger Schraubstock um meinen Schwanz. Der allumfassende, allesverzehrende Höhepunkt begann unter meinem Steißbein, raste durch mich hindurch und endete in einer Explosion. Ich spritzte über seine Hand und auf seinen Bauch. Ich fühlte seine heißen Säfte tief in mir, als Logan mich so hart gegen den Boden drückte, dass mir die Luft wegblieb. Unaufhörliche Schauer durchliefen mich, machten meine Knochen zu Wasser und meinen Körper schwerelos. Ich konnte mich nicht bewegen. Ich lag nur da, als er sich aus mir zurückzog und mich auf den Bauch drehte. Als er meine Haare zur Seite strich und meinen Nacken freilegte, bebte ich vor Erwartung.

„Gehörst du mir?"

„Ja."

„Du hältst dich für stark, aber ich bin stärker."

„Ja", wimmerte ich und wand mich unter ihm.

„Ja, was?"

„Ja, mein Semel."

„Ich lasse nicht zu, dass jemand dir wehtut", versprach er, bevor er zubiss.

Es fühlte sich unglaublich an. Ein letztes Nachbeben meines Orgasmus durchlief mich.

„Du bist mein."

„Oh Gott, ja", versprach ich ihm.

Ich fühlte sein Lächeln, bevor er mich freigab, mich wieder auf den Rücken drehte und in die Arme nahm. Er trug mich um das Bett herum und ließ sich mit mir hineinfallen und legte sich rasch auf mich, so dass ich mich unter seinem Gewicht nicht mehr bewegen konnte. Er strich mir mit sanften Händen das Haar aus dem Gesicht und sah mich mit mehr Liebe und Zärtlichkeit im Blick an, als ich je für möglich gehalten hätte.

„Ich dachte, du hättest kein Vertrauen in mich und war zuerst außer mir vor Wut. Aber dann habe ich es verstanden."

Ich starrte hinauf in seine bernsteinfarbenen Augen, und der Schmerz in meiner Brust war fast unerträglich.

„Du würdest alles tun, um mich zu beschützen. Du würdest sogar dein Leben opfern."

„Logan, du ..."

Meine Worte wurden von seinem Kuss verschluckt. Diesmal war er nicht zärtlich, sondern presste seinen Mund grob auf meinen. Seine Fangzähne ritzten über meine Lippen, und ich schmeckte kupfriges Blut auf der Zunge. Er hob den Kopf und lächelte selbstzufrieden, fast schon arrogant, auf mich herab. „Ich habe dich ja ganz schön zugerichtet. Das Blut auf deinen Lippen macht mich an."

Ich konnte ihn nur anstarren.

„Meine Güte, was ich alles gern mit dir machen würde ... Du kannst von Glück sagen, wenn du je wieder Gelegenheit bekommst, dieses Schlafzimmer zu verlassen."

Das Geräusch in meinem Rachen konnte ich leider nicht aufhalten.

„Baby, mein geliebtes Baby", stöhnte er. „Du denkst, du bist so groß und stark und mächtig. Wenn du dich doch nur einmal so sehen könntest, wie du wirklich bist ... dein Gesicht ... so zerbrechlich und wunderschön."

„Logan ..."

„Ich hatte noch niemals einen Liebhaber wie dich ... egal, was ich tue, du nimmst es und verlangst immer noch mehr."

„Logan", versuchte ich ihn zu beruhigen. „Bitte misch dich nicht ..."

„Du bist in jeder Hinsicht wie für mich gemacht. Ich bin so stolz darauf, dein Gefährte zu sein. Allein dich anzuschauen, macht mich glücklich. Du bist mir wichtiger als ..." Tief aufgewühlt versuchte er, zu Atem zu kommen. „Wie zum Teufel kommst du nur darauf, dass ich auch nur eine Sekunde länger leben will als du? Wie kannst du das nur von mir verlangen? Das ist verrückt."

„Nein, Logan, ich ..."

Der Kuss war innig, feucht und hart, und hielt länger an als der Atem in meinen Lungen. Ich schnappte nach Luft, als ich ihn von mir wegschob. Seine Augen funkelten in den letzten Strahlen des Sonnenlichts.

„Ich kann und will nicht ohne dich leben. Reahs mögen ihren Semel beschützen, aber dasselbe gilt auch umgekehrt."

„Bitte hör mir ..."

Er küsste mich wieder. Ich rang nach Atem und schnappte unter ihm nach Luft, als er schließlich seine Lippen von meinen hob. Das leise, maskuline Lachen tief in seiner Brust, war nicht zu überhören. „Ich kann das die ganze Nacht machen, wenn du mir nicht zuhören willst."

Ich wartete und nutzte die Zeit, um wieder zu Atem zu kommen.

„Okay." Er schenkte mir ein strahlendes Lächeln. „Sagen wir mal so: Ich habe endlich begriffen, dass mein Gefährte nicht nur extrem sexy ist, sondern auch noch schlauer, als ihm guttut"

Ich hatte Angst, auch nur ein Wort zu sagen.

Er ließ eine Minute verstreichen, wohl, um zu sehen, ob ich noch einmal mein Glück versuchen würde. Als ich still blieb, schenkte er mir ein durchtriebenes Lächeln, das seine Augen funkeln ließ. Er knipste die Nachttischlampe an. „Ich werde nicht zulassen, dass Domin oder sonst irgendjemand dich anfasst, geschweige denn, dir wehtut. Yuri kann mich nicht von dir fernhalten – außer, er bringt mich um."

Er verschwamm, als mir heiße Tränen in die Augen stiegen.

„Und falls jemand versuchen sollte ..." Er holte tief Luft und ich sah, dass er um Fassung rang. Er versuchte, weiterhin für mich zu lächeln. „Ich habe mir die Gesetze angesehen und Yuri über das Winnowing befragt ..." Er räusperte sich und drückte mich plötzlich so fest an sich, dass ich keuchte. „Niemals! Und das ist mein letztes Wort. Ich werde nicht zulassen, dass du auch nur einen Fuß in diese Arena setzt."

Ich schüttelte den Kopf. „Ich kann ebenso wenig zulassen, dass du da hineingehst."

„Ich weiß." Er nickte, und plötzlich schloss sich sein Mund über meiner Kehle. Ich fühlte, wie seine Reißzähne meine Haut durchdrangen. Ich hatte nicht einmal Zeit, überrascht zu sein. Er war zu schnell, und ich wehrte mich vergeblich. Ich fühlte mich, als würde ich ertrinken, aber da war keine Panik, nur schläfrige Wärme, die meinen Körper erfüllte. Ich fühlte mich gleichzeitig schwer und heiß. Ich konnte meine Augen nicht offen halten und sah wie durch einen dunklen Tunnel, der enger und enger wurde, bis um mich herum nur noch Dunkelheit herrschte.

12

ICH WAR erschöpft und ich fror erbärmlich. Mir taten alle Knochen weh und ich wollte nur schlafen, doch ich kämpfte darum, die Augen zu öffnen und das Bewusstsein wiederzuerlangen. Ich musste aufwachen, damit ich meinen Gefährten umbringen konnte. Wie konnte Logan es wagen, mich ausbluten zu lassen, damit ich zu schwach war, um mich zu bewegen! Es war meine Aufgabe, ihn zu beschützen und zu retten. Er jedoch hatte mich mit seiner Tat vor dem ganzen Stamm gedemütigt, mein Opfer zunichte gemacht und das Vertrauen zwischen uns zerstört. Ich hasste ihn und er würde dafür bezahlen. Ich rollte mich auf den Bauch und verwandelte mich.

Ich spannte jeden Muskel meines Körpers an und stand in meiner menschlichen Form auf, bevor ich mich wieder in einen Panther zurückverwandelte. Bei jeder Wandlung wurde mein Körper durch diese Metamorphose gezwungen, Muskeln zu dehnen und frisches Blut durch meine Adern zu pumpen. Mit jeder Verwandlung wurde ich stärker. Hätte Logan jemals gesehen, wie ich mich verwandelte, hätte er gewusst, dass sein Trick nicht funktionieren würde. Doch er wusste nichts, rein gar nichts über mich und in diesem Moment war ich sehr froh, dass ich ihm meine Liebe nie gestanden hatte. Wenn ich die Worte ausgesprochen und er mich dann betrogen hätte, wäre das zu viel für mich gewesen.

Ich taumelte zur Glastür, die auf den Balkon führte, öffnete sie und blieb dort eine Minute lang stehen, um meine Kräfte zu sammeln, bevor ich loslief. Als ich die Balkonbrüstung entlang balancierte, war ich bereits ein schwarzer Panther. Vom Balkon aus machte ich einen Satz auf die riesige Eiche neben dem Haus und kletterte dann den Stamm hinunter bis zum Boden. Das dauerte nur Sekunden. Sofort hob ich den Kopf und witterte. Ganz schwach nahm ich den Geruch meines Gefährten war. Ich musste der Spur nur noch folgen.

Ich lief in jede Richtung, bis ich mit Sicherheit sagen konnte, woher der Geruch kam. Zunächst war die Spur schwach, doch als ich loslief, konnte ich ihn bereits fast auf der Zunge schmecken. Er war näher, als ich gedacht hatte. Wo auch immer die Arena des Stammes Mafdet war, sie lag auf Logans Land. Selbst bei starkem Wind und Schneefall konnte ich sie finden. Ich hielt kurz inne und verwandelte mich ein letztes Mal, bevor ich weiterlief. Ich fühlte mich besser, beinahe vollständig wiederhergestellt und wenn ich Logan erst gefunden hatte, würde ich bereit sein. Ich hatte das Recht, gegen Domin und die anderen anzutreten; notfalls würde ich es mir von Logan erstreiten. Als ich auf die Baumreihe zulief, konnte ich die widerstreitenden Gerüche nach Angst, Panik und Blut wahrnehmen. Die Arena war sehr nah.

Das Amphitheater war so in die Bergwand hineingebaut, dass es auf der einen Seite eine Wand aus riesigen Steinquadern hatte und auf der anderen glatten Marmor. Der einzige Eingang war ganz oben, so dass man als Kämpfer auf dem Weg in die Arena an allen Zuschauern vorbei musste. Ich versteckte mich beim Eingang, der ein wenig im Schatten lag. Alles andere war von hunderten Kerosinlampen erhellt. Wie die Schatten fielen, wie das große Feuer mitten in der Arena flackerte, dazu der heulende Wind, der Schnee, der gerade den Boden bedeckte – alles erschien primitiv und beinahe gespenstisch.

Das Knurren und Fauchen jagte mir einen Schauer über den Rücken und ich sah, wie Logan um das Feuer herum lief und sich dann umdrehte, um den vier anderen entgegenzutreten. In diesem Moment wurde mir bewusst, dass die Prüfung bereits begonnen hatte. Das bedeutete, dass ich länger außer Gefecht gewesen war, als ich angenommen hatte. Was ich für eine Stunde gehalten hatte, waren scheinbar eher zwei oder drei gewesen und als ich Logan prüfend beobachtete, fiel mir auf, dass der Kampf bereits begann, ihn zu erschöpfen. Sein Fell war blutgetränkt. Er bewegte sich steif und schwerfällig und es schien, als hätte er Schwierigkeiten, den Kopf zu heben. Als die Panther im Rudel auf Logan losgingen, sah ich, dass Domin fast so groß war wie mein Gefährte und dass seine Gefolgsleute ihm in nichts nachstanden. Es war nur noch eine Frage der Zeit, bis sie Logan töteten; sie waren einfach zu viele.

Ich sah, wie Domin fauchend die Lefzen hochzog, sah das Blut von den langen, scharfen Reißzähnen tropfen und verstand im gleichen Moment, warum Logan so hinkte. Seine rechte Schulter war zerrissen, und sein ganzes Gewicht lag nun auf seinem linken Vorderbein. In diesem Augenblick verflog mein Ärger und es war mir nur noch wichtig, meinen Gefährten zu beschützen. Ich flog nur so die Treppe hinunter, betrat hinter Domin die Arena und landete auf seinem Rücken. Ich warf ihn zu Boden, vergrub meine Reißzähne in seinem Nacken und meine Klauen gleich dazu. Seine Schmerzensschreie ließen die anderen innehalten und sie drehten sich um. Alle richteten sich zu ihrer vollen Größe auf und starrten mich an, während ich ihren Semel zu Boden rang. Ich biss noch fester zu und Domin stöhnte schmerzerfüllt auf.

Logan zitterte vor Erschöpfung. Ich wusste nicht, wie lange er die fünf Angreifer – wenn ich Domin mitzählte – bereits ganz allein in Schach gehalten hatte, aber er brach nicht zusammen. Er wich keinen Zentimeter zurück und sah mich unverwandt an. Domin wand sich unter mir und versuchte, mich aus dem Gleichgewicht zu bringen, indem er sich verwandelte. Dadurch wurde er rasch kleiner und leichter. Ich ging gemeinsam mit ihm in die Werpantherform über, drehte mich und schlängelte mich unter ihm hindurch. Während ich die Klauen einer Hand immer noch in seinem Nacken vergraben hatte, hieb ich ihm die andere Hand in die Brust. Er taumelte vorwärts und brach über mir zusammen. Wäre ich allein in der Arena gewesen, hätte er sich nie so überraschen lassen. Aber die anderen konzentrierten sich auf Logan und konnten ihm daher nicht helfen. Ich versenkte meine Zähne in seiner Kehle und schmeckte sein Blut auf meiner Zunge.

Logans Aufschrei überraschte mich.

Da kamen immer mehr. Sie strömten in die Arena – und wenn ich nur einen Moment daran gedacht hätte, was ich über Domins Stamm wusste, hätte ich damit gerechnet, denn sie glichen eher einer wilden Bande als einer Familie. Sie würden sich die Gelegenheit, Logan zu töten, nicht entgehen lassen. Er kämpfte wie im Rausch, aber es waren einfach zu viele. Noch stand er, selbst wenn es nur noch auf drei Beinen war. Aber als dann fünf weitere Panther mit Klauen und Fängen an ihm rissen, brach er schließlich unter dem Ansturm zusammen. Keiner aus seinem Stamm kam ihm zu Hilfe. Er würde nicht wollen, dass jemand für ihn starb und das wussten sie alle.

Mir waren solche Vorbehalte jedoch fremd. Ich verwandelte mich wieder in meine Pantherform und trat mit den Hinterbeinen aus, katapultierte Domin mit so viel Wucht von mir weg, dass er gegen die Mauer geschleudert wurde. Der Aufprall war so hart, dass Steine herabfielen. Er war bewusstlos, als er auf dem Boden aufkam. Ich drehte mich um und rannte zu Logan. Ich sprang mitten in die Masse von Muskeln und Knochen, die meinen Gefährten bedeckte, und versuchte, mich zu ihm durchzukämpfen. Ich biss, ich schlug meine Klauen in Fleisch, ich zog und zerrte und versuchte, ihn freizubekommen, doch gegen so viele riesige Raubkatzen konnte ich nichts ausrichten. Allerdings hatte ich immer noch einen klaren Kopf, während sie im Blutrausch waren. Als ich aus dem Augenwinkel die Flammen lodern sah, wusste ich sofort, was ich zu tun hatte.

Ich nutzte meine kraftvollen Hinterbeine und sprang so hoch auf das Feuer wie ich konnte. Ich hörte Schreie und Rufe. Bestimmt dachten alle, ich wolle mich umbringen, weil ich Logan für tot hielt. Ein solches Opfer war nicht ungewöhnlich und wurde von einer Reah erwartet. Ein Semel war stark genug, um ohne seinen Gefährten weiterzuleben, aber die Reah nicht. Obwohl das eine sehr romantische Vorstellung war und mich sehr an Romeo und Julia erinnerte, konzentrierte ich mich ganz auf das Leben und nicht auf den Tod.

Die Hitze war überwältigend, die Luft zu heiß und der Rauch schien mich zu ersticken, aber ich behielt einen klaren Kopf. Ich wusste, wie ich am Leben bleiben konnte. Sobald ich ganz oben auf dem brennenden Holzberg angekommen war, verwandelte ich mich, und dann wieder und wieder und immer wieder, ohne den Rhythmus zu verlieren. Mann, Werpanther, Panther, von der einen zur anderen Form, so schnell, dass das Feuer mich nicht erreichen konnte, sich nicht durch den einen Körper brennen konnte, ehe nicht der nächste an dessen Stelle getreten war. Ich sprang auf dem Scheiterhaufen umher. Meine Beine wurden verbrannt und dann verwandelte ich mich. Es tat weh und dann wieder nicht, durchdringende, verzehrende Schmerzen wie Elektroschocks, da und schon wieder weg, bevor mein Gehirn sie überhaupt registrieren konnte.

Meine Sicht verschwamm und meine Haut fühlte sich flüssig an, als sie sich formte und wieder umformte wie Quecksilber. Mein Körper wurde Energie und verlor wieder die Erinnerung an feste Masse. Die Zeit wurde ein endloser Strom. Ich fühlte, wie ich mich erhob, schwebte, von einer Kreatur der Erde zu einem Wesen der Luft wurde. Nur der Klang von Logans Namen war mir ein Anker. Nur meine Liebe verhinderte, dass ich mich selbst verlor. Zeitgleich mit der Welle der Erschöpfung, die mich zu überwältigen drohte, spürte ich das erste schwache Wanken in dem Inferno, das rund um mich herum tobte. Langsam, in kleinen Funken und glühenden Zweigen, dann in einer Lawine brüllender Flammen, begann alles unter mir zusammenzubrechen. Der Berg gab schließlich nach und fiel in sich zusammen.

Mein Sprung in die Sicherheit war lang und ich streckte meinen ganzen Körper aus, während die Panther, die Logan angegriffen hatten, unter einer Lawine von brennendem, fallendem Holz begraben wurden. Sofort setzten die Schreie ein. Als ihr Pelz verbrannte, verwandelten sich Logans Angreifer zurück in Männer. Von überall her strömten Leute herbei, um sie in Sicherheit zu bringen, während Logan schließlich aus dem ganzen Chaos hervorsprang. Sein Pelz war angesengt, in seiner rechten Schulter lagen Knochen und Muskeln frei, und wo er hintrat, hinterließ er blutige Tatzenabdrücke. Ansonsten war er jedoch unversehrt, und immer noch in Pantherform. Dass er in der Lage war, sein Biest festzuhalten und sich nicht zurückzuverwandeln, war ein Beweis seiner Stärke. Da Domin bewusstlos war und der Rest seiner Khatyu, seiner Kämpfer, sich unter Schmerzen wanden, war es ein klarer Sieg für Logan. Er war der ungeschlagene Champion, und jeder konnte es sehen. Er sah mich an, aber ich machte eine Kopfbewegung in Domins Richtung und er hinkte zu ihm hinüber.

Ich rannte zu einem der Männer, der schreiend am Boden festgehalten werden musste. Er hatte schwere Verbrennungen am ganzen Körper, dunkel und verkohlt, aber ich stieß ihn mit meiner Tatze an und beugte mich über ihn. Ich verwandelte mich vom Panther zum Menschen und wieder zurück. Ich tat das noch zwei Mal, bevor er aufhörte zu schreien und es selbst versuchte. Er verwandelte sich langsam, und auch in seiner Pantherform hatte er schwere Verbrennungen, aber als er sich danach wieder in seine menschliche Form verwandelte, sahen die Verbrennungen bereits besser aus. Sie waren nicht mehr schwarz und verkohlt, sondern nur noch rot und mit Blasen. Seine Augen waren nicht mehr so wild, nicht mehr irr von Schmerz, und er nickte ganz leicht. Jemand schrie den anderen zu, dass sie sich auch verwandeln sollten. Es verblüffte mich, dass sie das nicht gewusst hatten. Werpanther verließen sich darauf, dass ihre Körper rasch heilten, aber sie dachten nie daran, diese Information auch weiterzugeben. Je öfter wir uns verwandelten, desto schneller erholten wir uns. Auch wenn die wenigsten sich so schnell verwandeln konnten wie ich, half doch jede Verwandlung bei der Heilung.

Als ich mich wegdrehte, gab es Flüstern und Getuschel. Ich hörte das Wort „Reah" heraus, verstand jedoch nicht, was genau gesprochen wurde. Ich war müde und hielt mich abseits, als Logans Stamm in die Arena strömte. Logan hatte wieder seine menschliche Form angenommen und war in einen langen, gefütterten Seidenmantel gehüllt, den Mikhail und Yuri ihm umgelegt hatten. Sein Vater kniete zu seinen Füßen und verknotete den Gürtel in der Taille. In dem mitternachtsblauen Mantel, den nur der Semel des Stammes tragen durfte, sah er majestätisch aus. Domin, nackt und zitternd vor Kälte in seiner menschlichen Form, hatte das Knie gebeugt. Als Logan auf ihn zu ging, hob Domin den Blick, um ihn anzusehen.

„Mein Herz gehört dir. Nimm es schnell."

Anstatt dieser Aufforderung nachzukommen, nickte Logan seinem Vater zu und dieser brachte einen zweiten Mantel, tiefrot und bestickt. Logan nahm ihn und legte ihn Domin um die Schultern. „Der Stamm von Menhit ist Vergangenheit. Dein Stamm wird in Zukunft zu meinem gehören. Du bist nun mein Maahes, Fürst des Stammes Mafdet. Du wirst mein Gesandter zu anderen Stämmen sein, meine Stimme, mein Stratege und mein Berater für Frieden. Es wurde Blut vergossen; lass uns nun Blutsbrüder sein."

Dunkelbraune Augen trafen goldene. Logan erwiderte einfach nur Domins Blick, und nach einigen Momenten sah ich, dass Domin Tränen über die Wangen liefen.

„Wirst du deinen Platz an meiner Seite einnehmen?"

Wenn Domin das tat, würde er nicht länger seinen eigenen Stamm anführen. Er wäre kein Semel mehr, sein Sheseru und sein Sylvan würden wieder zu normalen Stammesmitgliedern werden. Nur Mikhail und Yuri würden diese Titel tragen. Aber als ich seinen Sheseru ansah, Markel, und den Mann, von dem ich wusste, dass er Domins Sylvan war, und all die anderen, die ihn voller Erwartung ansahen, wusste ich, dass sie einfach nur Frieden wollten. Sie sahen gebrochen aus und kämpften darum, die Tränen in ihren rotumränderten Augen zurückzuhalten. Ihre zitternden Körper waren gezeichnet von Blut, Ruß und Verbrennungen. Alle waren müde, alle hatten Schmerzen und alle brauchten Trost. Die Fehde hatte sich so lange hingezogen. Schon Logans Vater hatte gegen Domins Vater gekämpft, aber nun konnte es endlich vorbei sein, wenn nur Domin in der Lage war, seinen Stolz hinunterzuschlucken. In gespannter Stille hielten wir alle gemeinsam den Atem an.

Ein Teil von mir hoffte, dass Domin Logan anspucken würde. Dass er ihn zur Hölle schicken und damit sein eigenes Schicksal besiegeln würde. Der Stamm würde über ihn herfallen, und in wenigen Sekunden wäre er tot. Ich wollte, dass er genauso litt, wie Logan hatte leiden müssen. Gleichzeitig konnte ich mir nichts Schlimmeres vorstellen, als sein Geburtsrecht aufgeben zu müssen und seinen Stamm zu verlieren. Wenn er diese neue Rolle akzeptierte, dann wäre er für mich nichts weiter als Logans Diener.

Nach einigen endlosen Momenten nickte Domin und schmiegte seine Wange gegen Logans Handrücken. Es war das Zeichen seiner vollständigen Unterwerfung.

„Nimm uns bei dir auf, Semel. Wir sind ein Stamm. Ich werde dein Gesandter sein, in deinem Namen sprechen und dein loyaler Maahes sein."

Es gab spontanen Applaus und Freudenschreie, als Logan seine Hand umdrehte und die Handfläche an Domins Wange legte. Sowohl er als auch sein Stamm gehörten nun zu Logan, der sie alle beschützen würde. Es war vollbracht. Die Fehde war endlich beigelegt, und das auf eine Art und Weise, die niemand erwartet hatte. In diesem Moment der Freude lief ich die Stufen hinauf, um zu verschwinden. Selbst inmitten der vielen Stimmen und Rufe hörte ich seine Stimme. Er rief meinen Namen. Ich sah in die Arena hinunter und dort stand Logan, hielt sich seinen verletzten Arm und sah zu mir hinauf. Da er sich nur einmal verwandelt hatte, musste er extreme Schmerzen haben, aber er stöhnte nur kurz auf, als jemand ihn berührte. Mit einer Geste bedeutete er mir, zu ihm zu kommen. Ich sah ihn lange an und drehte dann meinen Kopf in die andere Richtung.

„Nein! Reah!"

Mein Kopf flog herum, und ich blickte wieder in die Arena.

Logans Vater streckte mir die Arme entgegen.

„Du bist ein Segen, Reah! Verlass uns nicht!"

„Du hast deinen Gefährten gerettet", rief eine Frau zu mir hoch, „aber dann denen geholfen, die versucht haben, ihn umzubringen. Du bist ein Geschenk, Reah! Bleib bei uns!"

„Jin!", schrie Mikhail. „Du bist eine Reah mit einem Gefährten! Du kannst deinen Stamm nicht einfach verlassen!"

„Jin!" Auch Logans Mutter streckte mir ihre Arme entgegen und sah mich flehentlich an. „Komm zu mir, Schätzchen. Lass mich für dich da sein."

Mein Herz fühlte sich an, als müsse es jeden Moment zerbrechen.

„Jin!", rief Koren zu mir hoch. „Bleib bei uns. Wir brauchen dich."

Er ließ jeden wissen, wie er über mich dachte. Dieser Glaube und dieses Vertrauen machten mich demütig.

„Jin, verdammt noch mal!", rief Crane zu mir hoch und versuchte, sich einen Weg durch die Menge zu bahnen. Aber es waren so viele Menschen anwesend, dass er niemals schnell genug bei mir wäre, um mich aufzuhalten. „Wehe, du bewegst dich!"

„Jin!" Domins Stimme brach und ich sah seine Tränen. „Bitte … unser Stamm … bitte, meine Reah."

Ich konnte ihn nicht ansehen. Er war so stolz gewesen, und jetzt war er vollkommen gebrochen. Es war schwer zu ertragen.

„Jin."

Ich wandte mich um, und da stand plötzlich Delphine neben mir. Ich hatte sie überhaupt nicht gesehen.

„Bitte geh nicht, Jin", sagte sie schnell und rang sich ein Lächeln ab, obwohl sie aussah, als ob sie eher weinen wollte. „Wenn du jetzt gehst, wird Logan niemals wieder derselbe sein. Wenn du jetzt wirklich weglaufen willst, hättest du ihn auch gleich sterben lassen können."

„Er hat mich angelogen und mein Opfer bedeutungslos gemacht. Er hätte sich von mir beschützen lassen sollen."

„Aber wie hätte er das tun sollen? Er ist immerhin der Semel. Er ist der Anführer und du bist sein Gefährte. Du warst so lange allein und hattest niemanden, an den du dich anlehnen konntest, sodass du dich gar nicht mehr daran erinnerst, wie es ist, geliebt, beschützt und verehrt zu werden."

„Nein, ich …"

„Was er getan hat, war vielleicht dumm und gedankenlos, aber ihm ist nun mal nichts anderes eingefallen. Er hatte nur den einen Moment, um dich zu überraschen. Hinterher hat er sich wirklich grauenvoll gefühlt und er fürchtete sich vor deiner Reaktion. Aber alles, was er wusste, war, dass er dich beschützen musste. Er konnte sich nichts Schlimmeres vorstellen, als dich in dieser Arena zu wissen. Verstehst du das? Die Vorstellung, dich zu verlieren … es gab nichts Schlimmeres für ihn."

Ich drehte mich um, um zu ihm hinunterzuschauen und sah ihn langsam zu mir die Treppe heraufsteigen Ich hatte keine Ahnung, was ich tun sollte. Aber keinesfalls würde ich es vor so vielen Zuschauern tun.

„Nein, Jin!", hörte ich Delphine schluchzen, noch bevor ich auf der anderen Seite des Tals ankam. Ich sah zu den Menschen hinüber, die von hier oben winzig klein erschienen. Ich holte tief Luft, wandte mich ab und lief los. Niemand würde mich einholen können, und dieses Wissen beruhigte mich.

Zurück im Haus packte ich meine Sachen. Ich nahm Delphines Wagen. Um Crane brauchte ich mir keine Sorgen zu machen. Ich war mir sicher, dass er bei Logan war. Ich verdrängte ihn aus meinen Gedanken – die drehten sich sowieso einzig und allein um meinen Gefährten, vor dem ich gerade davonlief. Nichts ergab einen Sinn. Wie konnte er mich lieben und trotzdem so betrügen? Wie war es möglich, dass er so schnell mein Vertrauen gewonnen hatte, und wie hatte er dann dieses Vertrauen in einem einzigen Moment komplett zerstören können? Es war genau wie damals mit meiner Familie. Ich musste nachdenken und dazu brauchte ich Zeit. Ich konnte nur hoffen, dass man mir diese gewähren würde.

13

ALS RAYMOND Torres das Paragon Anfang der 90er Jahre gebaut hatte, hatte er in den Plänen ein bescheidenes, nur zehn Quadratmeter großes Apartment hinter der Bar der Lounge vorgesehen. Das Apartment sollte ihm vor allem als schnelle Gelegenheit dienen, sich mit den Frauen zu vergnügen, die er in der Nacht aufgegabelt hatte. Es musste ein Badezimmer und ein Bett haben, aber nachdem Dusche und Toilette eingebaut waren, war leider nur noch Platz für eine ziemlich schmale Schlafgelegenheit. Es gab kein Fenster und das machte es zu einem beengten, kleinen Raum, der noch am ehesten an eine Gefängniszelle erinnerte. Romantisch oder cool war er in keinem Fall, sondern eher ein Ort, an dem ein Gangster seine Beute verstecken würde. Da der Raum direkt hinter der Bar lag, hörte man das Klirren der Gläser und die lauten Stimmen der Betrunkenen durch die papierdünnen Wände. Auch hörte man ständig das Wasser in den Rohren rauschen. Es war so ziemlich der letzte Ort, an dem sich jemand ausruhen würde, aber damit auch so ziemlich der letzte Ort, an dem man man jemanden suchen würde, der genau das tun wollte.

Ich schloss mich in diesem Raum hinter der Bar ein, zu dem niemand außer mir und Ray einen Schlüssel hatte. Es war sauber, wenn auch beengt, und ich zog meinen Parka und meine Schuhe aus, bevor ich das Licht ausschaltete in der Dunkelheit und auf dem Bett zusammenbrach. Die Verwandlungen hatten mich erschöpft. Nur mein hoher Adrenalinspiegel hatte mich von der Arena zurück zum Haus und schließlich bis ins Restaurant gebracht. Ich hatte Ray vom Parkplatz aus angerufen, weil ich beim besten Willen nicht ohne Hilfe aus dem Auto kam. Schon wenige Minuten später war er bei mir gewesen. Während er mir nach drinnen half, bat ich ihn um einen weiteren Gefallen.

Aus dem einen Gefallen wurden schließlich drei, aber meinem Chef schien das nichts auszumachen. Ich brauchte einen Platz zum Schlafen, ich brauchte sofort etwas zu essen, und ich brauchte jemanden, der Delphines Auto zurückfuhr. Eine Stunde später brachten zwei der Kellner den Lexus zu Logans Haus zurück. Ich wollte nicht, dass ihn jemand vor dem Restaurant stehen sah. Wobei es nicht sehr wahrscheinlich war, dass in nächster Zeit irgendjemand nach mir suchen würde. Wenn ich schon so ausgelaugt war, dann musste Logan völlig erschöpft sein. Er war wahrscheinlich direkt ins Bett gefallen und eingeschlafen. Der Gedanke war nicht sehr angenehm, denn ein Teil von mir wollte nichts anderes, als neben ihm liegen und sich von ihm in die Arme nehmen lassen. Der andere Teil war das Problem. Der Teil, der mich daran erinnerte, dass ich schon einmal betrogen worden war. Ich war sogar zu müde zum Denken, und als Ray darauf bestand, dass ich oben schlafen sollte, widersprach ich nicht, sondern legte mich hin und versank in einen tiefen, traumlosen Schlaf.

DER HUNGER weckte mich am nächsten Abend nach sechzehn Stunden Schlaf. Zum Glück hatte ich vor dem Einschlafen noch etwas gegessen, sonst hätte es gefährlich werden können. Weil Verwandlungen viel Energie kosteten, brauchten Panther hinterher Nahrung und Wasser. Darum hatte ich gestern noch ein Steak gegessen und gefühlte fünf Liter Wasser getrunken. Zum Aufstehen war ich immer noch zu müde, aber als ich Ray anrief, brachte er mir einen Hamburger mit Pommes Frites, ein Glas Milch und noch mehr Wasser. Als ich ihm sagte, wie nett ich es fand, vom Chef persönlich bedient zu werden, erklärte er mir, dass außer uns beiden niemand von diesem Raum zu wissen brauchte. Hier gehe es nicht um mich, er wolle nur sein Geheimnis bewahren. Aber die Zuneigung in seinen Augen und die Art, wie er durch meine Haare strich, straften seine Worte Lügen. Er setzte sich zu mir und wir unterhielten uns eine Weile. Mir war klar, dass ihn die Neugier plagte, aber er stellte keine Fragen. Ich wusste seine Zurückhaltung sehr zu schätzen. Eine halbe Stunde später ging er und ich schlief sofort wieder ein.

Als ich am nächsten Tag um fünf Uhr nachmittags wach wurde, war ich zwar wieder sehr hungrig, aber in der Lage, aus dem Bett aufzustehen und zu duschen. Nachdem ich mich umgezogen hatte, ging ich hinunter in die große, geschäftige Küche des Restaurants. Ich wappnete mich schon für die Sticheleien meiner Kollegen, aber dann fiel mir wieder ein, dass ich streng genommen keinen Tag gefehlt hatte. Nach zwei durchgearbeiteten Wochen hatte ich ohnehin ein paar Extratage frei gehabt. Ich war genau an dem Abend wieder da, an dem ich auch eingeplant war. Und das entbehrte nicht einer gewissen Ironie. Nach mehreren Auseinandersetzungen auf Leben und Tod war ich pünktlich wieder bei der Arbeit.

In der Küche setzte ich mich an den Tresen, während Ramon mir etwas zu essen machte. Frühstück zum Abendessen war schon immer mein heimlicher Favorit gewesen, und nach einem riesigen Omelett, einem Pfund Schinken, Toast und ungefähr zwei Litern Apfelsaft fühlte ich mich wieder wohler. Ramon sah zu, wie ich noch mehr Wasser in mich hineinschüttete. Als ich aufstand und mich bei ihm bedankte, fragte er mich, wo ich das nur alles hinsteckte. Er wies mich immer wieder gerne darauf hin, dass sich mein Metabolismus eines Tages ändern würde und dass ich dann mit meinen furchtbaren Essgewohnheiten als Fünfhundert-Kilo-Mann enden würde – da konnte ich ihm noch so oft sagen, dass er sich darüber keine Gedanken zu machen brauchte.

Ray fing mich ab, als ich aus der Küche kam. Er fragte mich, ob ich heute arbeiten wollte oder nicht. Da die Alternative darin bestand, in meiner Gefängniszelle an die Decke zu starren, entschied ich mich fürs Arbeiten. Als Mike eine Stunde später eintraf, erkundigte er sich, wo mein Schatten sei. Ich antwortete ihm ganz ehrlich, dass ich keine Ahnung hatte, wo Crane Adams gerade war.

Wenn man beschäftigt bleibt, vergeht die Zeit schnell. Ich hatte reichlich zu tun, aber das kam mir geraderecht, denn die viele Arbeit hielt mich vom Denken ab. Gegen Ende des Abends, als ich gerade beim Aufräumen war, hörte ich, wie mein Name durch den ganzen Raum gerufen wurde. Ich sah nicht auf, sondern wischte weiter Tische ab, bis Crane mich erreicht hatte.

„Was zum Teufel tust du hier?"

Ich sah ihn nur an.

„Himmelherrgott, Jin. Logan verliert den Verstand, und du bist auf der Arbeit?"

Ich wollte um ihn herumgehen, aber er stellte sich mir in den Weg.

„Jin, dein Semel braucht dich!"

Ich schob ihn beiseite und ging zur Bar hinüber. Er folgte mir auf dem Fuße.

„Was wirst du tun? Wieder davonlaufen?"

Ich antwortete ihm nicht. Ich war zu wütend. Es hatte nur ein paar Tage gedauert, bis seine Loyalität nicht mehr mir galt, sondern Logan.

„Ich werde ihm sagen müssen, wo du bist."

„Ich bezweifle, dass er das nicht längst weiß", sagte ich und sah ihn dabei nicht an.

„Wenn er es wüsste, wäre er hier."

„Nein", sagte ich leise. „Er gibt mir Zeit zum Nachdenken."

„Er ist vollkommen fertig, Jin. Sieh mich an."

Ich hob den Kopf und sah seine Kiefermuskeln arbeiten, sah, wie er die Stirn runzelte und die Hände an seinen Seiten zu Fäusten ballte. „Er hat bisher nicht geschlafen, er verwandelt sich nicht, er heilt seinen Wunden nicht und er will nichts essen … Du musst mit mir nach Hause kommen, sonst hat es keine Bedeutung mehr, dass er gewonnen hat. Bald wird nichts mehr von ihm übrig sein."

Ich starrte ihn an, denn ich hatte ihn noch nie zuvor so ernst gesehen.

„Bitte, Jin, selbst wenn du nicht bleiben willst … sorge dafür, dass er isst und schläft. Wir wissen beide, dass niemand dich zwingen wird, gegen deinen Willen dort zu bleiben."

Ich räusperte mich. „Logan Church ist ein starker Mann und zuallererst ist er ein Anführer. Vermutlich isst er gerade jetzt, wo wir miteinander sprechen. Geh nach Hause, dann wirst du es schon sehen, Crane."

„Jin …"

„Geh jetzt, Crane."

Da ich ihn nicht ansah, konnte ich auch seinen Gesichtsausdruck nicht deuten, aber ich hörte die Tür zuschlagen, als er ging.

Eine Stunde später wollte ich im Diner einen Kaffee trinken und ein Stück Kuchen essen. Ich ging gerade die Straße entlang, als plötzlich ein Auto neben mir am Straßenrand abbremste. Der Wagen wurde langsamer, hielt aber nicht an, und als sich das Fenster auf der Beifahrerseite öffnete, sah ich Mikhail.

„Hey", sagte er leise.

„Crane konnte wohl den Mund nicht halten?"

Er stritt es nicht ab. „Nein", stimmte er zu.

Ich schob meine Hände tiefer in die Taschen meines Parkas. Draußen war es kalt. Trotz Parka, Strickmütze und Schal fror ich immer noch, und wenn ich sprach, konnte ich meinen Atem vor dem Mund sehen. „Zuerst und vor allem anderen ist Logan ein Semel. Er kennt seine Pflicht. Er wird schon auf sich aufpassen."

„Aber siehst du, das ist es ja gerade. Er hat seine Pflicht getan. Er hat seinen Stamm gerettet, seine Reah, sogar Domin hat er gerettet", sagte er. „Aber sich selbst hat er nicht gerettet."

„Wie genau hat er mich gerettet?"

„Du wärst jetzt tot, wenn du mit fünf Panthern in die Arena gegangen wärst."

Ich blieb stehen und drehte mich zu ihm um. Er hielt den Wagen an und stieg schneller aus dem Auto, als ich das bei einem so großen Mann für möglich gehalten hätte. „Ich wollte ihn beschützen!", schrie ich ihn an.

„Du wärst getötet worden, schlicht und einfach!" Er bohrte mir seinen Zeigefinger in die Brust, um seinen Worten mehr Nachdruck zu verleihen. „Logan hätte nie zugelassen, dass diese Aasgeier seinen Gefährten bekommen und das weißt du verdammt genau! Und jetzt bestrafst du ihn dafür, dass er dir das Leben gerettet hat? Ja, vielleicht hat er dabei ja Scheiße gebaut, aber was hätte er denn verdammt noch mal sonst tun sollen?"

„Ich habe ihn gerettet, nicht umgekehrt!"

„Er hat dich gerettet!"

„Also habe ich gar nichts getan."

Er packte mich am Kragen und zerrte mich mit einem Ruck zu sich. „Du hast ihm das Leben gerettet und den Sieg verschafft. Nach dem Gesetz durftest du nur zu ihm in die Arena, weil du die Herausforderung selbst schon angenommen hattest. Wäre einer von uns ihm zu Hilfe gekommen, wäre automatisch Domin als Sieger aus dem Kampf hervorgegangen."

„Bis die anderen geschummelt haben", erinnerte ich ihn.

„Ja", er seufzte. „Da hätte es auch leicht zu einem Krieg eskalieren können. Aber Logan wollte keinen von uns zu euch beiden in die Arena lassen. Er wäre lieber gestorben und das wussten wir alle."

„Ich weiß."

Er ließ mich los, und sofort brachte ich etwas Abstand zwischen uns.

„Jin, du warst unglaublich", sagte er, und es lag eindeutig Ehrfurcht in seiner Stimme. „Du … ich habe noch nie eine Katze wie dich gesehen. Ich habe in meinem ganzen Leben noch niemanden gesehen, der sich so verwandeln kann wie du. Ich wusste gar nicht, dass das überhaupt geht. Trotzdem … Logan hat sich geopfert, weil er zuerst ohne dich in die Arena gegangen ist, um sich fünf Panthern zu stellen, weil er sie nicht in die Nähe seines Gefährten lassen wollte. Verstehst du das denn nicht?"

„Natürlich, aber darum geht es gar nicht."

„Nur darum geht es, um nichts anderes."

„Da liegst du falsch."

„Jin, ich weiß, dass mein Semel heute tot wäre, wenn du nicht gewesen wärst. Das habe ich durchaus begriffen. Aber was du anscheinend nicht verstehen willst, ist, dass wenn Logan nicht schläft, wenn er nicht isst, wenn er nicht aufhört zu bluten … dann hat sein Körper bald seine letzten Reserven aufgezehrt. Dann wird er genauso tot sein, als wäre er in der Arena gestorben."

Ich starrte Mikhail an. „Ich möchte nicht dort bleiben."

„Okay."

„Versprich es mir."

„Du bist meine Reah", drängte er. „Niemand kann dich gegen deinen Willen zu etwas zwingen."

Ich sah ihm prüfend in die dunklen, saphirblauen Augen und er hielt meinem Blick stand.

„Dir ist wohl immer noch nicht klar, dass du den höchsten Platz einnimmst."

Ich deutete mit dem Kopf auf den Wagen. „Lass uns gehen."

Eine Menge Leute waren im Haus, als ich dort ankam. Yuri nahm uns an der Haustür in Empfang und ging voraus. Mikhail folgte mir und so konnte mich niemand auf meinem Weg aufhalten. Als Koren meinen Namen rief, ging ich schneller, und Logans Ratgeber hielten ihn zurück. Einige hier mochten mir vorher freundlich gesinnt gewesen sein, aber nun hassten mich bestimmt alle für das, was Logan meinetwegen durchmachen musste. Mir war nicht danach, mich anschreien zu lassen. Ich wollte nur nach Logan sehen und mich mit meinen eigenen Augen davon überzeugen, dass die Lage nicht so düster war, wie jeder sie mir darstellte.

Er war im Bett, sein Oberkörper gegen das Kopfende gelehnt, und ich sah, dass die Wunden, die er während des Kampfes erlitten hatte, nicht geheilt waren. Auf der Bettwäsche waren Flecken von getrocknetem Blut. Seine Haut hatte ihren normalen Goldton verloren und wirkte nun eher grau. Seine Atmung war flach und gequält. Das Feuer im Raum brannte nicht hoch genug, um ihn warm zu halten; wie seine blau verfärbten Lippen zeigten Mir war sofort klar, dass all das weniger mit mir zu tun hatte als vielmehr damit, dass sich niemand um ihn gekümmert hatte. Ich konnte mir nicht vorstellen, wessen Befehl seine Mutter von seiner Seite ferngehalten hatte. Ich verließ den Raum wieder und rief nach ihr. Wenige Minuten später erschien sie vor der Tür.

Ihr Gesicht war schmerzverzerrt. „Jin?"

„Du kochst etwas und ich sorge dafür, dass er es isst."

Sie sah mir unverwandt in die Augen und es mochte mir beim besten Willen nicht gelingen, ihren Gesichtsausdruck zu entschlüsseln.

„In Ordnung?"

Sie umfasste mein Gesicht und schenkte mir ein breites Lächeln. „Ich liebe dich, weißt du das?"

Ich war verdutzt, denn diese Reaktion hatte ich nicht erwartet.

147

„Oh, Jin." Sie blinzelte heftig, um ihre Tränen zurückzuhalten. „Ich liebe dich einfach über alles."

Ich küsste sie auf die Stirn und bat sie darum, mir Koren und Russ heraufzuschicken. Nur wenige Sekunden, nachdem sie mich verlassen hatte, erschienen Logans Brüder, aber sie hatten es nicht so eilig. Ich musterte sie und sah Ärger in ihren Gesichtern.

„Du musst mich nicht mögen", fauchte ich Koren an. „Ich brauche nur eure Hilfe, um ihn zu baden, und das Feuer muss viel …"

„Du siehst mich ja gar nicht an", schnappte Koren. Mein Blick schnellte zurück zu seinem Gesicht, und erst da sah ich, wie schwer er um Fassung rang. „Ich bin so dankbar, dass du da bist, Reah. Er ist der Semel unseres Stammes und deshalb konnte niemand seine Befehle widerrufen, nachdem du weg warst. Er hat uns alle rausgeworfen … uns blieb nichts anderes übrig, als zu warten, bis er uns wieder hereinruft."

Ich nickte.

„Jin."

Ich wandte mich dem anderen Bruder zu.

„Bitte höre mir jetzt gut zu." Russ' Stimme brach. Er streckte die Hand nach mir aus, hielt aber inne, bevor er mich tatsächlich berührte. „Wir sind alle so dankbar, dass du hier bist. Nach dem, was er dir angetan hat … dass du trotzdem gekommen bist … vielen Dank, Reah."

Ich schaute zwischen den beiden Männern hin und her.

„Du glaubst gar nicht, wie viel uns deine Anwesenheit bedeutet", versicherte Koren.

Ich nickte. „Ich lasse ihm ein Bad ein."

Nachdem die riesige Wanne mit warmem Wasser gefüllt war, rief ich die beiden Männer, damit sie mir halfen, Logan ins Bad zu tragen. Wir zogen ihm den zeremoniellen Mantel aus, den er seit dem Kampf in der Arena vor zwei Nächten nicht ausgezogen hatte und brachten ihn dann ins Badezimmer. Er wachte nicht auf, als wir ihn ins Wasser setzten und langsam fing ich an, mir Sorgen zu machen. Aber als ich mit meinen Fingern durch sein Haar strich, sah ich, wie er zitterte. Schon wollte ich den Heißwasserhahn wieder aufdrehen, da legte sich eine Hand um mein Handgelenk, um mich davon abzuhalten. Als ich den Kopf drehte, sah ich in seine schönen, honigfarbenen Augen.

„Mein Gefährte", seufzte er und ich sah ihn schwer schlucken. „Du musst mir ver…"

„Darf ich dir die Haare waschen?", unterbrach ich ihn sanft.

Tränen traten ihm in die Augen, als er nickte.

„Hol mir bitte eine Kanne", dirigierte ich seinen Bruder. „Koren, hilf mir, ihn aufzurichten."

„Ich kann mich bewegen", sagte Logan heiser. „Wir brauchen Koren nicht."

Ich nickte, und plötzlich waren wir allein. „Nimm meine Hand."

Er nahm sie und als meine Haut über seine glitt, sah ich ihn wieder zittern.

„Du frierst ja."

„Das liegt nur an dir", sagte er, während er mich eingehend betrachtete. „Ich zittere immer, wenn du mich berührst."

„Nein, tust du nicht." Ich lächelte ihn an.

„Doch." Er atmete langsam aus. „Ich kann es normalerweise nur besser verstecken."

Ich holte Luft. „Beug dich nach vorne."

Er tat, wie geheißen und ich wusch sein Haar mit Hilfe der Kanne, die Koren mir gebracht hatte. Als ich den Schaum ausspülte, wechselte die Farbe des Wassers von klar zu rosa.

„Ich muss das Wasser ablassen, aber ich mache gleichzeitig die Dusche an. Da ist einfach zu viel Blut im Wasser. Ich will nicht, dass es wieder an deine Haut kommt."

„Mach, was du willst, es ist mir egal", flüsterte er. „Lass mich nur weiter deine Hände spüren. Bitte, geh nicht weg."

„Kannst du stehen?"

„Ich kann tun, was immer du willst."

Aber das Aufstehen fiel ihm dann doch schwerer, als er gedacht hatte. Am Ende stand ich in voller Montur mitsamt Jeans, T-Shirt und Wanderstiefeln unter der Dusche und hielt ihn aufrecht. Es war schon komisch. Ich hatte mich immer für groß gehalten, aber neben Logan, der mich fast um einen Kopf überragte, fühlte ich mich plötzlich klein und zerbrechlich.

„Gott, was siehst du gut aus, wenn du nass bist", brummte er und seine Stimme klang tief und sexy. Seine linke Hand krallte sich in mein Haar, als er meinen Kopf zurückbog und meine Kehle entblößte. „Du bist so wunderschön … mein Gefährte, meine Reah."

Dabei war er derjenige mit dem umwerfend schönen Körper, nicht ich.

Ich fühlte seinen Mund auf meiner Haut, bevor ich überhaupt bemerkte, dass er sich über mich gebeugt hatte. Er ließ federleichte Küsse auf mein Schlüsselbein regnen. „Wir müssen dich ins Bett zurückschaffen."

„Was immer du willst", sagte er heiser. Seine Hände lagen auf meinen Schultern. „Wenn du nur hierbleibst."

Ich antwortete nicht, sondern half ihm stattdessen aus der Badewanne.

In Handtücher eingehüllt, schaffte es Logan fast ohne meine Hilfe zu seinem frisch bezogenen Bett zurück. Der Raum hatte sich erwärmt, und das Essen auf dem Tablett neben dem Bett roch himmlisch. Bei näherem Hinsehen enthielt es jedoch nicht annähernd genug Protein. Ich bat Koren, der das Feuer schürte, ein weiteres Mal nach unten zu gehen und mir mehr Fleisch zu bringen. Er wollte meine Kleidung mitnehmen, um sie trocknen zu lassen. Als ich anfing, mich aus meinem T-Shirt zu schälen, hörte ich Logan meinen Namen flüstern. Ich drehte mich zu ihm um und begegnete überrascht seinem finsteren Blick. Er sah erschöpft aus, vollkommen ausgelaugt, mit Ausnahme seiner Augen. Sie sahen mich ärgerlich an.

„Zieh dich gefälligst im Badezimmer um und bring ihm deine Kleider heraus. Dort gibt es Handtücher, mit denen du dich bedecken kannst. Niemand außer mir sieht deine nackte Haut, Reah. So ist das Gesetz."

Ich wusste, dass er recht hatte, obwohl es eigentlich lächerlich war. Für eine Reah mit einem Gefährten galt eine ganze Liste von Ge- und Verboten. Die meisten Vorschriften waren hauptsächlich dafür da, dass der Semel nicht ständig das Bedürfnis hatte, irgendjemanden in Stücke zu reißen, nur weil dieser seiner Reah zu nahe kam. Mir wurde klar, dass Koren und Russ mich auch genau aus diesem Grund vorhin nicht angefasst hatten. Jeder Körperkontakt hatte von der Reah auszugehen und auch dann nur mit Zustimmung des Semel. Als ich sah, wie Logan seinen eigenen Bruder anstarrte, verstand ich plötzlich den Grund für diese Regeln. Ein Semel war unter normalen Umständen ein rationaler und logisch handelnder Mensch, aber nicht, wenn es um seinen Gefährten ging. Der Bund war stärker als jede Vernunft.

Ich huschte ins Badezimmer, zog mich aus und kam wieder zurück, nachdem ich mich in ein riesiges Badehandtuch eingewickelt hatte.

„Ich bin keine Frau", sagte ich zu Logan, „daher betreffen mich viele von diesen antiquierten Regeln gar nicht. Ich muss mich nicht ständig komplett verhüllen und außerdem hat dein gesamter Stamm mich in jener Nacht nackt gesehen."

Er machte ein eindeutig frustriertes Geräusch tief in seinem Rachen und als er den Mund öffnete, um etwas zu sagen, sah ich seine Reißzähne hervorblitzen.

Koren nutzte diese Sekunde der Stille, um eilig den Raum zu verlassen. Plötzlich waren wir also wieder allein. Ich beobachtete, wie Logan um die Kontrolle über seinen geschwächten Körper kämpfte. Seine Hände ballten sich in den Laken zu Fäusten, die Muskeln in seinem Kiefer und seinem Nacken spannten sich an und er schloss die Augen.

„Hör endlich auf, dagegen anzukämpfen, du Idiot", fauchte ich ihn an. „Nun verwandle dich schon."

„Aber ich weiß nicht, wie lange ich …"

„Verwandle dich!"

„Ich will mit dir reden."

„Tu jetzt gefälligst, was ich dir sage."

„Nein! Tu du gefälligst, was ich sage, und verlass mich nicht!"

„Das hast du dir selbst zuzuschreiben, weil du dich wie ein Arschloch benommen hast!"

„Ich muss mit dir reden!", schrie er zurück, aber es klang eher wie ein Fauchen, da er sich mitten im Satz verwandelt hatte. Es ging schnell, zwar nicht in einem Augenblick wie bei mir, aber es war trotzdem beeindruckend.

„Na, siehst du." Ich lächelte ihn an und meine Wut war sofort verflogen. Ich wusste auch warum, so kleinlich das auch von mir war. In seiner Pantherform konnte er mir nicht widersprechen. Ich war erleichtert, denn jetzt konnte er nichts anderes tun, als mir zuzuhören. „Wie konntest du nur so unvorsichtig sein, Logan? Das war sehr gefährlich."

Er wandte mir seinen riesigen Kopf zu, und ich nahm den Teller mit Fleisch und hielt ihm ein Stück Wild hin.

„Du bist also in dein Zimmer gegangen, um dich nur für eine Minute auszuruhen. Du hast den Befehl gegeben, dass du nicht gestört werden wolltest und bist dann eingeschlafen."

Er war mit dem ersten Stück Fleisch fertig, und ich gab ihm ein zweites und ein drittes, bevor ich den Teller vor ihn auf das Bett stellte. Innerhalb von Sekunden war alles verschlungen – fast ein ganzes Kilo Fleisch. Ich stand auf, ging zur Tür und rief nach einer Schüssel. Wenige Augenblicke später brachte Russ mir eine.

„Ich gebe ihm jetzt Leitungswasser, aber könntest du mir bitte ein paar Flaschen Wasser bringen? Am besten gleich einen ganzen Kasten, denn er wird viel Flüssigkeit brauchen, wenn er aufwacht."

Er nickte, rührte sich jedoch nicht vom Fleck.

„Was ist denn?"

„Wird er wieder ganz der Alte?"

Ich öffnete die Tür einen Spalt. „Sieh selbst."

„Oh", Russ atmete auf. „Er hat sich verwandelt. Gott sei Dank."

„Es wird alles wieder gut", sagte ich sanft und schaute ebenfalls zu Logan hinüber. Es überraschte mich, ihn in Angriffshaltung zu sehen – die Ohren angelegt und die Zähne gefletscht. „Geh jetzt. Beeil dich mit dem Wasser."

„Wahnsinn", sagte Russ, vollkommen fasziniert davon, wie sein Bruder in seiner Tiergestalt ihn anfauchte.

„Du solltest wirklich gehen", drängte ich mit leiser Stimme.

„Sieh ihn dir an. Er hat keine Ahnung, wer ich bin. In dieser Form und so müde und erschöpft, sieht er in mir nichts als eine Bedrohung. Du bist der einzige, den er erkennt, egal in welcher Gestalt. Im Moment weiß er nur, dass du ihm gehörst, und dass ich zu nahe bei dir stehe."

„Ja, und deshalb machst du jetzt besser, dass du fortkommst", sagte ich und schob ihn aus der Tür, bevor ich sie hinter ihm schloss. „Nur Idioten in dieser Familie, von deiner Mutter mal abgesehen", murmelte ich und ging um das Bett herum.

Logan wartete auf mich wie erstarrt, und als ich mit der Schüssel voll Leitungswasser zurückkam, legte er den Kopf schief.

„Russ bringt dir später einen Kasten Wasser, aber jetzt musst du erst mal das hier trinken." Als er sich nicht bewegte, sagte ich mit mehr Nachdruck: „Du bist ein Tier. Trink das gottverdammte Wasser!"

Er beugte sich vor, um aus der Metallschüssel zu trinken. Als sie leer war, stand ich auf und füllte sie erneut. Als ich ihm dabei zusah, wie er ein zweites Mal das Wasser aufleckte, wurde mir bewusst, wie nah er dem Tod gewesen war. Ich schnipste gegen seine Nase und er wich knurrend zurück.

„Du bist eingeschlafen, ohne zu essen oder zu trinken. Was hast du dir nur dabei gedacht? Wenn wir uns das erste Mal verwandeln, wird uns allen das Gleiche beigebracht … Du siehst zu, dass dein Blutzuckerspiegel in Ordnung ist, du nimmst sehr viel Protein zu dir und du trinkst reichlich Wasser. Wenn du das verschlampst, riskierst du im schlimmsten Fall Koma und Tod, bestenfalls den übelsten Kater deines Lebens. Du weißt das alles und trotzdem hast du hier drin gesessen wie ein Idiot und dich fast selbst umgebracht. Dass du vorhin überhaupt noch mit mir sprechen konntest, zeigt nur, wie stark du bist.“

Er versuchte, seinen Kopf in meinen Schoß zu legen, aber ich stieß ihn weg.

„Als dir dann endlich klar wurde, dass du ein Problem hast, warst du schon zu schwach, um es zu lösen“, schimpfte ich weiter. „Und jetzt denken alle, dass du nur meinetwegen so aufgelöst warst. Ein klassischer Fall von Herzschmerz und so, aber das ist Bockmist und das weißt du so gut wie ich. Du hast dir das selbst zuzuschreiben, aber für alle anderen sieht es jetzt so aus, als wäre ich allein schuld an dem ganzen Scheiß, der dir ständig passiert.“

Er lehnte sich an mich, aber ich schnipste ihn wieder auf die Nase. Als er mich anfauchte, gab ich ihm einen Klaps.

„Trink das Wasser“, befahl ich.

Er gehorchte sofort.

Nachdem ich mehrere Minuten dabei zugesehen hatte, wie er aß und trank, stand ich auf, legte noch ein paar Scheite aufs Feuer und schaltete dann alle anderen Lichter aus. Ich wollte, dass er schlief.

„Kannst du dich halb verwandeln?“

Zur Antwort verwandelte er sich in einen Werpanther und ließ sich erschöpft auf das Bett fallen.

„Gut“, sagte ich, setzte mich neben ihn und zog ihm die Decke bis unter das Kinn. Als ich mich zurücklehnen wollte, nahm er meine Hand, legte sie auf sein Herz und hielt sie dort fest.

„Reah.“ Er konnte kaum verständliche Worte formen mit dieser rauen Stimme, die eher wie ein Grollen oder Schnurren klang. „Hier, Reah.“

Unsere Herzen waren eins und meines fühlte sich an, als würde es brechen.

„Du musst schlafen“, sagte ich und schaute in seine Augen, in denen man kein Weiß, sondern nur noch Gold sah. „Bitte schlaf jetzt.“

Er schüttelte den Kopf und zog meine Hand langsam über seine Brust, meinen Arm gleich mit. Er wollte, dass ich mich zu ihm legte.

„Ich bleibe hier, bis du eingeschlafen bist.“

Mit einem lauten Knurren zog er ruckartig an meinem Arm. Mein Kopf landete auf seiner Brust, eine klauenbewehrte Hand umfasste meinen Hintern, die andere umschloss fest mein Handgelenk. Ich würde nirgendwo hingehen.

Ich hob den Kopf und meine Lippen strichen unter seinem Kinn entlang, als ich sprach. „Schlaf jetzt."

Die Hand auf meinem Hintern hatte andere Pläne. Logan schob mein Handtuch hoch, bis seine rasiermesserscharfen Klauen über meine bloße Haut kratzten. Ich hörte ihn vor Begehren wimmern, aber ich wusste auch, dass er nicht einfach nur schlafen würde. Er würde wie bewusstlos sein. Und wenn sein Körper sich vorher entspannen konnte, würde er umso schneller einschlafen. In seiner Form als Werpanther war er seinen fleischlichen Gelüsten viel mehr ausgeliefert. Ich brauchte sie nur zu wecken, zu schüren und dann zu befriedigen.

Als ich sein Kinn küsste, schnurrte er zufrieden und als ich seine Kehle entlang leckte, legte er den Kopf in den Nacken, damit ich besser herankam. Er ließ mich los, sodass ich mich über ihm aufrichten und an seinem Hals entlang bis zu seinem Schlüsselbein küssen konnte. Ich sah, wie sich seine Hände in die Laken krallten, als ich seine rechte Brustwarze in den Mund nahm. Ich leckte und biss, dann widmete ich mich der anderen, langsam und sinnlich. Ich ließ mir Zeit, bis er sich unter mir wand. Während ich mich weiter nach unten vorarbeitete, zog ich mit der Zunge eine Spur entlang der Einbuchtung zwischen seinen flachen, harten Bauchmuskeln und legte meine Hand um seinen steinharten Schwanz. Als ich wieder aufsah, waren seine Augen glasig, er rang nach Luft und sein Körper unter mir war ruhelos, als ich ihn streichelte.

Er wimmerte und winselte und sein Körper bäumte sich auf. Er brauchte mehr von mir, war aber nicht in der Lage, sein Bedürfnis in Worte zu fassen. Als ich mich vorbeugte und die Spitze seines Schwanzes mit der Zunge berührte, entfuhr ihm ein heiserer Schrei. Er wölbte sich mir entgegen und versuchte erfolglos, sich in mir zu versenken. Er war zu geschwächt und so erschöpft, dass er sich kaum noch bewegen konnte. Er konnte sich nur unter mir winden. Ich sog ihn tief in meinen Mund, leckte jeden Zentimeter seines langen, dicken Schwanzes, hinein in den kleinen Schlitz, herum um die Eichel, an der vorstehenden Ader an der Seite entlang zur Wurzel und dann wieder hoch, mit einem festen Druck und nur einem Hauch von Zähnen.

Wie schön er war, als er sich mit zurückgeworfenem Kopf und geschlossenen Augen laut stöhnend unter mir wand. Seine Erektion war wie heißer Stahl in meinem Mund. Er war verloren in den exquisiten Empfindungen, die durch seinen Körper pulsierten und dies war mein Verdienst. Erstaunlich, wie dieser starke Mann, sonst so voll Hitze und Kraft, mich nun anbettelte. Ich war es, der ihn brennen ließ. Er überließ mir die Kontrolle.

„Sag mir, was du willst", verlangte ich, leckte seine Rute, knabberte an seinen Hoden, machte alles glitschig und nass und heiß.

Alles, was er herausbrachte, war das Wort „hart", aber ich verstand trotzdem. Er wollte meinen Mund hart und fest spüren. Das war keine Bitte, sondern der Befehl eines Semel an seinen Gefährten. Ich konnte nicht anders, als ihm zu gehorchen. Ich schluckte seinen Schwanz, nahm ihn in meine Kehle auf, bis mein Gesicht in seinen Schamhaaren vergraben war. Atemlos stöhnte er auf.

Ich wusste, dass es sich für ihn gut anfühlte, wusste, wie gut ich mit dem Mund war. Man hatte es mir schließlich oft genug gesagt. Trotzdem war es mit ihm anders, denn er gehörte mir. Er war so tief in mir, dass die Spitze seines Schwanzes gegen meinen Rachen stieß, woraufhin ich schnell und hart saugte. Ich spürte, wie er in meinem Mund noch mehr anschwoll, hörte ihn meinen Namen brüllen, als er kam, und fand mich von seinem schmerzhaften Griff in meinem Haar festgehalten, sodass ich mich nicht bewegen, nicht zurückziehen konnte. Ich schluckte krampfhaft, als ein spärlicher Spritzer Samen meine Kehle hinunter rann. Woher hätte auch mehr kommen sollen, so ausgetrocknet, wie er war. Er drückte mich an sich, als sein ganzer Körper unter seinem Höhepunkt vibrierte.

Ich behielt ihn im Mund, bis er wieder schlaff war und mich losließ. Als ich mich zurücklehnte und mir den Mund abwischte, sah ich, wie sehr er darum kämpfte, bei Bewusstsein zu bleiben. So erschöpft er auch war, ein Lächeln von mir sorgte doch dafür, dass sein ganzer Körper erbebte. Dann verschwand das Licht aus seinen Augen, er verlor das Bewusstsein und nahm sofort wieder menschliche Gestalt an. Er war wieder Mann, und vollkommen verausgabt. Behutsam stand ich vom Bett auf. Ich beugte mich über ihn und streichelte sein Haar, als ich ein leises Klopfen an der Tür hörte.

„Komm rein."

Mit meinen Kleidern über dem Arm schlüpfte Koren in den Raum. Ich nahm sie ihm ab, dankte ihm und huschte ins Badezimmer. Wenige Minuten später stand ich wieder über Logan gebeugt da und beobachtete, wie sich seine Brust regelmäßig hob und senkte. Er schlief tief und fest, und würde dies sicherlich noch eine ganze Weile tun. Es war beruhigend zu wissen, dass es ihm bald wieder gut gehen würde.

Unten wartete ich in einer Nische neben der Treppe auf Mikhail.

„Jin."

Ich drehte mich um und sah Peter Church.

„Jin, deine Stiefel sind immer noch nass. Sie brauchen bestimmt noch ein paar Stunden zum Trocknen. Warum bleibst du nicht einfach so lange hier?"

„Nein." Ich schüttelte den Kopf und ging in Richtung Tür. „Ich muss gehen."

„Warum?"

„Ich muss über viele Dinge nachdenken. Ich wollte nur dafür sorgen, dass es ihm gut geht, nur deshalb bin ich gekommen."

„Sobald er aufwacht, wird er dich holen kommen."

Ich winkte ab. „Sobald er aufwacht, wird er sich um seinen nagelneuen Stamm kümmern müssen. Apropos, wo steckt eigentlich Domin?"

„Koren passt auf ihn auf. Domin schläft noch. Ich bin überrascht, dass du schon auf bist."

Ich zuckte die Schultern. „Ich heile schnell."

„Und du verwandelst dich schnell und du läufst schnell. So jemand wie du ist mir noch nie untergekommen."

„Was könnte schon seltsamer sein als eine männliche Reah?" Ich lächelte ihn an, als Mikhail neben mir auftauchte. Ich wandte mich zum Gehen, aber Peters Hand auf meiner Schulter hielt mich auf.

„Komm bald wieder nach Hause, Jin. Logan ist nicht der einzige hier, der dich braucht."

Es war nett von ihm, das zu sagen. „Tu mir einen Gefallen."

„Was du willst", sagte er ernsthaft.

„Könntest du auf Crane aufpassen?"

Er nickte. „Natürlich. Er ist gerade auf dem Weg vom Gästehaus hierher zu dir. Vielleicht möchtest du ja auf ihn warten und mit ihm sprechen, etwas essen … Eva ist ganz wild darauf, dich zu bekochen."

Der Mann versuchte wirklich alles, um mich aufzuhalten. Ich lächelte ihn an und legte ihm eine Hand auf die Schulter. „Nein, sie soll lieber ihn aufpäppeln und du pass bitte auf ihn auf."

„Das werde ich, Jin. Ich werde mich gut um ihn kümmern."

„Ich danke dir, Vater meines Gefährten", sagte ich leise und ging durch die Tür, die Mikhail für mich aufhielt. Neben Logans Sylvan durch den Schnee zu stapfen, war friedvoll, bis er zu reden begann.

„Er hat recht. Wir alle brauchen dich und möchten dich bei uns haben. Wir wissen jetzt, wie es ist, einen Semel mit einer Reah zu haben. Deshalb ist es schlimm für uns, dass du nicht hier bist. Ich fühle mich innerlich hohl und mir ist, als würde ein kalter Wind in mir wehen."

Ich drehte mich langsam zu ihm um und zog eine Augenbraue hoch.

Er zeigte mir den Finger und lächelte dann breit.

„Sind wir da nicht ein bisschen zu poetisch, Sylvan?"

Er stieß einen tiefen Seufzer aus. „Du machst dich lustig über die Liebe, die ich für dich empfinde. Ich würde dich liebend gern zur Hölle schicken, aber wenn du so lächelst, kann ich dir nicht widerstehen. Dich nur anzusehen, macht mich schon glücklich. Für Logan muss es überwältigend sein."

Ich blieb still.

„Er muss dir ja völlig verfallen sein."

„Dazu kann ich nichts sagen."

„Er liebt dich. Ist das nicht genug?"

Wenn ich das nur wüsste.

14

ES WAR Freitagabend. Ich war auf der Arbeit und versuchte wie üblich, nicht über Logan Church nachzudenken. Ganze sieben Tage waren gekommen und gegangen, ohne ein Wort von ihm. Obwohl das irgendwie auch gut war – ich war in ein neues Studioapartment gezogen, weil Crane nicht länger mit mir zusammenwohnte, hatte die Stelle als Geschäftsführer angenommen und fünf neue Kellner eingestellt. Trotzdem konnte ich meinen Gefährten nicht aus dem Kopf bekommen. Ich redete mir ein, dass wir nur ein wenig Abstand brauchten. Wenn alles wieder in geordneten Bahnen verlief – die Arbeit für mich, der Stamm für Logan –, könnten wir uns zusammensetzen und reden. Das redete ich mir jeden Abend ein, wenn ich nach Hause kam und mich in mein leeres Bett legte.

Auf meinem üblichen Rundgang kam ich gerade aus der Küche und ging in Richtung Bar, als ich von Tanja Greeley, einer meiner neuen Kellnerinnen, aufgehalten wurde.

„Hey, Chef", lächelte sie. „Da stehen zwei verdammt heiße Typen am Empfang und fragen nach dir."

Ich sah mich um und erkannte Domin, dem ein Zahnstocher aus dem Mundwinkel hing. Neben ihm stand Koren mit vor der Brust verschränkten Armen und machte ein finsteres Gesicht. Ich ging zu ihnen hinüber und wurde von beiden Männern mit einer Umarmung begrüßt. Das kam überraschend, vor allem von Domin. Er hatte sich extrem verändert. Wärme hatte seine Gehässigkeit ersetzt, sein Lächeln wirkte gewinnend, seine Augen glänzten. Mit seinen ein Meter achtundachtzig, seinem dichten, welligen, braunen Haar und seinen schokoladenbraunen Augen stand er da und schenkte mir ein träges Lächeln. Nie hatte er besser ausgesehen.

„Hey", sagte er warm und die innere Ruhe, die er ausstrahlte, berührte mich zutiefst. „Wir vermissen dich, Reah."

„Was macht ihr beiden denn hier?", fragte ich und führte sie auf die Veranda, die um das ganze Gebäude verlief.

„Wir wollten uns nur von dir verabschieden", antwortete Koren, legte mir die Hand auf die Schulter und drückte sie leicht. „Wie geht es dir?"

Er sah seinem Bruder so ähnlich, dass ich meinen Blick nicht von ihm losreißen konnte. Dabei war es doch der älteste der Church-Brüder, der mich in seinen Bann gezogen hatte, obwohl Koren Church ebenfalls ein umwerfend attraktiver Mann war. Doch nur Logans Augen brachten mein Blut in Wallung.

„Jin?"

„Entschuldigung, was hast du gesagt?"

„Ich habe gefragt, wie es dir geht."

„Es geht mir gut." Ich hüstelte. „Wohin wollt ihr denn?"

„New York. Wir treffen uns dort mit einem Freund von Logan, einem Semel", erzählte Koren und dabei musterte er mich mit seinen olivgrünen Augen. Sein prüfender Blick war freundlich, als sei er besorgt um mich.

„Worüber sollt ihr denn mit dem anderen Semel sprechen?"

„Simone." Domin gähnte und verdrehte die Augen, um mir klarzumachen, wie sehr ihn das Thema langweilte. „Sie braucht einen Gefährten und da du sie zur Aset gemacht hast, muss ihr Gefährte nun ein Semel sein." Koren nahm die Hand von meiner Schulter, als ich ihn ansah. „Aber warum reist du mit dem Maahes? Laut Gesetz braucht er nicht unbedingt eine Eskorte, wenn er sich mit anderen Stämmen zu Verhandlungen trifft."

„Weil ich ihm nicht traue", erklärte Koren in sachlichem Tonfall. „Er würde weiß Gott was versprechen, um zu kriegen, was er will."

Ich sah Domin an.

Er bedachte mich mit einem boshaften Grinsen. „Er traut mir nicht über den Weg. Er glaubt, dass ich nur auf den richtigen Augenblick warte, um es Logan heimzuzahlen."

„Und, hat er recht?"

Er ließ seine Augenbrauen tanzen. „Das wüsstest du wohl gerne, was?"

„Siehst du", Koren zeigte auf ihn. „Genau aus diesem Grund vertraue ich ihm nicht."

Aber als ich wieder zu Domin zurückschaute, bemerkte ich das leichte Zucken seiner Mundwinkel, nahm seine halbgeschlossenen Lider wahr und hörte seinen tiefen Seufzer. Er nahm Koren auf den Arm und amüsierte sich auch noch dabei. Er war jetzt Logans Gefolgsmann und würde dessen Vertrauen nicht verraten. Aber aus irgendeinem Grund war es ihm nicht unrecht, dass Koren das dachte.

„Der Kerl ist eigentlich ein Kojote und keine Katze, deshalb lasse ich ihn nicht aus den Augen."

Ich sah wieder Domin an. „Kojote?"

„Gauner." Er grinste mich an und hob eine Augenbraue.

„Oh." Ich nickte. „Also, was hast du vor?"

Seine Augen glänzten. „Was ich vorhabe? Meinem Freund hier was Gutes tun, ihn ein bisschen lockerer kriegen und, na ja, mal ein bisschen vorfühlen, ob Ethan Locke, der Semel des Stammes Tefnut, eine Aset als Gefährtin haben möchte. Mal sehen, ob wir ihn dazu überreden können, dass er uns besuchen kommt und sich mit ihr trifft."

„Das klingt doch gut", sagte ich, schaute Domin aus zusammengekniffenen Augen an und sah, wie er seinen Kopf drehte, um Koren zu beobachten. Und dann fragte ich mich unwillkürlich: Wenn Domin Koren angegriffen hatte, so wie Koren es jedem erzählt hatte, warum begleitete er diesen Mann jetzt freiwillig auf seiner Reise? Und warum hatte sich Koren nach dem Kampf um Domin gekümmert? Ich wurde nicht schlau daraus, genauso wenig wie ich den Blick deuten konnte, mit dem Koren Domin ansah. Eigentlich wirkte er eher angespannt als zornig. Domin machte ihn nervös und ich fragte mich, warum.

„Gehen wir", schnappte Koren. Im gleichen Moment klingelte sein Telefon.

„Du solltest besser rangehen", stichelte Domin.

Koren machte ein entnervtes Geräusch und drehte sich von uns weg, um den Anruf anzunehmen.

„Hey."

Ich sah wieder Domin an.

„Sieh mal dort."

Er deutete auf die Bäume hinter dem Restaurant. In der Dunkelheit sah ich irisierende Augen aufblitzen, bevor sich der lange Umriss eines riesigen Panthers aus der Schwärze schälte, um gleich darauf wieder mit der Nacht zu verschmelzen.

„Jin, Logan ist gleich dort drüben und wartet. Er kann nicht tun, was er tun muss, bevor du nicht zurückkommst. Er kann nicht denken und er isst nicht. Das musst du wieder in Ordnung bringen. Du musst ihn wieder in Ordnung bringen, bevor der Stamm auseinanderfällt. Er muss jetzt stark sein, oder er wird alles verlieren."

„Domin, ich …"

„Und dann sind wir alle verloren."

Ich wusste nicht, was ich sagen sollte.

„Nun komm schon wieder runter von deinem hohen Ross und hör auf, die beleidigte Leberwurst zu spielen. Ja, er hat einen Fehler gemacht, na und? Ihr wart schließlich erst seit ein paar Stunden zusammen. Er braucht dich. Geh zu ihm."

Ich schüttelte den Kopf. „Es ist erst eine Woche her. Ich weiß nicht, ob …"

„Wenn du eine Frau wärst, hätte er dich schon längst zurückgeschleift. Er hätte einen auf Höhlenmensch gemacht, hätte dich schweigend in seine starken Arme geschlossen, und alles wäre längst wieder im Lot. Aber du bist nun mal ein Kerl und deshalb hat er keine Ahnung, wie er mit dir umgehen soll."

Ich sah Logan direkt hinter der Baumlinie auf und ab tigern. „Ich war extra oben bei ihm und habe mich davon überzeugt, dass ihm nichts fehlt. Er braucht mich nicht."

„Du bist ein Idiot, ist dir das eigentlich klar? Es weiß doch jeder, dass Semel und Reah nicht getrennt voneinander leben können. Sie werden verrückt, wenn sie es versuchen. Warum kriegst du das nicht in deinen Dickschädel rein?"

„Domin …"

„Ihr seid sowohl körperlich als auch emotional aneinander gebunden. Du tust dir selbst auch keinen Gefallen, wenn du nicht bald wieder zu deinem Gefährten gehst."

„Ich werde es überleben", sagte ich schnippisch und glaubte doch selbst nicht für eine Sekunde, dass ich das sollte, konnte oder auch nur wollte.

„Aber er nicht, und das ist der Punkt. Wir alle dienen ihm, nicht umgekehrt."

Ich nickte und lächelte ihn an. „Sieht so aus, als hättest du dir deine neue Rolle als Sprecher des Semel zu Herzen genommen."

Er zuckte die Schultern. „Ich weiß eben inzwischen, was ich wirklich will, und das ist sehr einfach."

„Und das wäre?"

„Einen Gefährten, den ich liebe, einen Platz, wo ich hingehöre und nicht ständig Angst haben zu müssen."

Wer hätte gedacht, dass Domin Thorne und ich genau dasselbe wollten?

„Und ich weiß schon eine ganze Weile, wen ich gerne zum Gefährten hätte", sagte er, den Blick auf Koren gerichtet, der uns beide vollkommen ignorierte, während er ins Telefon sprach. „Ich wollte niemals Semel sein ... da musst du immer erst an die anderen denken und das liegt mir nicht."

Ich studierte sein Profil. Er hatte nur Augen für Koren.

„Mein Vater starb, als ich zehn war, und ich blieb allein zurück. Ich wusste, dass er Peter Church gehasst hatte, und das war alles, was ich kannte. Die Fehde gab dem Stamm ein Ziel. Solange wir kämpften, brauchten wir uns um nichts anderes zu kümmern. Nun, mit Logan, sehen sie zum ersten Mal, was uns alles gefehlt hat. Sie wissen jetzt, was ein echter Semel ist." Er drehte sich wieder zu mir um. „Keine von meinen Katzen wird ihm auch nur für einen Moment Schwierigkeiten machen. Sie wollen einfach nur irgendwo dazugehören."

Ich nickte. Ich wusste, wie es sich anfühlte, wenn man einfach nur dazugehören wollte.

„Und zu wissen, dass ihr Semel eine Reah hat ... kannst du verstehen, wie gesegnet sich alle fühlen?"

„Eigentlich nicht."

„Weil dir immer noch nicht klar ist, wie außergewöhnlich du bist."

„Domin ..."

Er hob eine Hand und unterbrach mich. „Jin, du bist nicht nur eine Reah, du hast auch Kräfte, wie ich sie noch nie zuvor gesehen habe. Deine Geschwindigkeit ist phänomenal und du verlierst nichts von deiner Menschlichkeit, wenn du in Pantherform bist. Logan, ich und jeder andere, den ich kenne – wir sind nur noch Tiere, wenn wir uns in Katzen verwandeln, aber du ... du bist immer noch du selbst und ich habe noch nie gehört, dass es so etwas gibt."

Ich hatte keine Ahnung, was ich dazu sagen sollte.

Er holte schnell Luft. „So wahr ich hier stehe, ich hätte Logan letzte Woche in der Arena getötet, hätte ich die Gelegenheit dazu gehabt."

„Warum ...?"

„Und jetzt würde ich das nicht mehr tun", sagte er schlicht. „Ich bin zufrieden mit meiner Stellung als Logan Churchs Maahes. Ich bin sein Botschafter und werde alles tun, um ihm zu dienen."

„Ich glaube dir."

„Gut."

„Und warum spielst du dann Spielchen mit Koren und quälst ihn mit Zweifeln?"

„Solange Koren mir nicht vertraut, lässt er mich nicht aus den Augen."

So durchtrieben, wie er grinste, hatte ich also richtig gelegen mit meiner Vermutung. „Du könntest versuchen, einfach ehrlich zu ihm sein."

„Das macht aber nicht so viel Spaß."

„Und was will Koren?"

„Ich glaube nicht, dass Koren das selbst so genau weiß." Er seufzte. „Noch nicht, jedenfalls."

„Kann ich dich was fragen?"

Er drehte sich wieder zu mir um.

„Als du ihn gequält hast … hast du es da schon gewusst?"

Sein Lächeln war schalkhaft. „Es war schon eine ganz besondere Art von Folter."

Ich konnte nur vermuten, was da vorgegangen war. „Dir ist aber klar, dass du Logan etwas schuldig bist, weil er dir ein echtes Zuhause gegeben hat."

„Ja, das weiß ich", stimmte er mir zu und sein Lächeln war plötzlich weich und warm. „Aber er hatte ja keine Ahnung, dass er nicht nur mich am Hals haben würde."

„Wie meinst du das?"

„Nun ja, du kennst doch den Brauch, dass Sylvan und Sheseru bei ihrem Semel leben, bis sie selbst Gefährten haben und sich ein eigenes Zuhause aufbauen."

„Ja, diese Tradition kenne ich."

„Na ja, was glaubst du, wo mein Sheseru, Makel, und mein Sylvan, Ivan, im Augenblick leben?"

Ich schnaufte. „Bei Logan?"

„Klar, sie können nirgendwo anders hin. Und du hast Simone zur Aset gemacht, also muss auch sie dort leben. Crane wurde aus dem Gästehaus ausquartiert, weil Logans Familie dort eingezogen ist und Russ ist zurückgekommen, um dem Rest seiner Familie nahe zu sein." Sein Lächeln war ein bisschen boshaft. „Es ist die reinste Katastrophe. Cranes neues Zimmer liegt neben Delphines und auf der anderen Seite wohnt Markel."

„Markel hat Delphine damals gejagt. Gott weiß, was er ihr in der Nacht angetan hätte, wenn Crane und ich nicht dazwischen gegangen wären."

„Ja, ich weiß, aber er hat sich entschuldigt."

„Er hat sich entschuldigt?" Ich war sehr überrascht. „Und das war's dann?"

„Irgendwie schon. Er hat ihr ungefähr eine Million Mal gesagt, wie leid es ihm tut. Er ist sogar ein bisschen zusammengebrochen und hat geheult, und natürlich hat sie ihn spätestens dann getröstet. Total abgefahren, aber am Ende hatte er, was er wollte."

„Was hat er denn gewollt?"

„Dass Delphine ihm verzeiht, was sie dann auch getan hat." Er zuckte die Schultern. „Und jetzt sind sie dicke Freunde. Er und dein Kumpel Crane übrigens auch. Es ist, als wären wir alle eine große, glückliche Familie, alle elf. Zwölf, wenn du dann endlich auch da bist."

„Höre ich da Sarkasmus heraus?"

„Na ja, wenn Crane und Markel erst einmal mitkriegen, dass sie beide hinter Delphine her sind, gibt das eine ziemliche Katastrophe. Dann wär´s gut, wenn du da wärst, um die Wogen zu glätten."

Ich seufzte. Familienprobleme klangen plötzlich wie der Himmel.

„Und Peter läuft herum und versucht, Logan vorzuschreiben, wie er sein Haus führen soll. Das geht auch nicht mehr lange gut. Logan ist kurz davor zu explodieren."

„Warte mal. Ich dachte, du hast gesagt, dass Logans Familie im Gästehaus wohnt?"

„Dort schlafen sie." Er zog ein Gesicht. „Allerdings wohnen sie in Logans Haus."

„Wie kommt er damit klar, dass ständig jemand um ihn herum ist?"

„Das würde ihm wahrscheinlich nicht das Geringste ausmachen, wenn du da wärst, aber so … Er brütet vor sich hin, ist aufbrausend und schlecht gelaunt. Er geht allen auf die Nerven und benimmt sich wie ein Arschloch. Aber man kann ihm keinen Vorwurf machen, denn schließlich braucht er seinen Gefährten. Würdest du bitte einfach zu ihm gehen? Ohne dich verliert er noch den Verstand."

Koren hatte inzwischen sein Telefonat beendet und gesellte sich wieder zu uns. „Können wir jetzt endlich gehen?", blaffte er Domin an.

„Sicher doch."

Er zog Domin schnell mit sich, drehte sich dann jedoch noch einmal um und bohrte mir seinen Zeigefinger in die Brust. „Sei nicht so blöd, ja? Nimm dir den Abend frei und geh zu deinem Gefährten. Du gehörst auch in dieses Haus, zusammen mit uns anderen. Wenn wir schon alle leiden müssen, dann ist es nur fair, dass du auch deinen Teil abkriegst."

„Ist Domin auch eingezogen?"

Dass ihn die Frage verwirrte, konnte ich an seinem Gesichtsausdruck ablesen. „Na klar, wieso?"

Ich zuckte die Schultern. „Nur so. Hat mich halt interessiert."

Koren nickte. Er schärfte mir noch einmal ein, dass ich zu Logan gehen sollte. Dann schleppte er Domin hinter sich her zum Auto.

„Nun zerr' doch nicht so!" Ich hörte Domins tiefes, kehliges Lachen. „Brauchst es nur zu sagen und ich folge dir überallhin."

„Halt endlich die Klappe!", fauchte Koren ihn an, ließ ihn aber nicht los.

Ich sah ihnen nach, bis die Rücklichter ihres Wagens in der Ferne verschwanden. Als ich mich wieder zu der Baumreihe umdrehte, sah ich Logan immer noch hin und her tigern. Ob er nun dort auf mich wartete oder nicht, ich konnte jetzt noch nicht zu ihm. Darum ging ich wieder nach drinnen, um meine Schicht zu beenden.

Um zwei Uhr morgens, nachdem ich den Laden geschlossen und alle nach Hause geschickt hatte, zog ich meine Kleidung aus und schlich, bereits in Panthergestalt, an der Seitenmauer des Restaurants entlang. Ich überquerte die Straße und lief zur Baumlinie. Ich sah ihn sofort. Er war zehn Meter von mir entfernt wie erstarrt stehen geblieben und starrte mich an. Als er einen Schritt auf mich zukam, wich ich nach hinten aus. Sofort ließ er sich zu Boden fallen und bewegte sich nicht mehr. Ich tat es ihm gleich. Ein paar Minuten später neigte er den Kopf, um mich wissen zu lassen, dass ich ihm folgen sollte. Ich erhob mich und er war ebenfalls schnell auf den Füßen, um ins Unterholz zu stürmen.

Es war eine wunderbare Nacht zum Laufen und als ich ihm folgte, packte mich der Rausch der Geschwindigkeit. Ich spürte den Wind im Gesicht und der kalte Schnee knirschte unter meinen Pfoten. Die Gerüche des Waldes nahmen mich so sehr gefangen, dass ich erschrak, als er plötzlich neben mir war und mich in die Schulter zwickte. Ich bog scharf nach links ab und lief einen kleinen Berg hinauf. Als ich die Spitze erreicht hatte und eine Höhle entdeckte, begriff ich, dass er mich genau dort haben wollte. Er hatte mich zu seinem Bau getrieben.

Die Höhle war tief und verwinkelt bis man das Ende erreichte, wo in einer Grube ein kleines Feuer brannte. Ein Haufen aus Fellen, Beute vergangener Jagden, lag daneben. Es war warm, trocken und gemütlich. Das war sein geheimer Platz, der Ort, den nur er und sein Gefährte jemals sehen oder kennen würden. Als ich herumwirbelte, um mich ihm zu stellen, sah ich ihn auf zwei Beinen langsam auf mich zukommen. Er hatte seine menschliche Gestalt wieder angenommen, bevor er die Höhle betreten hatte. Er war so schön, dass mir das Wasser im Mund zusammenlief. Angesichts all der wundervollen, goldenen Haut und seiner schlanken, muskulösen Gestalt löste sich meine Entschlossenheit in Nichts auf. Dieser Mann fegte sie einfach davon.

„Es tut mir leid", sagte er leise, ging zu den Fellen und kniete sich langsam hin. „Ich wollte dich wirklich nur beschützen, sonst nichts. Ich wusste ja nicht, wie unglaublich gut du kämpfen kannst und wozu du imstande bist. Ich werde dich nie wieder unterschätzen. Wenn du mir sagst, dass du neben mir stehen möchtest, egal wann und wo, werde ich das nie wieder in Frage stellen, das verspreche ich dir."

Ich starrte ihn nur an.

„Das soll nicht heißen, dass ich dich je zu Schaden kommen lassen werde. Das kann ich nicht, niemals. Ich bin nicht stark genug, um es zu ertragen, falls dir je etwas passiert."

Ich trat einen Schritt näher.

„Du hast mich gerettet, und damit hast du uns alle gerettet. Durch dich bin ich Semel-Re. Es werden andere zu uns kommen, es wird Herausforderungen geben, und jetzt, wo alle wissen … Uns wird nicht langweilig werden, das ist mal sicher. Aber, Jin … Ich weiß, dass du Zeit zum Nachdenken brauchst, aber ohne dich finde ich keine Ruhe und ich brauche Ruhe. Ich brauche meinen Gefährten." Er sah mich flehentlich an. „Komm nach Hause."

Ich wusste, dass er mich brauchte. Ich brauchte ihn auch, aber was er bisher gesagt hatte, reichte mir noch nicht.

Er räusperte sich. „Weißt du, ich habe noch nie jemanden gesehen, der sich so schnell verwandeln kann wie du. Auch mein Vater hat so etwas noch nie gesehen. Er ist geradezu eingeschüchtert von deinen Kräften und wenn ich ehrlich bin, geht es mir genauso. Das war schon was."

Ich wartete.

„Mein Gefährte ist erstaunlich."

„Erstaunlich" hörte sich gut an.

„Baby", sagte er warm, „ich brauche dich. Du kennst all die Gesetze, du weißt, wem ich vertrauen kann und wem nicht. Du bist so klug und freundlich und so ... so wunderschön."

Ich kauerte mich hin und starrte ihn an.

„Miez-miez-miez." Seine Lippen verzogen sich zu einem trägen, sinnlichen Lächeln. „Koooomm ..."

Oh, nein. Erst musste er sich erklären.

„Ach, nun komm schon", lachte er. „Du bringst mich noch um."

Ich legte den Kopf schief, als wüsste ich nicht, wovon er sprach.

Sein Lachen erfüllte den ganzen Raum. „Verdammt."

Diesen Mann zu lieben, machte Spaß. Wenn er diesen Sinn für Humor behielt und mir vertraute, und wenn ich es schaffte, meine Furcht zu überwinden und wirklich an ihn zu glauben, dann hatten wir vielleicht tatsächlich eine Chance.

„Okay, wie wär's damit: Baby, danke, dass du mir das Leben gerettet hast."

Es wurde langsam wärmer.

„Und es tut mir so leid, was ich getan habe." Seine Stimme wurde dunkler, kam tief aus seiner Brust und das Lächeln verschwand aus seinen Augen. Er wollte, dass ich ihm zuhörte. Er wollte mir klarmachen, dass seine Worte Gewicht und Bedeutung hatten. „Bitte vergib mir. Ich wusste nicht, was ich sonst hätte tun sollen. Wenn ich gewusst hätte, was ich heute weiß, hätte ich anders gehandelt. Ich weiß jetzt, dass du gerade angefangen hattest, mir zu vertrauen und das habe ich kaputtgemacht. Es tut mir so leid, Baby, es wird nie wieder vorkommen. Das schwöre ich bei meinem Leben."

Ich starrte ihn weiterhin nur an.

„Ich hatte noch nie einen Gefährten. Ich wusste nicht, dass ich mich so fühlen würde, als ich dich fand." Er sah mich weiterhin unverwandt an. „Es ist überwältigend. Ich wusste nicht, dass man sich zugleich so verletzlich und so stark fühlen kann."

Ich verstand, was er meinte. Wenn du jemanden so nahe an dich heranlässt, kann er dich völlig vernichten, wenn er will, und dieses Risiko geht niemand gern ein. Es war entsetzlich und wunderbar zugleich.

„Und ich weiß, dass ich dich verletzt habe, weil ich nicht daran geglaubt habe, dass du weißt, was du tust. Aber ich hatte solche Angst. Ich hatte noch nie zuvor im Leben solche Angst. Und vielleicht hätten die anderen sich ja auch einfach ergeben, wenn nur du ihnen gegenüber gestanden hättest. Domin sagte mir, dass er dir niemals etwas angetan hätte, nicht einer Reah. Auch Markel und Ivan versicherten mir, dass keiner einer Reah je etwas antun würde oder könnte." Er lächelte plötzlich „Weil, Reahs sind ziemlich selten, weißt du?"

Ich fühlte die Wärme seiner Stimme wie ein Streicheln. Ich war diesem wundervollen Mann mit dem großen Herzen so sehr verfallen.

„Wenn ich mich also einfach herausgehalten hätte, dann hätte es vielleicht gar keinen Kampf gegeben." Er seufzte tief. „Aber das wusste ich natürlich nicht und auch du konntest das nicht wissen. Wir hatten uns beide darauf eingestellt zu kämpfen. Du hast getan, was nötig war, um mich zu beschützen und ich habe dasselbe getan. Du bist mein Gefährte, du bist meine Liebe. Ich könnte niemals zulassen, dass dir jemand wehtut."

Ich beobachtete ihn und sah den sanften Widerschein des Feuers auf seiner goldenen Haut. Die Flammen spiegelten sich in seinen bernsteinfarbenen Augen, seine Hände ballten sich zu Fäusten und öffneten sich wieder, so sehr drängte es ihn danach, mich anzufassen. Er war ein Bildnis mühsamer Beherrschung.

„Bitte, Baby, lass mich dir zeigen, dass du mir vertrauen kannst."

Und genau das wollte ich, genau das brauchte ich, aber ich hatte so viel Angst.

„Ich habe auch Angst", sagte er, als könne er meine Gedanken lesen. „Aber du musst es einfach auf dich zukommen lassen und das Beste hoffen. Du musst daran glauben, dass die Liebe, die du fühlst, von der anderen Person erwidert wird."

Ich bebte vor Verlangen, zu ihm zu gehen.

„Jin", sagte er scharf. „Vertrau mir. Glaube an mich. Ich liebe dich. Ich will dich."

Ich wartete. Alles, worüber ich in der letzten Woche nachgedacht hatte, wirbelte in meinem Verstand durcheinander.

„Jin." Er lächelte und ließ seinen Blick über mich hinweg gleiten. „Bitte komm zu mir. Ich möchte dich berühren. Ich möchte, dass du mein bist."

Ich erhob mich, ging ein paar Meter auf ihn zu und streckte mein Hinterteil in die Luft. Mein Schwanz peitschte hin und her, während ich mein Kinn an meinen Pfoten rieb und meine Pheromone in die Luft entließ.

„Vor dieser Nacht habe ich dich noch nie in deiner Pantherform gesehen." Er stöhnte. „Du bist wunderschön."

Ich sah zu, wie er sich in sein Biest zurückverwandelte. Als er sich langsam auf mich zu bewegte, sprang ich zurück, bevor er mich berühren konnte. Trotzdem blieb ich in Reichweite. Ich wurde umgestoßen und auf die Felle geworfen. Sofort war er über mir, und die Hitze, die von seinem riesigen Körper ausging, machte meinem Fluchtreflex sofort den Garaus. Mit dem Maul auf meinem Hals hielt er mich unten, und ich fühlte das Zittern des Begehrens in ihm.

Statt seiner Schnauze hielt mich nun eine schwere Pranke fest. Sein Maul strich über meinen Rücken, weiter und weiter nach hinten. Ich rührte mich nicht, und als er in mein Hinterbein biss, streckte ich wieder mein Hinterteil in die Luft. Ein langes, sanftes Lecken über meine Öffnung ließ mich erzittern. Er lachte leise und nahm meinen Schwanz in die Hand, woran ich merkte, dass er sich in seine Werpantherform verwandelt hatte. Ich tat es ihm gleich, und als seine lange Zunge zwischen meinen Hinterbacken entlang leckte, wand ich mich unter ihm. Seine Klauen gruben sich in meine Haut, um mich ruhig zu halten, als er mit seiner langen Werpantherzunge in meinen engen Kanal eindrang und sich weiter vortastete. Die raue Oberfläche steigerte nur meine Lust, als er tiefer und tiefer in mich eindrang. Die Hand um meinen Schwanz bewegte sich im Einklang mit seiner Zunge und ich ließ meinen Kopf nach hinten fallen.

„Verwandle dich für mich", knurrte er, zog sich plötzlich zurück und warf mich auf den Rücken.

Ich sah auf und da war er wieder: mein wunderschöner Mann.

„Jin", sagte er und beugte sich über mich. Er spreizte meine Beine, um mich in den Mund zu nehmen.

Ich sah zu, wie er meinen Schwanz schluckte. Ich musste einfach seine Haare berühren und die dunklen Klauen meiner Hand durch seine blonden Strähnen gleiten lassen. Er war so völlig Mensch und ich so ganz und gar nicht.

Er sah mir in die Augen. „Ich will deine Haut berühren, ich will dich schmecken. Verwandle dich jetzt."

Ich tat es und er bewegte sich schnell, hielt mich unter sich fest, hob meine Beine über seine Schultern, befeuchtete seine Eichel mit Speichel und seinem eigenen Sekret und vergrub sich dann mit einem einzigen harten, brutalen Stoß tief in mir. Es brannte wie Feuer und ich schrie auf, obwohl das Brennen gleich wieder nachließ.

„Mein Gefährte", knurrte er, beugte sich über mich und bohrte sich noch tiefer in mich hinein. Dann nahm er meine Lippen in Besitz und küsste mich fordernd.

„Logan", stöhnte ich in seinen Mund, als er begann, langsam zuzustoßen.

Mit einem Ruck bog er meinen Kopf zurück und schon lag sein Mund auf meiner entblößten Kehle. Er leckte, biss und saugte so heftig, dass mir war klar, dass das Spuren hinterlassen würde. „Du verlässt mich nicht noch einmal", grollte er und ich wusste, dass er irgendwo zwischen Mann und Biest hing. „Ich verbiete es. Ich werde dich nicht ein zweites Mal warnen."

Er hatte seinen Stamm verteidigt, aber danach hatte ich mich ihm verweigert. Eigentlich hätte er das Recht gehabt, sich mit seinem Gefährten zu vereinigen. Er hatte mich verraten, aber mein Verrat an ihm wog schwerer. Mein Platz war an seiner Seite. Selbst, wenn er sich dumm oder idiotisch verhielt, gehörte ich doch dorthin.

„Vergib mir, mein Semel", flehte ich ihn an. Ich fühlte, wie meine Worte ihm durch und durch gingen. Meine Unterwerfung ließ ihn vor neuem Begehren stöhnen.

„Du gehörst mir."

„Ja."

Er zog meine Hüften näher zu sich und stieß in mich hinein, hart und besitzergreifend. Sein riesiger, schlüpfriger Schwanz glitt mühelos in mich hinein und aus mir heraus, so tief, dass ich hätte schwören können, dass ich ihn an meinem Herzen spürte. Ich wusste, dass das der Ort war, wo er hin wollte.

„Sieh mich an."

Ich hob den Blick, und als ich das Spiel seiner Muskeln in den Schultern, der Brust und dem Bauch beobachtete, raubte mir der Anblick den Atem. Ich bewunderte seine Schönheit, seine lang gestreckten Linien, die von seiner Stärke und Kraft zeugten. Er schien mich mit seinem Blick verschlingen zu wollen, und ich fühlte mich wie benommen.

„Verlass mich nie wieder", sagte er und stieß dabei so hart und so schnell in mich hinein, dass ich für einen Moment dachte, er hätte mich zerrissen, ehe ich das erste Aufwallen meines Höhepunkts tief in meinem Innersten fühlte. „Schwöre es."

„Ich schwöre es."

„Du wirst bestraft werden, wenn du wieder davonläufst."

Es war ein Versprechen, keine Drohung, und als ich die Arme hob, um ihn für einen Kuss zu mir herunterzuziehen, warf er sich nach vorn und vergrub sich bis zum Anschlag in meinem Körper.

„Logan!", schrie ich statt „Stopp". Dieser Winkel war zu viel, die Empfindungen überrollten mich, wechselten zwischen Lust und Schmerz so schnell hin und her, dass ich verloren war. Ich schien unter Wasser zu sein und konnte nicht mehr denken, sondern nur noch fühlen. Sein Mund war auf meinem, der Kuss langsam und sinnlich, fordernd und gründlich. Seine Zunge ließ nichts aus.

„Ich beanspruche dich, Körper und Seele!", donnerte er, und es war das Tier in ihm, das besitzergreifend und dominant Anspruch auf mich erhob. Er benetzte seine Handfläche mit Speichel und umfasste meinen harten, pulsierenden Schwanz. Er befriedigte mich mit der Hand, während er in mich hineinpumpte. So erregt, wie ich bereits war, brauchte es nur wenige Sekunden, bis mein Rücken sich durchbog und ich mich unter ihm aufbäumte. Geblendet von meinem Orgasmus schrie ich seinen Namen.

Meine Muskeln zogen sich um ihn zusammen, mein Körper spannte sich an und nur wenige Sekunden später schallte mein Name durch den kleinen Raum, als er ihn hinausschrie und sich in mich ergoss, bevor er auf mir zusammenbrach.

Ich versuchte gar nicht erst, ihn von mir runter zu schieben.

Er bewegte sich mit einem Grunzen und ein Lächeln erhellte sein Gesicht. „Du gehörst mir."

Ich versuchte, zu Atem zu kommen.

Er rollte sich auf die Seite, stützte sich auf einen Ellbogen und schaute auf mich herab.

„Mein Gott, du bist wunderschön", sagte ich.

„Ich sehe gerade etwas Schöneres."

Aber ich hatte recht. Der Mann war gemeißelte Perfektion. Seine definierte Brust, die harten Brustmuskeln, der Waschbrettbauch: alles war straff, wohlgeformt und hart. Ich berührte ihn, genoss das Gefühl seiner heißen, seidigen Haut unter meiner Handfläche und fühlte, wie die Muskeln sich anspannten. „Du magst es, wenn ich dich anfasse."

„Ja, das stimmt", sagte er und beugte sich herab, um meine Kehle zu küssen. „Ich mag alles, was du mit mir machst, und es gefällt mir, wie du auf mich reagierst. Manchmal möchte ich dich fressen und dann wieder möchte ich dich einfach ganz dicht an meinem Herzen halten."

Ich streckte mich und rollte mich über ihn, legte meinen Mund auf seinen, küsste ihn tief und meine Zunge spielte mit seiner. Ich sah, wie seine Augen sich schlossen, und fühlte den Schauer, der seinen Körper durchlief. Ich staunte über die Wirkung, die meine Berührungen auf ihn hatten. Ich bewegte mich langsam über meinem Liebsten und drückte leichte Küsse auf jeden Quadratzentimeter seines Körpers. Ganz offensichtlich zufrieden, streckte er sich faul und gähnte. Als er genug hatte, rollte er sich wieder über mich, hielt mich unter sich fest und ich hob die Beine und legte sie um seine Hüften, so dass er es sich zwischen meinen Schenkeln bequem machen konnte. Diesmal war es zärtlich. Wir sahen uns tief in die Augen, verwandelten all die Hitze in sinnliche Bewegungen, und mein Geliebter war verführerisch statt feurig, als unsere Körper eins wurden.

15

IN DER folgenden Nacht kam Logan etwas früher, um mich vom Restaurant abzuholen. Ich bat ihn herein und stellte ihn meinen Kollegen vor. Wie sich herausstellte, war mein Chef überaus erfreut, ihn kennenzulernen.

„Logan", sagte Ray und schüttelte ihm die Hand. „Du bist ein Geschenk Gottes. Nachdem Jin nun einen festen Partner hat und einen großartigen Job, warum sollte er jemals wieder gehen?"

„Ich weiß nicht", lächelte Logan selbstzufrieden und fuhr mir mit der Hand durchs Haar, bevor er mich an seine Seite zog. „Warum sollte er?"

„Siehst du?", sagte Ray und gab mir einen Klaps auf meine freie Schulter. „Veränderung ist eine gute Sache."

Wie konnte ich da widersprechen?

„Lass uns nach Hause gehen", murmelte Logan mir zu und schubste mich spielerisch zur Eingangstür. „Ich muss dich ins Bett bringen."

Wir fuhren zu meinem neuen Apartment, das ich zum Glück nur monatsweise gemietet hatte. Ich wollte ihm die Wohnung zeigen, aber er sträubte sich.

„Pack einfach deine Sachen zusammen", knurrte er. „Mir gefällt's hier überhaupt nicht. Ich möchte einfach nur los."

Jeden Ort, an dem ich mich aufhielt und der nicht sein Zuhause war, hasste er. Er wollte meine Kleidung, meine Bücher und meinen Laptop in seinem Haus wissen.

„Weißt du, nachdem ich jetzt so einen guten Job habe, werde ich wahrscheinlich bald einen Haufen Klamotten und Schuhe und solches Zeug kaufen."

„Was immer du willst", sagte er und beobachtete mich dabei, wie ich herumlief und meine Sachen einsammelte.

Als wir losfuhren, warnte ich Logan, dass wir zu Hause noch über einige Dinge reden mussten und dass er sich hoffentlich nichts vorgenommen hätte.

„Reden worüber?", beschwerte er sich. „Wir haben letzte Nacht geredet."

Er hatte ja keine Ahnung. Unsere unterschiedlichen Lebensstile und Prioritäten unter einen Hut zu bringen, war schon schwierig genug. Doch auch sein Stamm und die Verantwortung, die damit einherging, musste bedacht werden. Kompliziert war gar kein Ausdruck.

„Ich liebe dich", seufzte ich, unfähig, mein Lächeln zu unterdrücken. Ich lehnte mich zurück und sah ihn unter schweren Lidern hervor an. „Das tue ich wirklich."

„Ich weiß", sagte er, und klang sehr selbstzufrieden. „Du kannst nicht ohne mich leben. Ich bin wie Käse."

Ich brauchte einen Augenblick, um diesen Kommentar zu verarbeiten. „Sagtest du gerade Käse?"

„Na, klar. Luft wird überbewertet. Aber du solltest mal versuchen, ohne Käse zu leben."

Der Mann war verrückt, was offensichtlich perfekt zu mir passte.

ZUHAUSE WAR ich gerade dabei, meine Sachen wegzuräumen, als Logan mit einem Teller voller Sandwichs und zwei Gläsern Milch ins Zimmer kam.

„Was ist das?"

„Ein Snack am späten Abend."

„Ja dann, vielen Dank." Ich lächelte ihm über die Schulter zu, als er sich auf das Bett setzte.

„Übrigens ...", begann er und verstummte dann wieder.

„Was?"

Er war sichtlich nervös, als er zu mir aufsah.

„Was ist denn los?"

„Okay, was würdest du sagen, wenn ich dir erzählen würde, dass dein Vater in der Stadt ist?"

Mir stockte der Atem.

„Oh, du solltest deine Augen sehen", sagte er, stand vom Bett auf und kam zu mir. Er legte mir beruhigend seine Hände auf die Arme. „Alles in Ordnung?"

„Mein Vater ist hier?"

„Eigentlich ist er in Reno."

Ich starrte Logan an.

„Erinnerst du dich, dass mein Vater ihn anrufen wollte? Er hat ihm erzählt, dass du vorhast, in der Arena für mich zu kämpfen. Mehr weiß er nicht."

„Er hält mich für tot."

„Nein." Er schüttelte den Kopf. „Ich bin sicher, er würde dich einfach nur gerne sehen."

„Er ist gekommen, um meine Leiche nach Hause zu bringen."

„Das ist nicht wahr", fuhr er auf.

„Ich hasse ihn."

„Du hasst niemanden. Das kannst du doch gar nicht."

Ich seufzte, zog mich von ihm zurück und ging zum Bett. Ich fing an, das Fleisch aus dem Sandwich zu picken.

„Stell lieber das Tablett weg, bevor die Milch umkippt."

Ich tat wie geheißen und stellte das Tablett auf den Nachttisch.

„Ich dachte, dein Vater würde dir ähnlich sehen."

Ich schüttelte den Kopf. „Nein, ich sehe eher aus wie meine Mutter. Mein Bruder Kei sieht wie mein Vater aus, nur dass seine Haare schwarz sind wie meine, nicht hellbraun."

„Sind seine Augen auch grau?"

„Nein, sie sind blau wie die meines Vaters."

„Deine Mutter ist Japanerin?"

Ich nickte.

„Wie haben sie sich kennengelernt?"

„Sie haben sich getroffen, als er mit der Marine in Tokio stationiert war."

„Sie hat die Namen für dich und deinen Bruder ausgesucht, oder? Jin und Kei sind nicht gerade alltägliche Namen."

„In Japan schon."

„Das meine ich ja."

Wieder seufzte ich.

„Hast du Hunger?"

Ich zuckte mit den Schultern.

„Willst du etwas anderes?"

„Nein", sagte ich, und starrte das Muster der Bettdecke an.

„Hör zu. Er hat uns für morgen früh zum Frühstück eingeladen. Er will wirklich mit dir reden und wissen, wie es dir geht."

„Er ist nur enttäuscht, dass ich nicht tot bin", sagte ich und stand vom Bett auf. Ich fühlte mich plötzlich eingesperrt.

„Jin", warnte er mich.

Ich verstummte.

„Sieh mich an."

Ich hob den Kopf und unsere Blicke trafen sich.

„Ich möchte mit ihm reden. Er war wirklich sehr interessiert an mir."

„Oh, das kann ich mir gut vorstellen." Ich fing an, auf und ab zu laufen. „Du bist der Mann, der das Scheusal zum Gefährten genommen hat. Ich bin sicher, er glaubt, dass du in göttlicher Mission unterwegs bist."

Er lachte laut los, und ich konnte ein kleines Lächeln nicht unterdrücken. Bei diesem Mann schmolz ich einfach dahin.

„Sollen wir ihn hierher einladen oder willst du dich lieber im Hotel mit ihm treffen?"

„Ist er allein gekommen?"

„Nein. Er hat seinen Semel dabei."

„Gabriel Pyke ist hier?"

Er sah mich aus zusammengekniffenen Augen an. „Nein, ich glaube, er nannte sich Archer."

„Archer Pyke? Bist du sicher? Archer ist Gabriels Bruder."

„Ich habe das bestimmt richtig verstanden. Er sagte, sein Name sei Archer, und er sei der Semel deines alten Stammes. Er kam mit deinem Vater."

„Interessant. Ich frage mich, was mit Gabriel passiert ist", überlegte ich laut und sah Logan an.

„Vielleicht ist er zurückgetreten?"

„Warum sollte jemand so etwas tun?"

„Ich habe keine Ahnung." Er gähnte. „Warum jemand etwas Bestimmtes tut, ist oft schwer zu begreifen. Zum Beispiel: Warum sollte jemand vor seinem Gefährten davonlaufen?"

Ich verdrehte die Augen. „Reden wir schon wieder darüber?"

„Ich werde nie wieder zulassen, dass du mich verlässt."

Ich stöhnte. „Ich will dich doch gar nicht verlassen."

„Darfst du auch nicht, selbst wenn du es wolltest."

„Warum sprechen wir jetzt wieder darüber?"

Er wurde für einen Moment still. „Weißt du, ich kann es immer noch nicht fassen. Du bist hergekommen und hast dich um mich gekümmert, trotz allem, was geschehen ist."

„Ich liebe dich. Warum hätte ich nicht kommen sollen?" Als er mir mehrere Minuten lang nicht antwortete, sah ich zu ihm hinüber. Er starrte mich an. „Was?"

„Das gefällt mir richtig gut." Er räusperte sich. „Wenn du mir sagst, dass du mich liebst."

Ich ging zum Bett und beugte mich über ihn. Er hob den Kopf, um mich zu küssen und lächelte, als ich mich noch einmal zurückzog.

„Ich liebe dich auch, Jin."

Wir schwiegen und sahen einander an. Sein Gesichtsausdruck wurde finster. „Hör mal, vielleicht ist das doch zu viel in zu kurzer Zeit. Ich kann deinen Vater auch wieder wegschicken und wir besuchen ihn stattdessen in Chicago."

Ich schüttelte den Kopf. „Nein, lade sie für morgen ins Haus ein. So kann ich mich hierher zurückziehen, falls es aus dem Ruder läuft."

Er nickte und sah mich an.

„Das kann ich doch, richtig? Sie können mir nicht bis in dieses Zimmer folgen?"

„Das Hausrecht eines Semel zu missachten, wäre ein grobes Vergehen und das weißt du. Du gehörst mir. Ohne meine Erlaubnis sieht dich niemand."

„Wirklich?" Ich lachte auf und fing an, ihn zu necken, „Niemand?"

„Jin …"

„Auch nicht deine Mutter", sagte ich.

Ein Knurren erklang tief in seiner Kehle.

„Oder sagen wir mal, einer deiner Brüder."

„Mein Gott, du nervst."

„Oder Yuri oder Mikhail oder …"

„Bist du fertig?", schnitt er mir das Wort ab.

Ich kicherte, und er hob beschwichtigend die Arme. Ich würde mich nicht von ihm herumkommandieren lassen und je schneller er das begriff, desto besser für ihn.

„Hast du genug davon, mich zu ärgern?"

Ich antwortete nicht, sondern ging stattdessen zum Fenster und sah hinaus auf den fallenden Schnee. Zum ersten Mal seit langer Zeit war ich wirklich glücklich und ausgerechnet jetzt kam mein Vater daher und verdarb mir alles. Und wenn Logan mehr Zeit mit meinem Vater verbrachte, seine Tiraden hörte und daraufhin plötzlich seine Entscheidung für mich hinterfragte? Was, wenn der neue Semel Logan überzeugen konnte, dass er einen Fehler beging? Was, wenn er Logan dazu brachte, mich als Bürde zu sehen statt als Lebenspartner? Was wäre, wenn alles, was ich jetzt endlich hatte, einfach wieder verschwand? Ich hatte dazugehören wollen, und jetzt gehörte ich dazu. Doch wie stabil war dieses neue Leben wirklich?

„Worüber denkst du denn so angestrengt nach?"

„Nichts." Ich schüttelte den Kopf.

„Lügner", behauptete er.

Ich blieb still.

„Es war wirklich nett von ihm, extra herzukommen um nach dir zu sehen."

Ich holte tief Luft. „Das war nicht nett. Er will irgendetwas. Es interessiert ihn einen Scheißdreck, ob es mir gut geht, das kann ich dir versichern."

„Das ist doch Unsinn. Es war nett von ihm. Sag, dass es nett war."

„Nein."

„Komm schon, sag es. Es war nett."

Ich drehte mich um und sah ihn über die Schulter an. „Nein."

„Komm schon", sagte er, stand auf und kam auf mich zu.

„Nein", antwortete ich scharf. „Was hast du überhaupt?"

„Du bist kindisch. Sag, dass es nett ist."

„Nein."

„Sag es."

„Nein", fuhr ich ihn an.

Er sprang auf mich zu doch ich wich ihm aus.

„Hör auf damit, Logan. Mir ist jetzt nicht danach, mit dir zu spielen."

Er griff wieder nach mir und ich durchquerte schnell den Raum, so dass wir das Bett zwischen uns hatten.

„Ich habe gesagt, du sollst aufhören", meinte ich genervt und ich sah, wie seine Augen die Farbe von poliertem Gold annahmen. „Also hör schon auf. Ich bin nicht in der Stimmung. Sei kein Arsch."

Er nickte, unmittelbar bevor er über das Bett auf mich zu sprang.

„Logan!", schrie ich ihn an, wobei ich mir mühsam das Lachen verbiss. „Ich sagte Stopp!"

Er kletterte vom Bett herunter und als ich in Richtung Tür flüchtete, um wieder mehr Abstand zwischen uns bringen, folgte er mir auf dem Fuße. Er verfolgte mich. Ich hob einen Arm und zeigte mit dem Finger auf ihn.

„Wenn ich sage ‚Stopp‘, dann hörst du auf! Nie hörst du auf mich."

„Nein." Er lächelte plötzlich und wurde still. Sein Blick war so weich und liebevoll, dass mein Herz davon wehtat, ihn nur anzusehen. „Ich höre dir immer zu, beobachte dich und bemerke auch das kleinste Detail an dir. Deshalb weiß ich auch, was du jetzt von mir brauchst. Du willst, dass ich dir zeige, wem du gehörst. Ich will, dass du es begreifst. Du gehörst mir, und ich habe die Macht, nicht du."

„Logan …"

Er hob eine Hand, um mich zum Schweigen zu bringen. „Du musst begreifen, dass ich stark genug für uns beide bin, dass du dich an mich anlehnen kannst. Ich weiß, wie lange du das nicht gehabt hast. Du musst dich auf mich verlassen, meiner Liebe vertrauen und wissen, dass sie nicht bricht oder sich verändert. Du musst dich mir ergeben, damit du weißt, dass ich dich vor allem beschützen kann."

Logan wusste instinktiv, was ich brauchte, so, als könne er meine Gedanken lesen. Und vielleicht konnte er das wirklich. Schließlich war er mein Gefährte.

„Und deshalb … läufst du jetzt besser davon", neckte mich seine verführerische Stimme, als er langsam auf mich zukam.

Aber wollte ich das wirklich? Warum sollte irgendjemand vor einem lebenden, atmenden, feuchten Traum davonlaufen wollen?

„Oder du könntest dich einfach von mir nehmen lassen", schlug er vor.

Das allerdings wäre viel zu einfach. Als er auf mich zu sprang, rannte ich in das nebenan liegende Wohnzimmer, und stellte mich hinter das kleine Sofa. Seine Augen waren verhangen und dann dieses sündhafte Lächeln … Ich war mehr als bereit, diesen Mann mit mir tun zu lassen, was immer er wollte. Zwar spielten wir nur, aber unterschwellig schwangen da Emotionen mit, die mich die Zähne zusammenbeißen ließen und mir heiße Tränen in die Augen trieben. Was wäre wohl aus mir geworden, wenn ich diesen Mann nie gefunden hätte? Er allein verstand mich und wusste, wie mein verworrener Verstand arbeitete. Ich biss mir auf die Unterlippe, damit er nicht sah, wie sie zitterte.

„Komm her", sagte er und stellte sich breitbeinig hin, um mir nachspringen zu können, egal, in welche Richtung ich lief.

„Komm du doch", entgegnete ich und winkte ihn heran.

Er legte sich eine Hand auf die Brust. „Ich soll zu dir kommen? Du willst mich wohl herumkommandieren?"

„Was ist denn das?" Ich hielt die Luft an und deutete zur Tür.

In dem Moment, als er hinsah, rannte ich zur Tür, aber in seiner menschlichen Form war er schneller als ich. Er drängte mich zur Wand, drückte mich dagegen und hielt mich dort fest. Er ging unsanft mit mir um, was ich liebte und ich konnte ein leises, lustvolles Aufstöhnen nicht unterdrücken, als sich sein Knie zwischen meine Beine schob. Er hielt meine Handgelenke über dem Kopf fest und seine

Brust drückte gegen meinen Rücken. Ich erbebte unter ihm und er gab ein sehr zufriedenes, männliches Lachen von sich, als er an der Seite meines Halses entlang küsste.

„Ich könnte mich befreien, wenn ich wollte", prahlte ich mit kaum hörbarer Stimme.

„Wenn du wolltest", sagte er verführerisch. Seine Stimme klang tief und heiser, während er ganz sanft in mein Ohrläppchen biss. „Vielleicht."

Mir stockte der Atem und ich schmolz in seinem Griff nahezu dahin.

„Hör mir zu. Ich bin nicht wie die anderen, die du vorher hattest. Ich werde dich niemals gehen lassen. Verstehst du das?" Seine Stimme war tief, als er mich sanft in den Nacken biss. Seine Zunge strich über die Stelle, bevor er fest daran saugte.

Ich nickte. Ich liebte seine dominante Art. Er hätte mich jederzeit mit Gewalt nehmen können, und doch konnte ich immer sicher sein, dass er mich nie gegen meinen Willen festhalten würde. Das Herz dieses Mannes kontrollierte seine Kraft.

„Alle diese Typen, die dich flachgelegt haben; alle diese Typen, die vor dir davongelaufen sind, deine Eltern, dein alter Semel und dein Bruder – all das bin ich nicht. Du gehörst mir, mit Leib und Seele. Verstehst du das?"

„Ich verstehe es."

„Und du kannst dich darauf verlassen, dass ich dich immer lieben und beschützen werde."

„Ja."

„Dann bin ich froh, dass das jetzt geklärt ist."

Dieser Mann suchte sich wirklich immer die seltsamsten Momente aus, um seinen Standpunkt darzulegen.

„Und jetzt wirst du meine Liebe spüren", versprach er, biss noch einmal zu und saugte stärker. „Weil du endlich begreifen musst, dass nichts und niemand je etwas an meinen Gefühlen für dich ändern wird. Du bist mein Gefährte, du Idiot!"

Ich lag zitternd in seinen Armen, als er meine Anzughose öffnete und mir in den Schritt griff. Ich ließ meinen Kopf auf seiner Schulter ruhen und bog den Rücken durch. Er küsste meinen Hals, als er mir Hose und Unterhose herunterschob und meine Beine spreizte.

„Sag meinen Namen."

„Logan."

„Wem gehörst du?"

„Ich gehöre dir."

Er warf mich über die Rückenlehne des Sofas, und seine Zungeglitt durch meinen Spalt. Das Gefühl war so überwältigend, dass ich aufkeuchte. Nicht zu fassen, dass Logan Church heterosexuell gewesen sein sollte, bevor ich ihm über den Weg gelaufen war. Was mich anmachte, liebte er auch und anscheinend war es ihm völlig egal, dass ich ein Mann war.

„Du bist perfekt für mich. Dein schlanker, harter Körper passt zu meinem wie eine Hand in einen Handschuh."

Er konnte definitiv meine Gedanken lesen. Als er mich so weit hatte, dass ich keuchend darum bettelte, von ihm genommenzu werden, drehte er mich herum, so dass ich ihn ansah. Er schluckte meinen Schwanz und schob mir gleichzeitig seine Finger zwischen die Hinterbacken. Es war die reinste Folter. Seine geschickten Finger bewegten sich in mir, und zugleich war mein pulsierender Schwanz in seinem heißen, feuchten Mund vergraben. Es war kaum auszuhalten. Unter dem Ansturm der Empfindungen kamen mir plötzlich die Tränen. Es war einfach zu viel – seine Liebe, sein Begehren, das Vertrauen, das er von mir forderte, die Unterwerfung, die er verlangte.

„Was willst du?"

„Oh, bitte", stöhnte ich. „Fick mich endlich, markiere mich … mach, dass alles andere verschwindet."

„Ich habe dir schon mein Zeichen aufgedrückt, aber …", ich wurde noch weiter über das Sofa gedrückt, hörte den Deckel der Gleitcreme aufschnappen und überlegte ganz kurz, wo er die wohl versteckt gehabt hatte, „…ich wäre jetzt wirklich gern in deinem heißen, engen Hintern."

Schon da wäre ich fast gekommen und als ich ihn dann in mir spürte, gab mir das den Rest. Er traf meine Prostata gleich beim ersten Stoß und das war's dann für mich. Nur mein Gefährte konnte mir einen Höhepunkt bescheren, indem er nur von Sex sprach. Er war zu gut, um wahr zu sein.

„Ich glaube, ich könnte dich so oft zum Höhepunkt bringen, dass du ohnmächtig wirst", sagte er, als ich in seinen Armen zusammenbrach. Er machte weiter, rein und raus, ganz langsam.

Oh, mein Gott.

„Lass es uns versuchen."

Ich konnte nicht. Es war mir einfach nicht möglich, in so schneller Abfolge noch einen Orgasmus zu haben.

„Mein geliebtes Baby", stöhnte er an meinem Hals.

Seine Stimme allein fachte mein Begehren wieder an. Nur Sekunden später zitterte ich wieder, als er tief in mich hineinstieß und mit einem heiseren Stöhnen meine Hüften packte. Er fühlte sich so gut an, so hart. Seine Hand, glitschig von Gleitmittel, bearbeitete meinen Schwanz und raubte mir die Worte.

„Du wirst dir nie wieder Sorgen machen."

Das würde ich natürlich, aber ich wollte nicht mit ihm streiten. „Nein", log ich.

„Du bist meine große Liebe."

„Ja", stimmte ich ihm zu, als er so hart in mich hineinstieß, dass er mich von den Füßen hob. Ich schrie seinen Namen immer und immer wieder.

„Gibt es etwas Geileres, als wenn du meinen Namen herausschreist?"

Ich konnte nicht antworten. Ich konnte nur nach Luft schnappen, als er in meine Schulter biss.

„Die Antwort ist ja, denn wie du dich windest, während ich in dir bin, wie du mir zu verstehen gibst, dass ich dich noch tiefer, noch härter ficken soll ... das bringt mich noch um den Verstand", sagte er. Dann umarmte er mich so fest, dass ich seinen Herzschlag fühlen konnte, als wir gemeinsam zum Höhepunkt kamen.

Als ich wenig später aus der Dusche kam, hatte er eine Jogginghose und ein T-Shirt an und saß auf dem Bettrand, um sich Socken anzuziehen.

„Das hast du mit Absicht getan."

Er sah von seiner Socke auf. „Was meinst du?"

„Das weißt du ganz genau."

„Ich habe keine Ahnung."

Ich nickte. „Weißt du, manchmal kann ich dir nicht nahe genug sein. Ich möchte in deine Haut schlüpfen und dort leben."

Er lächelte mich an. „Ich liebe dich auch, Jin."

„Es tut mir leid, dass ich dir so viel angetan habe."

„Ja, mein Leben zu retten, das war schon ein starkes Stück."

„Du weißt, was ich meine."

„Wir sind quitt, Baby. Es ist alles in Ordnung."

„Ist es das?"

„Ja."

Ich nickte. „Es scheint mir", sagte er sanft, „als ob du immer noch von Furcht erfüllt wärst, statt von mir."

„Nein, ich ..."

„Vor lauter Angst, verlassen zu werden, kannst du mich gar nicht wirklich sehen."

„Ich sehe dich doch."

„Nicht, wie ich wirklich bin", sagte er und stand auf. Er kam zu mir und packte das nasse Haar in meinem Nacken. Dann beugte er sich vor und küsste mich besitzergreifend.

„Du glaubst immer noch, dass ich aufhören könnte, dich zu lieben."

„Nein." Ich schüttelte den Kopf und schluckte. „Das tue ich nicht."

„Dann hör auf damit, dir Sorgen zu machen", verlangte er. „Okay?"

„Okay."

„Sieh mich an."

„Das tue ich doch."

„Wirklich?"

„Logan, ich bin nicht blind. Ich kann ..."

„Sieh mir in die Augen."

Ich suchte seinen Blick, als er mein Gesicht mit den Händen umfasste, sich vorbeugte und mich küsste. Er streichelte die Innenseite meines Mundes mit seiner

Zunge, ließ nichts aus, saugte hart und knabberte an meinen Lippen. Ich hätte ihn stundenlang küssen können, nur mit kurzen Pausen zum Atmen und Seufzen.

Ich hielt mich mit beiden Händen an seinen Unterarmen fest. „Logan", brachte ich heraus.

„Du riechst so gut", murmelte er in meinen Mund, ohne seine Lippen von meinen zu heben. Er küsste mich wieder tiefer, seine Hände zogen mir das Handtuch weg, so dass ich nackt vor ihm stand. „Du bist so wunderschön."

„Logan, du kannst doch nicht ernsthaft …"

„Ich will dich immer und ständig, Baby", sagte er, drückte mich auf das Bett und kniete sich zwischen meine Beine. Eine Hand legte er auf meinen Schwanz, die andere auf meine Hüfte, so dass ich mich nicht bewegen konnte.

Ich legte einen Arm über meine Augen, aber er forderte mich auf, ihn anzusehen.

„Logan", sagte ich zitternd und wand mich unter ihm.

„Sieh zu, was mein Mund mit dir macht, Jin. Du siehst mir doch so gern zu."

Als ich in seine Augen starrte, sah ich, wie seine Pupillen sich zusammenzogen. Er öffnete den Mund und dann schlossen sich seine Lippen um meinen Schwanz. Wie um alles in der Welt hatte ich es nur geschafft, einen Mann zu finden, der aussah wie ein goldener, norwegischer Gott und dessen Herz nur für mich schlug?

„Logan." Meine Stimme brach.

Er zeichnete mit der Hand die Konturen meiner Bauchmuskeln nach und streichelte die sensible Haut in seinem Mund mit seiner talentierten Zunge. Mein Rücken bog sich durch, ich hob mich von der Matratze, als er mich einsaugte.

„Oh, Gott", stöhnte ich. „Bitte, Logan."

„Bitte, Logan, was?"

Ich konnte nur noch seinen Namen sagen, immer und immer wieder in einer endlosen Litanei, aber sein Lächeln und die Art, wie er mich küsste, zeigten mir, dass er das Verlangen verstand, das ich nicht in Worte fassen konnte.

Mein Schwanz glitt aus seinem Mund, als er aufstand und zum Nachttisch ging. Er holte die Gleitcreme aus der Schublade, öffnete seine Jeans, setzte sich wieder aufs Bett und bestrich seinen langen, harten Schwanz mit Gel, bis er im Licht glänzte. Als er fertig war, wandte er mir sein Gesicht zu.

„Komm her."

Ich kroch zitternd zu ihm.

„Reite mich." Es war eine Einladung, kein Befehl. Das Feuer in seinen Augen raubte mir den Atem. Ich setzte mich rittlings auf seinen Schoß, fühlte, wie seine Hände meinen Hintern umfassten und ließ mich dann langsam auf ihm nieder.

„Du bist so eng und heiß", flüsterte er. Eine Hand griff nach meinem steifen Schwanz und streichelte mich, als ich mich hochschob und wieder herabsank und mich auf seiner harten, dicken Erektion aufspießte.

Ich schloss die Augen. Es fühlte sich so gut an, und ihm dabei in die Augen zu sehen, hätte ich jetzt nicht verkraftet. Als ich nur wenige Sekunden später kam, ließ mein Höhepunkt mich am ganzen Körper erzittern.

„Sieh mich an."

Mühsam öffnete ich die Augen. Zu meiner Überraschung legte er die Arme um mich, hielt mich ganz fest und vergrub sein Gesicht in meiner Halsbeuge. Sein heißer Samen ergoss sich tief in mir.

„Leg die Beine um mich. Halte mich fest."

Und das tat ich. Ich hielt ihn mit Armen und Beinen und mit den Muskeln in meinem Hintern. Ich hielt ihn fest an meinem Herzen mit allem, was ich hatte. Er tat es mir gleich und ließ mich nicht mehr los.

16

SELBST NACH all dieser Zeit hatte ich eine Vorstellung davon im Kopf, wie das Wiedersehen mit meinem Vater ablaufen würde. So unwahrscheinlich es auch war, hoffte ich doch tief im Innern immer noch darauf, seine Liebe irgendwie zurückgewinnen zu können. Es ist nun einmal ein grundlegendes menschliches Bedürfnis, von seinen Eltern geliebt zu werden. An diesem Morgen wurde mir bewusst, dass ich es trotz allem und nach so langer Zeit immer noch in mir hatte, mir diese Liebe zu wünschen. Crane hatte dafür überhaupt kein Verständnis.

Während ich den Abwasch erledigte, saß er am Tresen und trocknete die Teller ab, die ich aus dem Seifenwasser geholt hatte.

„Du ..." Crane verstummte, und als mir bewusst wurde, dass er nicht weitersprechen würde, drehte ich mich um, um ihn anzusehen.

„Was?"

„Es ist nur ... Ich möchte nicht zusehen müssen, wie du wieder verletzt wirst. Das ist alles. Ich meine, ich weiß ja, dass sich hier niemand schlagen wird. Aber ich möchte nicht, dass du dir Sorgen machst, weil er hier ist."

Es war mir unmöglich, mir keine Sorgen zu machen. Zwar hatte ich Logan gegenüber Desinteresse geheuchelt, hatte ihm gesagt, dass mein Vater nur gekommen sei, um meine Leiche abzuholen ... Doch das war alles nur Fassade gewesen. Im Stillen hoffte und betete ich, dass es nicht wahr war.

„Hey."

Aus meinen Gedanken aufgeschreckt, blickte ich überrascht zu Crane und sah, dass er mich nicht ansah. Stattdessen schaute er gespannt aus dem Fenster.

„Sie sind da."

„Wer ist da?"

„Dein Vater."

Aber das war doch viel zu früh. Bis zu dem Termin, den er am Morgen telefonisch mit Logan vereinbart hatte, waren es noch zwei Stunden. „Bist du sicher?"

„Natürlich", sagte er und sah auf mich herab, als hätte ich gerade eine sehr dumme Frage gestellt. „Ich weiß, wie dein Vater aussieht. Ich bin mit ihm aufgewachsen, genauso wie du."

„Ich meinte nicht, dass du ..."

„Ich gehe mal zu ihm hinüber und sage ‚hallo'", kündigte er an und rutschte von seinem Stuhl. Er knüllte das Geschirrtuch zusammen und warf es nach mir, während er zur Tür ging. „Ich will mit ihm reden, bevor er mit dir redet."

Ich verdrehte die Augen und spülte weiter Teller. „Es ist doch wirklich haarsträubend, dass ausgerechnet du versuchen willst, meinen Vater umzustimmen. Und du glaubst auch noch, dass Logan das zulassen wird."

„Was?" Crane blieb an der Tür stehen und drehte sich zu mir um.

„Du bist anscheinend schon so lange mit mir unterwegs, dass du alle Regeln der Gastfreundschaft vergessen hast", sagte ich. „Keiner von uns wird sich meinem Vater nähern, bevor Logan uns ruft."

„Ich glaube nicht …"

„Er ist ein Sylvan, der mit seinem Semel unterwegs ist und im Heim eines anderen Semel empfangen wird", erklärte ich meinem ahnungslosen Freund. „Es gibt Regeln, die beachtet werden müssen. Es wird noch ein paar Stunden dauern, bis wir beide ihn von Angesicht zu Angesicht zu sehen bekommen."

„Aber ich dachte, das war es, was du wolltest?"

„Will ich ja auch. Aber ich würde Logan entehren, wenn ich jetzt dort hineinstürmte, ohne von ihm gerufen worden zu sein."

Cranes Lächeln war ein bisschen zweideutig. „Meine Güte, er hat dich ja wirklich gut im Griff."

Ich zeigte ihm den Mittelfinger. „Darum geht es nicht. Logan sagt mir nicht, was ich tun soll. Du weißt besser als jeder andere, dass ich …"

„Ich weiß, ich weiß", schnaufte Crane. „Tut mir leid."

Ich winkte ihn mit seifiger Hand zu mir zurück. „Wenn ich mir mit Logan uneins bin, wenn ich mich mit ihm streite … Nur du und seine Familie und vielleicht noch die Leute, die hier im Haus leben … ihr seid die einzigen, die das zu sehen bekommen. In der Öffentlichkeit, vor den Augen des Stammes, wird man immer nur sehen, dass ich meinen Platz als Reah ernst nehme und meinem Semel Ehre mache."

Er nickte, und ich bemerkte sein zittriges Lächeln, sah seine Kiefermuskeln arbeiten und wie er sich verstohlen die Augen rieb.

„Meine Güte, was ist denn?" Ich lächelte meinen Freund mit dem weichen Herzen an.

„Nichts, aber du als Reah … Ich wusste immer, dass du eine gute wärst. Ich hatte nur nie erwartet, dass du die Gelegenheit dazu bekommen würdest."

Wir standen uns schweigend gegenüber und starrten uns an.

„Entschuldigung." Crane und ich drehten uns beide zur Tür um. Dort stand ein Mann, den ich noch nie zuvor gesehen hatte.

„Hey." Er lächelte, schlüpfte in den Raum und streckte uns seine Hand entgegen. „Ich bin …"

Ich unterbrach ihn scharf. „Du musst zu deiner Gruppe zurückkehren Du verletzt zahlreiche Regeln der …"

„Danny?" Mein Vater steckte den Kopf zur Tür herein, offensichtlich auf der Suche nach dem Mann, der vor mir stand.

Es war schwer zu begreifen, dass ich nach so langer Zeit plötzlich meinen Vater wiedersah. Der Moment war irgendwie surreal.

„Dad", sagte ich, ohne vorher nachzudenken. Das Wort purzelte ganz natürlich aus mir heraus.

„Jinnai." Er benutzte meinen vollständigen japanischen Vornamen.

„Hallo."

„Ich bin froh, dass du nicht tot bist."

Was war die korrekte Antwort auf eine solche Aussage?

„Vielen Dank, Sir", sagte ich und spülte mir die Seife ab, drehte den Wasserhahn zu und trocknete mir die Hände. Diese Handgriffe schienen ewig zu dauern. Als ich zu ihm ging, fühlte ich mich, als watete ich durch Morast. Es fühlte sich an wie im Traum, wenn man eigentlich rennen will, aber nicht vorankommt. Er verschränkte die Hände hinter dem Rücken, sein Signal an mich, dass er mir nicht die Hand geben würde. Ich schob meine eigenen Hände in die Taschen meiner abgetragenen Jeans.

Er sah mich aus zusammengekniffenen Augen an. „Hat dein Semel dir befohlen, dein Haar so lang wachsen zu lassen?"

Ich holte tief Atem. „Nein."

„Ist er unfruchtbar?"

Ich wusste sofort, worauf er hinauswollte. „Nein."

„Also könnte er Kinder haben?"

Nach fast neun Jahren ohne jeden Kontakt zu diesem Mann waren das die ersten Worte, die er zu mir sagte? Und noch dazu vor einem Fremden? „Ich denke schon, ja."

„Aber dieser Mann, dieser angebliche Semel, ist bereit, das alles für dich aufzugeben?"

„Er gibt überhaupt nichts auf."

„Er gibt seine Blutlinie auf … seine Zukunft. Ich würde das schon als alles bezeichnen."

Ich starrte ihn an und er starrte zurück.

„Jin."

Mit viel Mühe riss ich den Blick von meinem Vater los und schaute wieder Crane an. Er deutete auf den Fremden in unserer Mitte.

„Wer ist der Junge?"

Als ich wieder den Mann ansah, der die Küche zuerst betreten hatte, musste ich meinen ersten Eindruck korrigieren und meinem Freund zustimmen. Das war ein Junge, kein Mann, höchstens sechzehn Jahre alt. „Ich kenne dich nicht", sagte ich flach.

Ich konnte seine Nervosität spüren. Er hüstelte, um es zu überspielen. „Ich bin dein Cousin, Danny. Ich lebe bei deiner Familie, seit …"

„Ist schon gut", sagte ich weich und fühlte einen scharfen Schmerz in meinem Herzen. Ich wusste sofort, dass ich vor meinem Ersatz stand. Mein Vater hatte einen neuen Sohn gebraucht und hatte einen gefunden. „Und, lernst du all die Gebräuche und Gesetze des Stammes?"

Er sah verwirrt aus. „Ja, schon."

Ich nickte und holte kurz Luft, bevor ich mich wieder meinem Vater zuwandte.

„Wir müssen zurück", kündigte er an. „Ich bin nur gekommen, um nach Danny zu sehen. Er war plötzlich verschwunden. Er kennt noch nicht alle Regeln, die bei einem Besuch einzuhalten sind."

Aber mein Vater hätte sie ihm erklärt, hätte ihn belehrt, hätte dafür gesorgt, dass der Junge ihn nicht blamierte. Das konnte nur bedeuten, dass mein Vater Hintergedanken hatte. „Ja", stimmte ich schnell zu, und drehte mich von ihm weg, zurück zum Waschbecken. „Ihr geht besser, bevor man euch vermisst."

„Guten Morgen", rief eine Stimme aus Richtung der anderen Tür, und Peter Church kam von draußen herein. „Jin, ich … oh." Es überraschte ihn, Fremde bei mir vorzufinden. Zwar lächelte er Crane zu, aber sein Stirnrunzeln sagte mir, dass mein Vater und mein Cousin ihn irritierten.

„Guten Morgen", begrüßte ich den Vater meines Gefährten und zog damit seine Aufmerksamkeit auf mich.

„Jin", sagte er freundlich und betrat das Zimmer. Er legte einen Beutel mit grünen Äpfeln auf den Tresen. „Die sind für dich und Eva, ihr wolltet doch nachher Kuchen backen. Es tut mir leid, aber wer sind diese Leute?" Er klang beunruhigt.

Und plötzlich war ich wirklich glücklich, ihn zu sehen. Ich atmete einmal tief durch und fühlte mich wieder mehr wie ich selbst. „Das sind mein Vater und mein Cousin Danny aus Chicago."

Er nickte und kam auf mich zu, so dass mein Blickfeld von ihm eingenommen wurde und er mich von den anderen abschirmte. „Jin, du weißt sicher, dass ihre Anwesenheit hier ein schwerer Affront gegen deinen Semel ist. Sie sollten nicht in deiner Gegenwart sein, ohne …"

„Das weiß ich", bremste ich ihn. „Mein Vater war nur auf der Suche nach Danny. Sie wollten gerade wieder gehen."

„Gut", sagte er und drehte sich um, um meinen Vater anzusehen. „Sie haben sich unangemessen verhalten. Aber da unsere Reah Ihr Sohn ist, bin ich sicher, dass mein Sohn, unser Semel, diesen Übertritt verzeihen wird."

Die Warnung in seinen Worten war mehr als deutlich und die beiden Männer starrten sich an.

Schließlich nickte mein Vater und Peter streckte ihm die Hand entgegen. „Ich bin Peter Church, Logans Vater. Es ist mir ein Vergnügen, den Vater des Gefährten meines Sohnes kennenzulernen."

„Mitch Rayne", sagte mein Vater und schüttelte ihm die Hand. „Darf ich fragen, warum Sie Ihrem Sohn erlaubt haben, einen männlichen Gefährten zu nehmen? Das bedeutet das Ende Ihres Hauses."

Peter nickte und gab die Hand meines Vaters frei. „Ich muss zugeben, dass mich das anfangs stark beunruhigt hat. Aber dann wurde mir bewusst, dass ich heute lebe und nicht vor einhundert Jahren. Heute gibt es Adoptionen und Leihmütter. Außerdem bin ich ein Mann, der immer nur das Beste für seine Kinder will. Mein Sohn wurde mit einem wahren Gefährten gesegnet, einer Reah und wurde dadurch zu Semel-Re. Ich habe in meinem Leben nur zwei andere Semel getroffen, die ihre Reah gefunden hatten und beide hatten sie die größten und stärksten Stämme, die man sich nur vorstellen kann. Ein Semel, der seine Reah findet, ist jedem anderen überlegen. Ich hatte das nur für einen kurzen Moment vergessen."

„Also ist Ihr Sohn ein besserer Semel, als Sie es waren?"

„Oh ja, absolut."

„Nur deshalb, weil er seine Reah gefunden hat?"

„Ja."

„Aber Ihr Sohn wird niemals Vater werden."

Peter lachte leise. „Es steht Ihnen nicht zu, darüber zu urteilen. Niemand kann in die Zukunft sehen."

Mein Vater nickte. „Ich würde Ihren Sohn gern kennenlernen."

Das hieß, dass Logan nicht im Raum gewesen war, bevor sich Danny auf den Weg gemacht und meinen Vater gezwungen hatte, ihm hierher zu mir zu folgen.

„Ich bringe Sie gern zu ihm", sagte Peter rasch und breitete die Arme aus, um Danny und meinen Vater zur Tür zu geleiten. Er warf mir über die Schulter ein kurzes Lächeln zu, wobei von ihm die gleiche Wärme ausging wie von seinem Sohn.

„Tja … das war lustig", schnaufte Crane, ging zur Tür und machte Anstalten, den anderen zu folgen.

„Wo gehst du hin?"

„Wenn dein Vater die Regeln vergessen und hier einfach reinstürmen kann, dann kann ich das auch. Ich bin gleich wieder zurück."

Ich wollte erst protestieren, sah dann aber ein, dass er recht hatte. Dieser Tag wurde von Minute zu Minute verrückter. Er nahm eine weitere Wendung zum Schlechten, als mein Vater wenige Minuten später plötzlich wieder in der leeren Küche auftauchte.

„Na, du hast den Vater deines Semel ja ganz schön hinters Licht geführt, was seine Prioritäten betrifft", fauchte er mich an. „Wie hast du das gemacht?"

„Was tust du …"

„Jin!"

Er behandelte mich nicht wie eine Reah. Er behandelte mich auch nicht wie den Gefährten eines Semel. Er redete mit mir, als sei ich immer noch nichts weiter als sein Sohn und noch dazu einer, den er nicht besonders mochte.

„Antworte mir."

Dieser Mann würde sich niemals ändern. Ich atmete einmal tief durch und versuchte, mein Herz zu beruhigen. „Wie geht es Mutter und Kei?"

183

„Es geht den beiden gut. Ich habe sie gefragt, ob sie mitkommen wollen, aber keiner von beiden wollte dich sehen."

Eine seiner kleinen Sticheleien am Rande. „Nun, das tut mir leid."

„Tut es das?"

„Ja", seufzte ich. Allmählich wurde mir klar, dass meine Wünsche die Zukunft nicht ändern würden. Meine biologische Familie würde mich niemals akzeptieren. Meine neue Familie war alles, was zählte. Ich hatte so viel Glück mit ihnen gehabt, vor allem mit Logan. Es war ein Wunder, dass ich sie gefunden hatte. Plötzlich verschwamm mir alles vor den Augen, und ich senkte den Blick, damit mein Vater meine Tränen nicht sehen konnte. Für ihn waren sie ein Zeichen von Schwäche. Komisch, früher war ich nie so emotional gewesen.

„Jin." Die Stimme meines Vaters wurde leise, als er näher kam. „Warum hältst du denn immer noch an dieser Perversion fest? Eine männliche Reah ist kein Segen, sondern ein monströser Irrtum der Natur und das weißt du ganz genau. Wenn jemand dich fragt, wo du herkommst …"

Ich konnte ein erschrockenes Keuchen nicht unterdrücken, denn es war, als hätte er mich geschlagen. Ich hatte so falsch gelegen. Er war den weiten Weg hierher gekommen, um meine Träume zu zerstören und mir alles wegzunehmen, aber nicht, indem er Logan gegen mich aufbrachte. Seine Absichten waren noch niederträchtiger. Er war von Chicago hierher gekommen, um mich mit Selbstzweifeln zu füllen, um sein Gift zum zweiten Mal über mich zu versprühen. Er versuchte, mir Furcht und Zweifel einzureden, in der Hoffnung, dass ich wieder davonlaufen würde. Er konnte nicht zulassen, dass sein schwuler Sohn die Reah eines Stammes wurde. Allein der Gedanke brachte ihn schier um.

„Du bist abscheulich", sagte er mit kalter, hasserfüllter Stimme. „Du entehrst Logan und seinen Stamm allein durch deine Gegenwart. Du bringst Schande über mich, nur weil ich dein Vater bin."

Ich nickte und wischte mir die Tränen weg, während ich darum kämpfte, mich wieder unter Kontrolle zu bringen. Alte, lang gehegte Vorstellungen aufzugeben, konnte schmerzhaft sein, und etwas Neues anzunehmen, war manchmal überwältigend. Die Erkenntnis hatte mich gerade wie ein Blitz getroffen. Da war es kein Wunder, dass ich um Selbstbeherrschung rang.

„Verschwinde aus meinem Haus", sagte ich und machte ein paar Schritte rückwärts. Ich fühlte mich wie ausgeweidet, wie ein ausgebranntes Haus, vollkommen zerstört.

„Das hier ist nicht dein Haus, es ist nicht dein Zuhause! Du hast kein Zuhause, du hast keinen Platz bei irgendeinem Pantherstamm. Du wurdest ausgeschlossen."

Das Gute an ausgebrannten Gebäuden war, dass sie wieder aufgebaut werden konnten. Und obwohl mein Vater und seine Liebe für mich für immer dahin waren, stand ich immer noch und hatte starke Fundamente.

„Du kannst dir doch nicht ernsthaft einbilden, dass Logan dich liebt", sagte mein Vater und kam wieder näher. „Es ist nur die Macht einer Reah, die seine Sinne betäubt. Wenn er dich oft genug gehabt hat, wenn der Bann erst einmal gebrochen ist, wird er dich aus seinem Heim vertreiben. Dich vielleicht sogar töten, weil du ihn gegen seine Natur verführt hast."

Er war sich so sicher mit seinen düsteren Voraussagen über meinen bevorstehenden Tod. Was hatte mich nur jemals geritten, auf seine Liebe zu hoffen? Aber eigentlich kannte ich die Antwort ja schon. Das hier war immer noch mein Vater, trotz des Hasses, der Wut und der Lügen. Er hatte immer noch dieselben blauen Augen. Das dunkelbraune Haar war zwar inzwischen von Silber durchzogen, aber immer noch so geschnitten, wie ich es kannte. Auch sein Geruch und sein Aftershave waren unverändert. Das war der Mann, der mich aufgezogen hatte, obwohl er mich inzwischen nicht mehr wirklich sah.

„Wenn Logan erst merkt, was du ihn alles gekostet hast – seinen Namen, seinen Stolz, seinen Ruf, seine Position in unserer Gesellschaft –, dann wird er dich hassen. Dann wird er dich umbringen wollen."

Ich wollte von ihm weg, aber er packte mich am Arm. Seine Finger gruben sich schmerzhaft in meinen Bizeps. Sein Griff würde definitiv blaue Flecken hinterlassen.

Da kam Crane wieder in die Küche. „Jin, hast du gesehen, wo dein Vater hingegangen ist?", fragte er.

„Ja", sagte ich sarkastisch und holte zitternd Atem.

Crane kam rasch auf uns zu. Mein Vater ließ mich los, als er den Gesichtsausdruck meines Freundes sah. „Was zum Teufel geht hier vor?", wollte Crane wissen und wies mit einem anklagenden Finger auf meinen Vater. Er fuhr zu mir herum. „Und du!"

„Ich?"

„Ja, du! Was zum Teufel machst du da? Redest mit ihm, als wäre es nichts! Du empfängst niemanden ohne deinen Sheseru, das weißt du ganz genau. Jeder weiß das. Du bist eine Reah, also benimm dich gefälligst endlich auch so!"

Er war sauer auf mich? „Warum regst du dich so auf?"

„Weil du immer noch nicht begriffen hast, wie wichtig du bist. Fang endlich damit an! Ohne dich geht gar nichts!"

Und er hatte recht. Ich musste mir endlich darüber klar werden, wer ich eigentlich war. Die Luft im Raum, die nur Momente zuvor schal und stickig gewesen war, kam plötzlich in Bewegung, als hätte Crane eine belebende Brise mit hereingebracht. Ich fühlte, wie meine Anspannung nachließ. Ich wurde geliebt. Es tat verdammt gut, daran erinnert zu werden.

„Und was hast du dir eigentlich dabei gedacht, Hand an unsere Reah zu legen?", fauchte Crane meinen Vater an. Er schob sich zwischen Mitchell Rayne und mich und drängte mit seiner muskulösen Gestalt meinen Vater zurück. „Du bist nur ein Sylvan, für einen solchen Übergriff kannst du bestraft werden."

Für meinen Vater war ich weniger wert als der Schmutz unter seinen Füßen und Crane war für ihn lediglich der enterbte Sohn des Sheseru seines Stammes. „Wie redest du denn mit mir? Pass bloß auf, Junge."

„Pass du mal auf, wie du mit mir redest", brauste Crane auf und ich hatte die Genugtuung, meinen Vater einen weiteren Schritt zurückweichen zu sehen. „Ich bin Beset, der Beschützer der Reah! Ich befehle dir, dich aus ihrer Gegenwart zu entfernen oder du zwingst mich dazu, meinen Sheseru zu rufen."

„Crane ..."

Mein Freund kehrte meinem Vater den Rücken und unterbrach mich mit einer Handbewegung. „Ich weiß, dass ich das eigentlich gar nicht zu sagen brauche, aber ich möchte bei dir bleiben und deinem Stamm beitreten."

Ich war für einen Augenblick sprachlos. „Oh, ich dachte ... ich meine, ich bin wohl davon ausgegangen ... natürlich kannst du bleiben. Ich will nicht, dass du gehst. Niemals! Verlass mich nicht. Bleib bei uns."

„Okay", sagte Crane und strahlte mich an. Manchmal vergaß ich fast, wie gut aussehend mein bester Freund war. Und er sah nie besser aus, als wenn er mich in sein Herz schauen ließ.

Er drehte sich wieder zu meinem Vater um. „Da ich aus meinem Stamm vertrieben wurde, suche ich Zuflucht bei einem anderen Stamm. Ich entsage hiermit dem Stamme Anuket. Ich bin ein Mitglied des Stammes Mafdet."

„Crane", seufzte mein Vater und massierte sich den Nasenrücken, als ginge mein bester Freund ihm nur auf die Nerven. „Du solltest das nicht so überstürzt entscheiden. Unser neuer Semel, Archer Pyke, ist ein viel stärkerer Semel als Gabriel es jemals war und unter seiner Führung wird unser Stamm ..."

„Ich gebe meinen Platz auf", sagte Crane bestimmt, drehte sich zur Seite, legte mir die Hand auf die Schulter und steuerte mich um meinen Vater herum zur Tür. Er würde mich nicht mehr aus den Augen lassen. „Das kannst du meinem Vater ausrichten, wenn du ihn das nächste Mal siehst."

„Du solltest mit nach Hause kommen", sagte mein Vater.

„Jin ist mein Zuhause", entgegnete Crane. „Das war er schon immer."

„Denn während der Semel einen Stamm führt, stärkt die Reah den Stamm und macht ihn ganz", grollte Logan, als er den Raum betrat. Er hatte augenscheinlich in der Tür gestanden und mitgehört. Yuri und Mikhail standen hinter ihm. Ich hatte keine Ahnung, wie viel er mitbekommen hatte. „Du", sagte er und deutete auf Crane, „bist der Beschützer meiner Reah und gehörst genauso zu mir wie Jin. Ich werde deinen Schwur beim nächsten Stammestreffen entgegennehmen, aber ich betrachte dich bereits jetzt als ein Mitglied meines Stammes, Crane Adams."

Mein bester Freund nickte und verließ schnell den Raum, streifte mich in seiner Eile, um weder vor Logan noch meinem Vater weitere Gefühle zu zeigen.

„Du", sagte Logan mit tiefer, heiserer Stimme und zeigte auf mich, „komm her zu mir."

186

Sobald ich ihm nahe genug war, griff er nach mir und brachte mich hinaus in den Flur. Er ließ meinen Vater unter Mikhails Aufsicht zurück. Er umfasste mein Gesicht mit den Händen und sah mir tief in die Augen, dann drückte er mich an seine Brust. Sein Atem strich über mein Haar. „Bist du in Ordnung?"

Ich begegnete seinem düsteren Blick und sah den brennenden Zorn in seinen Augen. Ich lächelte schweigend und leckte mir die Lippen, um ihn auf andere Gedanken zu bringen. Es hatte ihm eindeutig keinen Spaß gemacht, die Tirade meines Vaters mit anzuhören. „Du hast uns absichtlich nicht unterbrochen", stellte ich fest.

„Das stimmt." Seine Stimme war voller Schmerz.

„Damit ich selbst entscheiden kann, was ich tun will."

„Innerhalb gewisser Grenzen", stimmte er mir zu, strich mir das Haar aus dem Gesicht und ließ es genüsslich durch seine Finger gleiten. „Ich werde dich niemals gehen lassen. Aber zu wissen, dass du dir seine Lügen anhören konntest, ohne ihnen zu glauben, zu sehen, wie du an mich glaubst, auf mich baust ... ich bin sehr stolz auf dich. Du glaubst gar nicht, wie sehr schon dein Anblick mich mit Freude erfüllt."

Ich konnte meinen Seufzer nicht zurückhalten. „Ich liebe dich."

„Ich weiß." Er nickte, dann schloss er mich wieder in die Arme und zog mich an seine muskulöse Brust. Dieser Muskelberg ging so zärtlich und vorsichtig mit mir um, weil ich kostbar für ihn war, weil er mich über alles liebte. In seinem Armen, an seinem Herzen war ich so sicher wie nirgendwo sonst auf der Welt.

„Hat er dir wehgetan?", fragte er, nachdem er mich wieder losgelassen hatte. Seine Hände lagen wieder an meinem Gesicht und hoben sanft mein Kinn, während er nach Verletzungen suchte. „Jin?"

Ich schüttelte den Kopf, denn ich hatte einen Kloß im Hals.

„Du siehst aus, als würdest du gleich erfrieren", sagte er und rieb mir die Arme in dem Versuch, mich aufzuwärmen. „Geh rauf, zieh dir Socken und einen Pullover an und komm dann wieder runter. Wir werden auf dich warten."

„Aber du solltest nicht allein mit ihm ..."

Er warf mir einen Blick zu, als sei ich verrückt. Als wäre es völlig abwegig, dass mein Vater etwas sagen könnte, das ihn treffen würde. „Geh endlich und zieh dir was an."

Ich nickte und lächelte ihn noch einmal an, bevor ich loslief. Yuri wartete am Fuß der Treppe auf mich. „Was tust du hier?"

„Ich passe auf, dass dir niemand nach oben folgt", sagte er.

„Solltest du nicht bei Logan sein und ..."

„Der Sheseru ist der Vollstrecker des Semel, der Beschützer der Reah", zitierte er aus dem Gesetz, das wir beide kannten. „Ist es nicht so?" Es war so und wir beide wussten das. Als er mich angrinste, hätte ich ihm am Liebsten eine runtergehauen. Aber da konnte ich mich noch so sehr anstrengen, es würde mir wahrscheinlich mehr wehtun als ihm. Der Mann war quasi aus Stein. Ich ließ ihn stehen, lief nach oben, schnappte mir eine Jacke und ein Paar Socken und war so schnell wie möglich wieder unten bei Logan. Der Anblick, der sich mir da bot, ließ mich erstarren.

Vier Männer knieten auf dem gefliesten Küchenboden, unter ihnen mein Vater und Danny. Das verblüffte mich, denn ich hatte meinen Vater noch nie vor jemand anders knien sehen als vor seinem eigenen Semel.

„Bitte vergib uns, dass wir den Frieden deines Hauses gestört und ohne deine Erlaubnis mit deinem Gefährten gesprochen haben, Semel", sagte einer der beiden Männer, die ich nicht kannte. „Wenn ich eine Reah hätte, würde ich jeden töten, der sie zu berühren wagt. Ich weiß, dass das Leben meines Sylvan für dieses Vergehen jetzt in deiner Hand liegt. Bitte bedenke jedoch, dass mein Sylvan der Vater deiner Reah ist. Ich bin sicher, dass er nur kurzfristig von Gefühlen überwältigt wurde, als er seinen Sohn wiedersah."

„Das wage ich zu bezweifeln. Ich habe seine Lügen gehört und den Hass, mit dem er gesprochen hat. Doch da ich dich nicht kenne, will ich dir zugutehalten, dass du aus Überzeugung sprichst."

„Ich danke dir, Semel-Re." Er beugte den Kopf vor Logan.

„Erhebt euch", sagte Logan finster.

„Wirst du meinem Sylvan sein grobes Vergehen gegenüber deiner Reah verzeihen?"

Logan nickte. „Dieses eine Mal ja, aber niemals wieder."

Der Mann legte meinem Vater die Hand auf die Schulter, dann sah er wieder Logan an. „Darf ich mit deiner Reah sprechen?"

Logan nickte knapp, doch das war genug. Der Mann trat vor und bot mir seine Hand an. „Ich bin Archer Pyke, Semel des Stammes Anuket. Ich freue mich, dich kennenzulernen, Jinnai Rayne."

„Ich heiße Jin", korrigierte ich ihn, nahm seine Hand und sah, wie sich seine Kiefermuskeln anspannten und seine Nasenflügel bebten. „Nur meine Mutter nannte mich Jinnai."

Archer Pyke war ein großer, ausgezehrt wirkender Mann mit einem harten Gesicht, das auch nicht freundlicher wurde, wenn er zu lächeln versuchte. Etwas Kaltes, Raubtierhaftes ging von ihm aus. Seine blauen Augen, die sich jetzt auf mich richteten, waren ohne Wärme. Sie erinnerten an gefärbtes Eis.

„Ich habe noch nie eine Reah getroffen. Niemand hat mir gesagt, dass es in unserem Stamm einmal eine gab. Wäre ich schon Semel gewesen, als du dich offenbart hast, hätte ich verhindert, was mein Bruder, dein Vater und die anderen dir angetan haben, das versichere ich dir. Niemand hätte Hand an dich gelegt."

„Wovon redet er da?", fragte Yuri hinter mir. Ich zuckte überrascht zusammen und versuchte instinktiv, meine Hand aus Archers Griff zu befreien. Aber er drückte fester zu, so dass ich nicht loslassen konnte.

„Mein Sylvan hat mir auf dem Flug hierher erzählt, wie sein Sohn von meinem Bruder und dem Stamm blutig geschlagen und nackt am Straßenrand zurückgelassen wurde."

Ich wand mich innerlich. Ich hätte es vorgezogen, wenn Logan dieses kleine Detail aus meinem Leben verborgen geblieben wäre. Warum fühlten sich alle immer dazu genötigt, alles Mögliche über mich auszuplaudern?

„Du hast deinen eigenen Sohn geschlagen?", grollte Yuri. Seine Stimme wurde lauter, als er auf meinen Vater zuging. Im Vorbeigehen legte er mir die Hand auf die Brust und gab mir einen leichten Schubs, der mich aus Archers Griff befreite und zurück in Logans Arme beförderte. „Du hast ihn verprügelt, bis er blutete? War er noch bei Bewusstsein, als du ihn verlassen hast?"

Logan schlang die Arme um mich und zog mich an sich. Er rieb seine stoppelige Wange über mein Gesicht und beugte sich vor, um meinen Hals zu küssen. „Sie haben dich verprügelt?"

Ich öffnete den Mund, um etwas zu sagen, aber im nächsten Moment zog mein Vater die Aufmerksamkeit aller auf sich.

„Er ist Abschaum", brüllte mein Vater. „Er ist eine Perversion! Euer Stamm wird darunter leiden, wenn ihr ihn zu eurer Reah macht! Euer Semel ist nicht gesegnet, er ist verflucht durch dieses verdrehte Zerrbild einer falschen Liebe! Die Menschen werden den Stamm Mafdet in Scharen verlassen."

„In Wirklichkeit kommen sie in Scharen zu uns, du ignorantes Arschloch." Mikhail lachte leise und hob damit die allgemeine Stimmung. „Eine Reah zu sein, steht über allem anderen. Mann, Frau, es spielt keine Rolle, was eine Reah ist, sie ist immer ein Segen. Dank deines Sohnes wurde unser Semel zu Semel-Re. Er hat seinen Gefährten gefunden und euer Semel ist schwächer als Logan, weil ihm das nicht gelungen ist. Ein derartig verbundenes Paar führt den stärksten aller Stämme, und das wisst Ihr genauso gut wie ich."

Darauf wusste mein Vater keine Antwort. Es gab einfach keine. Die Tatsachen waren unbestritten. Ich war eine Reah, Logan ein Semel, und wir waren ein verbundenes Paar. Es war tatsächlich ein Wunder, dass wir uns gefunden hatten, und es wurde höchste Zeit, dass ich das einsah.

„Ich bin Reah", hauchte ich. Logan drückte mir die Schulter und stellte sich zwischen mich und die anderen. „Ich bin Reah und mein Gefährte ist der Semel meines Stammes."

Als ich mich umschaute, waren aller Augen auf mich gerichtet.

Logan stöhnte leise auf. „Ist dir das wirklich eben erst klar geworden?" Er sah mich finster an.

„Irgendwie schon, ja." Ich grinste ihn an. Sein Stirnrunzeln störte mich nicht.

Er verdrehte kurz die Augen, dann wandte er sich wieder meinem Vater zu. „Du, Sylvan, bist hier das Scheusal. Ein Vater liebt seinen Sohn, egal, was geschieht. So ist es maat."

Mitchell Rayne wollte etwas zu seiner Verteidigung vorbringen, aber Logans erhobene Hand ließ keine weitere Erwiderung zu. Die Zeit zu sprechen, war für meinen Vater vorbei. „Und du, Semel", Logans goldene Augen richteten sich auf Archer Pyke, „nimm deinen Sylvan und geh. Kehre nicht ohne Einladung zurück. Ich habe keine Verwendung für die Familie oder den ehemaligen Stamm meines Gefährten, denn sie sind blind dafür, welch ein Geschenk er ist."

„Semel-Re ...", begann Archer.

„Und kommt ja nicht auf die Idee, irgendwelche Intrigen anzuzetteln, in der Hoffnung, mir zu schaden und damit indirekt meine Reah zu verletzen. Ich habe meinen Maahes als Botschafter zu Ethan Locke nach New York geschickt und wenn der meine Aset Simone akzeptiert, dann werden wir einen feierlichen Bund schließen. Martine Soto in Miami ist ein langjähriger Freund von mir. Ich warne dich nur, denn falls du ihm eine Allianz gegen mich vorschlägst ... Na ja, er ist ziemlich gefährlich und seine Vorstellung von Folter ist ein wenig ... antiquiert."

Ich sah, wie Archer blass wurde.

„Justin Cho in San Francisco ist der Semel eines der größten Stämme, den ich kenne. Er hat mehr als zweihundert Gefolgsleute. Solltest du ihn zufällig treffen, dann richte ihm einen Gruß von mir aus. Wir sind schon seit über fünfzehn Jahren befreundet. Er kommt mich jeden Sommer besuchen."

„Ich verstehe, was du mir sagen willst", sagte Archer.

„Ich lebe vielleicht recht zurückgezogen hier auf meinem Berg in diesem kleinen Ort, aber das heißt noch lange nicht, dass ich keine Freunde habe. Ich habe Verbindungen und ich habe meine Möglichkeiten. Solltest du, sollte dein Sylvan jemals ohne meine ausdrückliche Erlaubnis Kontakt mit meinem Gefährten aufnehmen, werde ich euch töten. Sollte mir das nicht möglich sein, werde ich stattdessen meinen Sheseru schicken."

Alle Blicke richteten sich auf Yuri, und und plötzlich sah ich ihn mit ihren Augen. Er war sogar noch größer als Logan, aber nicht nur deshalb Furcht einflößend. Er hatte die Fähigkeit, sich von dem, was zu tun war, emotional völlig zu distanzieren und nichts an sich herankommen zu lassen. Er fühlte keine Schuld und kannte kein Mitleid.

„Habe ich mich deutlich genug ausgedrückt?"

„Ja", sagte Archer leise und ehrerbietig.

„Du kannst doch nicht ...", begann mein Vater wieder.

„Dieser Mann ist mein Gefährte!", explodierte Logan. Sein Ärger kochte endgültig über. „Jin Rayne ist die Reah des Stammes Mafdet! In sechs Monaten, wenn wir uns in Kairo zum Fest des Tals treffen, werde ich ihn allen vorstellen." Er zeigte auf Archer. „Du wirst dort sein, genauso wie jeder andere Semel und wenn du deine Yareah vorstellst, werde ich applaudieren. Aber wenn ich dann meine Reah vorstelle, wirst du den Unterschied hören. Der Applaus wird ohrenbetäubend sein. Es werden Hunderte Semel dort sein, Archer, und ich kann dir versprechen, dass ich der einzige sein werde, der eine Reah an seiner Seite hat. Vielleicht verstehst du im Moment noch nicht ganz, wie selten eine Reah wirklich ist, aber das wirst du. Das wirst du ganz sicher."

„Ich entschuldige mich noch einmal, Logan. Mein Sylvan und ich wollten es dir oder deinem Haus gegenüber nicht an Respekt fehlen lassen. Wir wurden das Opfer widriger Umstände und ich weiß deine Geduld in dieser Sache sehr zu schätzen." Archer war kurz davor, ihm die Füße zu küssen.

Logan nickte kurz. „Und jetzt ist meine Geduld zu Ende. Beim Fest werdet ihr euch ebenfalls von meiner Reah fernhalten, dein Sylvan und du."

„Ja", sagte Archer schwach.

„Und nun geht. Ihr alle, verschwindet von meinem Land. Mein Sheseru wird euch zu eurem Wagen bringen. Mikhail, bitte begleite sie zum Flughafen. Ruf Christophe an und gib ihm Bescheid, dass du in meinem Auftrag in seinem Territorium unterwegs bist."

„Ja, mein Semel."

„Ich würde gern mit meinem Sohn sprechen", sagte mein Vater mit angestrengter Stimme zu Logan. „Natürlich nur mit deiner Erlaubnis."

„Nein", antwortete Logan knapp. Sein Tonfall war hart und kalt wie pures Eis. Er kehrte bewusst allen den Rücken zu und sah stattdessen mich an, versperrte mir den Blick. Ich sah nur noch ihn und seine atemberaubenden, goldenen Augen. Er wies auf die Küchentür. „Ich möchte jetzt mit dir reden."

Ich drehte mich um, verließ ohne ein weiteres Wort den Raum und ging wortlos hinauf in den ersten Stock.

Als ich dann in Logans Schlafzimmer stand, das jetzt auch meines war, wurde mir bewusst, wie sehr ich diesen Raum liebte, und ich seufzte tief. Meine Zuflucht vor der Welt. Ich liebte alles an meinem neuen Zuhause, insbesondere den Mann darin.

„Er hat dich verprügelt?", fragte Logan und ich hörte, wie hinter mir die Schlafzimmertür ins Schloss fiel.

Ich drehte mich um und musterte ihn lächelnd von Kopf bis Fuß.

„Jin?", fragte er und verschränkte die Arme vor der Brust.

Mein Gefährte erwartete eine Antwort von mir, aber ich hatte Schwierigkeiten, mich zu konzentrieren. Alles drehte sich in meinem Kopf. Ich hatte mich so sehr nach einem neuen Stamm gesehnt, nachdem mein eigener mich verstoßen hatte. Nun endlich hatte ich einen, und dazu noch Logans Geduld und Liebe, die Akzeptanz meiner neuen Familie und meiner Freunde. Das wahre Gesicht meines Vaters zu sehen, hatte mir geholfen, endlich einen Schlussstrich unter mein altes Leben zu ziehen. Ich fühlte mich brandneu, ein unbeschriebenes, weißes Blatt. Ich fühlte mich, als könne ich fliegen.

„Erzähl mir, was damals passiert ist."

Aber das war eine Ewigkeit her, und es war mit einem Mal auch gar nicht mehr wichtig. Ich war jetzt kein ängstlicher Teenager mehr. Ich war erwachsen geworden und hatte einen Gefährten, der mich liebte, und einen Stamm der mich wollte … mich! Sie wollten mich! „Wen kümmert das schon?" Ich lächelte und winkte ihn heran. „Sei nicht böse. Komm, küss mich."

„Nein. Ich möchte erst mit dir reden."

„Ich mache dir ein Angebot", neckte ich ihn. „Du ziehst dein Hemd aus, und dann reden wir."

„Jin, ich will nicht …"

Ich hob eine Hand, um ihn zu unterbrechen. „Zuerst das Hemd, dann das Reden."

Er gab ein lautes, genervtes Schnaufen von sich, aber immerhin zog er sein Hemd aus, knüllte es zusammen und warf es auf den Stuhl neben dem Fenster.

„Viel besser", sagte ich und ging zum Bett. Ich ließ mich auf die Matratze fallen, rollte mich auf den Rücken und machte einen Schneeengel auf der Überdecke. „Was machst du denn da?"

„Ich weiß nicht." Ich sah ihn an und stieß einen tiefen Seufzer der Zufriedenheit aus. „Du hast immer noch viel zu viel an. Was hältst du davon, dir die Schuhe auszuziehen?"

„Das ist doch hier kein Striptease. Ich möchte wissen, was …"

„Schuhe", unterbrach ich ihn.

Er grummelte, aber er zog sich die Turnschuhe und auch gleich noch die Socken aus. „Bist du jetzt zufrieden?"

„Fast." Ich grinste ihn an. Er gefiel mir ausnehmend gut in Jeans und sonst nichts. Ohne alles gefiel er mir allerdings noch besser. Dann hätte ich einen ungehinderten Blick auf seine wunderschöne, goldene Haut und das Spiel der harten, geschmeidigen Muskeln. „Jetzt komm und leg dich zu mir."

Er sagte etwas, das ich nicht ganz verstand.

„Was hast du gesagt?", fragte ich ihn.

„Ich sagte, du bist ein Schlingel."

„Sonst noch was?" Ich zog mir meinen Pullover über den Kopf und öffnete den obersten Knopf meiner Jeans.

„Oh, ja." Er räusperte sich und verschlang mich mit den Augen. „Du bist außerdem wunderschön."

„Wenn ich so wunderschön bin, warum kommst du dann nicht her und legst dich zu mir?"

Er hustete einmal. „Weil ich wissen will, was sie dir angetan haben."

„Aber ich möchte nicht in der Vergangenheit leben", versicherte ich ihm und verfolgte ihn mit meinem Blick, während er im Zimmer umherging.

„Nein?"

„Nein."

„Also, war's das jetzt?", fragte er. „Hast du deine Unsicherheit endlich in den Griff bekommen?"

„Was?"

„Du hast mich schon verstanden. Bist du jetzt durch mit diesem selbstmitleidigen Märtyrer-Scheiß?"

Ich starrte ihn an und sah in seine goldenen Augen. Ein Funken Übermut blitzte darin, der Beginn jenes zweideutigen Grinsens, das mich jedes Mal im Handumdrehen willenlos machte.

„Und?"

„Ja", sagte ich mit Überzeugung und ich konnte fühlen, wie das Glück nur so aus mir herausbrach. Kann gut sein, dass ich in diesem Moment geleuchtet habe. „Ich weiß jetzt, wer ich bin. Ich weiß, wen ich liebe und ich weiß, wo ich hingehöre."

„Hat ja auch lange genug gedauert", grummelte er, kam zum Bett und ließ sich darauf nieder. Ich beobachtete ihn, wie er auf mich zu kroch, aber als ich die Hand nach ihm ausstreckte, packte er mich am Arm und drehte mich auf den Bauch.

„Was machst du da?"

Ich spürte seine Lippen im Kreuz.

„Die anderen sind alle noch unten, Logan."

„Sind sie nicht, aber es würde mich auch nicht kümmern, wenn sie alle hier im Raum stünden", versicherte er und küsste, biss und leckte sich an meiner Wirbelsäule entlang bis zwischen meine Schulterblätter. Jede Berührung war zugleich federleicht und sengend heiß. „Ich werde meinen Gefährten nehmen, wann immer ich will."

Sein besitzergreifender Ton schickte eine Hitzewelle durch meinen ganzen Körper.

„Und gerade jetzt habe ich das starke Bedürfnis zu markieren, was mir gehört", sagte er, als er mich sanft auf Hände und Knie hochzog.

„Oh, ja", murmelte ich. Ich liebte es, wie seine Hände meinen Rücken streichelten und dann über meine Rippen zu meinen Hüften glitten. Meine Jeans wurde zu den Knien heruntergezogen, dann befreite er ein Bein nach dem anderen aus dem Stoff. Jedes Mal, wenn seine Finger dabei meinen Schwanz berührten, durchlief mich eine Welle der Lust. „Ich erhebe Anspruch auf dich", flüsterte er und gab mir einen Stups gegen den Hinterkopf, damit ich den Kopf nach vorne fallen ließ.

„Ja", brachte ich gerade noch heraus. Mein Körper schmerzte vor Verlangen nach ihm. „Bitte, nimm mich."

„Das werde ich." Seine Stimme strich wie eine Liebkosung über meine erhitzte Haut. „Mein Gefährte, sieh nur, wie wunderschön du bist. Ich kann dir nicht widerstehen."

„Zum Glück, denn außer dir will mich niemand, Logan. Nur du hast mich für dich beansprucht. Nur du liebst mich und hast mir dein Herz geschenkt."

„Weil du mir gehörst." Sein warmer Atem auf meiner Haut ließ mich erschauern, als er sich meinen Rücken entlang wieder nach unten küsste.

„Meine Reah, mein Gefährte ... ich habe dir nicht mein Herz gegeben ... du *bist* mein Herz."

Gott, ich liebte diesen Mann. „Logan, bitte ... lass mich deine Hände spüren."

Er bewegte sich schnell. Ein mit Speichel benetzter Finger glitt zwischen meine Schenkel und tief in mich hinein. Zugleich versenkte er seine Zähne in meinem Nacken.

Mir blieb die Luft weg. Es fühlte sich *zu* gut an.

„Oh, das gefällt dir", sagte er und nahm einen weiteren Finger dazu, ein langsames, sinnliches Rein und Raus. Er leckte mir den Nacken. „Schau, wie bereit du für mich bist ... voller Vorfreude."

Dass er mich so warten ließ, war die reinste Folter. Ich wollte ihn in mir haben, jetzt sofort und das sagte ich ihm auch.

Ein Biss in meinen Hintern ließ mich erzittern und zugleich spürte ich seinen Schwanz an meiner Öffnung. Ich versuchte, mich gegen ihn zu drücken, aber seine Hände auf meinen Hüften hielten mich still. Er drang mit einem langen, langsamen Stoß in mich ein und ich hieß stöhnend jeden einzelnen Zentimeter von ihm willkommen.

„Mein Gott, Baby, wie dein Hintern mich festhält und mich einsaugt ... du öffnest dich einfach und lässt mich hinein und du bist so heiß da drin ... so heiß."

Ich fühlte das Brennen, als er mich dehnte. Meine Muskeln zuckten, zogen sich bei jedem Stoß um ihn zusammen, bei jedem Stoß kam er tiefer.

„Logan!"

Er zog sich nur ein kleines Stück aus mir zurück und stieß dann wieder hart und schnell in mich hinein. Im gleichen Rhythmus bearbeitete seine starke Hand meinen Schwanz und ich schrie auf, als er mich damit in Ekstase versetzte.

„Ich bin so wild nach dir, nach deinem engen Hintern, in den ich meinen Schwanz bis zum Anschlag versenken kann, nach deinem Schwanz, wie er in meiner Hand hart wird. Aber das Beste ist, wenn du beim Sex meinen Namen schreist ... ich liebe das ... ich kann es nicht oft genug hören."

Also schrie ich für ihn, als er meine Prostata mit einem kräftigen Stoß genau traf. Mein Schwanz bewegte sich durch seine Hand wie ein Kolben im Zylinder.

„Dein Hintern gehört nur mir, für immer und ewig. Nie mehr wird ein anderer in dir sein, nur ich werde dich nehmen, so wie jetzt."

Er nahm mich in Besitz und genau das wollte ich. Mein Rücken bog sich durch und die Muskeln in meinem Hintern zogen sich zusammen, als ich kam. Nur wenige Sekunden später schrie Logan auf, als er ebenfalls seinen Höhepunkt fand. Seine Arme umfingen mich, als er über mir zusammenbrach. Ich war unter ihm gefangen, immer noch aufgespießt auf seinem langen Schaft.

„Du gehörst mir und ich werde immer für dich da sein und dich halten, so wie jetzt."

194

Ich fühlte mich federleicht, und dass ich kaum atmen konnte, spielte keine Rolle. Ich begehrte diesen Mann mit Körper und Seele. Ich war zufrieden damit, ihn in mir zu behalten, so lange er das wollte.

„Du gehörst mir."

„Ja", seufzte ich glücklich, gesättigt an Körper und Seele und zutiefst entspannt. „Ich bin dein Gefährte. Ich gehöre dir."

Er gab so etwas wie ein Grunzen von sich, ein Laut, der zustimmend und männlich und sehr zufrieden klang. So zufrieden, wie auch ich es war.

BLAUE TAGE

Mary Calmes

Storie di
MANGROVE

Ein Titel der Mangrove Stories Serie

Sich in einen Kollegen zu vergucken, ist selten eine gute Idee, speziell für einen Mann, der eine letzte Chance bekommt, seine Karriere zu retten. Doch von dem Moment an, in dem Dwyer Knolls dem gutaussehenden, aber unbeholfenen Takeo Hiroyuki begegnet, scheint er nur noch die falschen Entscheidungen zu treffen.

Takeos Leben besteht aus einer Reihe vergeblicher Versuche, seinen konservativen japanischen Vater zufrieden zu stellen. Unglücklicherweise ist die erfolgreiche Ausübung seines Jobs genauso schwierig für ihn wie der Wechsel von homo- zu heterosexuell. Aber ein Augenmerk auf Dwyer Knolls zu haben – darin ist er wirklich gut.

Auf einer Geschäftsreise nach Mangrove, Florida, wird aus Takeos` und Dwyers zögerlicher Freundschaft plötzlich mehr – viel mehr. Ist ihre Liebe stark genug, um ihre Karrieren dafür zu riskieren, oder haben sie die plötzliche, intensive Leidenschaft nur der lauen Brise des blauen Ozeans zu verdanken?

www.dreamspinner-de.com

SCHLAMASSEL INBEGRIFFEN

Mary Calmes

Buch 1 in der Serie – Verliebte Partner

Deputy US Marshal Miro Jones hat den Ruf, auch unter Beschuss ruhig zu bleiben und einen kühlen Kopf zu bewahren. Diese Eigenschaften kommen ihm in der Zusammenarbeit mit seinem Partner Ian Doyle, einem Elitesoldaten, sehr zu Gute, denn Ian ist der Typ Mann, der in einem leeren Raum einen Streit vom Zaun brechen kann. In den vergangenen drei Jahren in ihrem Job auf Leben und Tod sind aus Fremden erst Kollegen, dann loyale Teamkameraden und schließlich beste Freunde geworden. Miro hat zu dem Mann, der ihm den Rücken freihält, blindes Vertrauen entwickelt … und einiges mehr.

Als Marshal und Soldat wird von Ian erwartet, dass er die Führung übernimmt. Aber die Stärke und Disziplin, die ihn im Einsatz zum Erfolg und zur Erfüllung seiner Mission tragen, versagen überall sonst. Ian hat sich immer gegen jede Art der Bindung gewehrt, aber kein Zuhause zu haben – und mehr noch: niemanden, zu dem er nach Hause kommen kann – frisst ihn innerlich langsam auf. Im Lauf der Zeit hat er, wenn auch widerstrebend, eingesehen, dass es ohne seinen Partner an seiner Seite einfach nicht geht. Jetzt muss Miro ihn nur noch überzeugen, dass Gefühlsbande keine Fesseln sind …

www.dreamspinner-de.com

Seiltänzer

MARY CALMES

Der fünfundvierzigjährige Englischprofessor Nathan Qells ist sehr gut darin, anderen das Gefühl zu geben, dass sie ihm wichtig sind. Was er allerdings nicht gut kann - sie in seinem Leben zu halten. Er ist ein netter Kerl, er empfindet nur nicht so wie andere Menschen. Deshalb ist ihm auch in der ganzen Zeit, in der er Michael, den Jungen von gegenüber, betreut hat, nie aufgefallen, dass sich dessen Onkel und Vormund, der Mafiaschläger Andreo Fiore, immer mehr in ihn verliebt hat.

Dreo hat größere Probleme, als Nate auf sich aufmerksam zu machen. Er zieht seinen Neffen groß und versucht, seinen zwielichtigen Job hinter sich zu lassen und seine eigene Firma zu gründen. Doch dieses Vorhaben wird erschwert, als mehrere Unterweltgrößen durch Anschläge aus dem Weg geräumt werden. Trotzdem ist Dreo immer noch versessen darauf, sich ein neues Leben aufzubauen – ein Leben mit Nate als Mittelpunkt. Ein Leben, das genauso ist, wie Nate es sich immer erträumt hat. Unglücklicherweise, waren diese Anschläge nur Teil einer großen Umstrukturierung, und die Liebe, die Dreo offensichtlich für Nate empfindet, bringt auch diesen in die Schusslinie.

www.dreamspinner-de.com

TIMING
Der richtige Zeitpunkt

Mary Calmes

Buch 1 in der Serie – Timing

Stefan Joss hat einfach kein Glück. Nicht nur, dass er mitten im Sommer nach Texas muss, um bei der Hochzeit seiner besten Freundin Charlotte die Ehrenjungfer zu geben. Nein, er soll auch noch gleichzeitig ein millionenschweres Geschäft für seine Firma abschließen! Das Allerschlimmste aber ist, dass er, kaum angekommen, mit dem Mann konfrontiert wird, von dem Charlotte versprochen hatte, dass er nicht zur Hochzeit kommen würde: Ihrem Bruder, Rand Holloway.

Stefan und Rand sind sich, seit dem Tag, an dem sie sich das erste Mal trafen, spinnefeind. Und so ist Stefan mehr als geschockt, als ein vorübergehend vereinbarter Waffenstillstand die üblichen Feindseligkeiten sofort in knisternde Spannung verwandelt. Wenn auch misstrauisch gegenüber den unerwarteten Gefühlen, wird Stefan durch ein ehrliches Geständnis Rands aus der Bahn geworfen und beschließt, ihm eine Chance zu geben.

Doch ihre aufkeimende Romanze wird bedroht, als Stefans Geschäftsabschluss schiefläuft: Die Besitzerin der letzten Ranch, die er für seine Firma aufkaufen soll, wird ermordet. Stefan steht die Überraschung seines Lebens bevor, als er sich plötzlich selbst in tödlicher Gefahr befindet.

www.dreamspinner-de.com

MARY CALMES lebt zurzeit mit ihrem Ehemann und zwei Kindern in Honolulu, Hawaii und hofft darauf, den Felsen irgendwann zu verlassen und an einen Ort zu ziehen, wo ihre Kinder Herbst und Winter erleben können. Sie hat an der University of the Pacific in Stockton, Kalifornien, studiert und mit einem Bachelor in englischer Literatur abgeschlossen. Angesichts der Tatsache, dass sie Literatur und nicht Grammatik studiert hat, braucht man sie allerdings nicht zu fragen, wie man dekliniert und konjugiert – das ist wirklich nicht ihr Ding. Sie liebt es zu schreiben, komplett in ihre Geschichten einzutauchen und sich in ihrer Arbeit zu vergraben. Sie weiß sogar, wie ihre Charaktere riechen. Sie arbeitet in einem Copyshop, war aber bisher nicht in der Lage, das in einer ihrer Geschichten zu verarbeiten. Außerdem kauft sie eindeutig zu viele Bücher bei Amazon.

Von MARY CALMES

Blaue Tage
Schlamassel inbegriffen
Seiltänzer

CHANGE OF HEART-SERIE
Wandel des Herzens
Bund des Vertrauens

TIMING
Der richtige Zeitpunkt
Nach Sonnenuntergang
Wenn der Staub sich legt
Perfektes Timing (nur gebundene Ausgabe)

Veröffentlicht von DREAMSPINNER PRESS
www.dreamspinner-de.com